I0632220

Hither Shore

Interdisciplinary Journal
on Modern Fantasy Literature

Jahrbuch der
Deutschen Tolkien Gesellschaft e. V.

Tolkien´s Influence on Fantasy

Tolkiens Einfluss auf die moderne Fantasy

Interdisziplinäres Seminar der DTG
27. bis 29. April 2012, Jena

Herausgegeben von:
Thomas Fornet-Ponse (Gesamtleitung),
Marcel Bülles, Julian Eilmann,
Thomas Honegger, Rainer Nagel,
Alexandra Velten, Frank Weinreich

Scriptorium Oxoniae

Bibliografische Information
der Deutschen Bibliothek

Die Deutsche Bibliothek verzeichnet diese
Publikation in der Deutschen Nationalbibliografie;
detaillierte bibliografische Daten sind im
Internet über http://dnb.ddb.de abrufbar.

ISBN 978-3-9810612-7-7

Hither Shore, DTG-Jahrbuch 2012
veröffentlicht im Verlag »Scriptorium Oxoniae«

Deutsche Tolkien Gesellschaft e. V. (DTG)
E-Mail: info@tolkiengesellschaft.de

Scriptorium Oxoniae im atelier für TEXTaufgaben e. K.
Brehmstraße 50 · 40239 Düsseldorf · Germany
E-Mail: rayermann@scriptorium-oxoniae.de

Hither Shore, Gesamtleitung: Thomas Fornet-Ponse
E-Mail: hither-shore@tolkiengesellschaft.de

Vorschläge für Beiträge in deutscher oder englischer Sprache (inklusive Exposé von ca. 100 Wörtern) werden erbeten an o.g. E-Mail-Adresse.

Alle Rechte verbleiben beim Autor des jeweiligen Einzelbeitrags.
Es gilt als vereinbart, dass ein Autor seinen Beitrag innerhalb der nächsten 18 Monate nach Erscheinen dieser *Hither-Shore*-Ausgabe nicht anderweitig veröffentlichen darf.

Abwicklung: Susanne A. Rayermann, Düsseldorf
Layout/Design: Kathrin Bondzio, Solingen
Umschlagillustration: Anke Eißmann, Herborn
Druck und Vertrieb: Books on Demand, Norderstedt

Alle Rechte vorbehalten.

Inhalt

Varia

Reviews / Rezensionen

Information from the Scriptorium

Due to a necessary cost cutting, the volumes of *Hither Shore* are no longer distributed by the Scriptorium.
Hither Shore is available in bookshops or at online booksellers (amazon.de, amazon.co.uk, amazon.com, booklooker.de, libri.de, buch.de etc.). We thank you for your understanding!

Our contributors can request additional copies at the Scriptorium, as usual.
Contact Susanne by e-mail: rayermann@scriptorium-oxoniae.de

Susanne A. Rayermann
(for the team)

Preface / Vorwort

Tolkien's influence on fantasy – often propagated, seldom analysed. *The Lord of the Rings* is, without a doubt, amongst the most important sources of many pivotal works of 20th and 21st century fantasy literature, and is often used as point of reference, even though it was neither the first nor the only work that influenced the fantasy genre. The inclusion of and allusion to key elements and characters of *The Lord of the Rings* – maps, magic rings/artefacts, elves, dwarves, magicians etc. – are clearly apparent in works of later authors and artists. For a long time it seemed that fantasy could only be written in Tolkien's tradition or against it. Younger authors seem to be able to choose a freer approach – even though they accept their 'indebtedness' to Tolkien – which is probably linked to a general trend towards the transgression of genres. But can Tolkien's influence on the genre fantasy or particular authors be more precisely determined as regards content? Or does it manifest itself mainly as having awakened interest in fantasy literature in a larger audience and thus paved the way for other authors?

The German Tolkien Society's ninth Tolkien Seminar, 27-29 April 2012 at our established conference location Jena, was looking at these questions – ranging from a theoretical examination of the possibility to verify literary influence, to several studies focusing on particular authors, to analyses of the workings of the book market or the development of authors towards more autonomy. Tolkien's profound influence on the genre fantasy can indeed be garnered from the articles published in this volume, even though this influence cannot always be distinctly proven. What has become clear are the different points of reference through which this influence manifests itself: from the palpable adoption of content by many authors, to the significance of Tolkien's popularity or his theoretical deliberations on Faërie or fantasy.

In addition to the different articles on the seminar theme and extensive reviews of topical secondary literature, this yearbook contains a special feature: the English translations of two Swedish interviews with John R.R. Tolkien, which were originally published in 1961 in view of the Swedish translation of *The Lord of the Rings*.

We would like to thank Prof. Dr. Thomas Honegger and his team at Friedrich-Schiller-University Jena and *Walking Tree Publishers* for their support of the Tolkien Seminar. I would also like to extend my gratitude to all contributors, my fellow editors, Susanne A. Rayermann as well as Kathrin Bondzio at the *Scriptorium Oxoniae* and Marie-Noëlle Biemer for translating some texts. Without these people, the production of the ninth edition of *Hither Shore* would not have been possible.

Thomas Fornet-Ponse

Tolkiens Einfluss auf die *Fantasy* – oft behauptet, selten untersucht. Zweifelsfrei gehört *Der Herr der Ringe* zu den wichtigsten Quellen zahlreicher zentraler Werke der *Fantasy*-Literatur des 20. und 21. Jahrhunderts und wird oft als Referenzwerk verwendet, auch wenn es weder zuerst noch allein die Entwicklung des Genres *Fantasy* beeinflusst hat. Die Aufnahmen von und Anspielungen auf Schlüsselelemente und -charaktere des *Herrn der Ringe* – Karten, magische Ringe/Artefakte, Elben, Zwerge, Zauberer etc. – sind bei vielen späteren Autoren und Künstlern unübersehbar; lange Zeit konnte man den Eindruck haben, *Fantasy* könne nur entweder in der auf Tolkien zurückgehenden Tradition oder gegen diese geschrieben werden. Jüngere Autoren scheinen indes einen etwas freieren Umgang wählen zu können – gleichwohl sie ihre »Schuld« Tolkien gegenüber anerkennen –, was auch mit einem allgemeinen Trend zur Genreüberschreitung zusammenhängen dürfte. Aber lässt sich der Einfluss Tolkiens auf das Genre *Fantasy* bzw. auf einzelne Autoren inhaltlich konkreter bestimmen? Oder besteht er vor allem darin, das Interesse eines größeren Publikums an *Fantasy*-Literatur geweckt und damit anderen Autoren Türen geöffnet zu haben?

Mit diesen Fragen – von einer theoretischen Auseinandersetzung mit der Möglichkeit, literarischen Einfluss nachzuweisen, über verschiedene Studien zu einzelnen Autoren und Autorinnen bis hin zu Betrachtungen der Funktionsweisen des Buchmarktes oder der Entwicklung von Autoren zu mehr Selbstständigkeit – beschäftigte sich das neunte Tolkien Seminar der Deutschen Tolkien Gesellschaft vom 27. bis 29. April 2012 am bewährten Seminarort Jena. Wie die hier veröffentlichten Beiträge zeigen, kann tatsächlich von einem tiefgreifenden Einfluss Tolkiens auf das Genre *Fantasy* gesprochen werden, wenngleich sich dieser nicht immer eindeutig nachweisen lässt. Deutlich wurden vor allem die unterschiedlichen Bezüge, in denen sich dieser Einfluss bemerkbar macht: von konkreten inhaltlichen Übernahmen durch manche Autoren über die Bedeutung der Popularität Tolkiens bis hin zu seinen theoretischen Überlegungen über *Faery* bzw. *Fantasy*.

Zusätzlich zu den verschiedenen Beiträgen zur Seminarthematik und den ausführlichen Rezensionen aktueller Forschungsliteratur enthält dieser Band noch eine Besonderheit: die englische Übersetzung zweier schwedischer Interviews mit John R.R. Tolkien, die ursprünglich 1961 zur schwedischen Übersetzung des *Herrn der Ringe* erschienen waren.

Abschließend sei für den Erfolg des Seminars herzlich Prof. Dr. Thomas Honegger und seinem Team von der Friedrich-Schiller-Universität Jena sowie dem Verlag *Walking Tree Publishers* für die freundliche Unterstützung gedankt. Ebenfalls danke ich allen Beitragenden, den Mitgliedern des Board of Editors, Marie-Noëlle Biemer für die Übersetzungen und schließlich Susanne A. Rayermann sowie Kathrin Bondzio im *Scriptorium Oxoniae*.

Thomas Fornet-Ponse

Über die (Un-)Möglichkeit, literarischen Einfluss nachzuweisen

Thomas Fornet-Ponse (Hildesheim)

Während die Suche nach Tolkiens (mythologischen, literarischen etc.) Quellen schon zahlreiche Aufsätze und Bücher mit teilweise eher banalen, teilweise ein wenig fragwürdigen, oft aber sehr plausiblen und aufschlussreichen Ergebnissen hervorgebracht hat (vgl. zur Methode Risden), sieht es hinsichtlich seines Einflusses auf die Fantasy[1] deutlich anders aus. Von einem solchen kann zwar ohne Zweifel ausgegangen werden, was allein schon die Tatsache zeigt, dass viele Fantasy-Autoren nach ihm im Klappentext mit ihm verglichen werden, indem sie als »der neue Tolkien« o.ä. bezeichnet werden. Aber die Anzahl der Beiträge, die diesem Thema gewidmet sind, ist doch sehr begrenzt (vgl. Butler, Penetsdorfer, Rosebury 201-204, Shippey 318-326). Einer der Gründe für diesen bemerkenswerten Unterschied zwischen Tolkiens Einflüssen (genitivus obiectivus) und Tolkiens Einflüssen (genitivus subiectivus) könnte sein, dass es leichter ist, anhand von Tolkiens Biographie und diverser Motive von einem Einfluss diverser mythologischer Texte o.ä. auf sein Werk zu sprechen, als einen Einfluss eines Autoren oder einer Autorin – in diesem Fall Tolkien – auf einen anderen oder eine andere nachzuweisen.

Hier dürfte vor allem ein Methodenproblem vorliegen: Wie kann man nachweisen, dass A B beeinflusst hat, wenn keine so offensichtlichen Fälle wie Tolkiens Motivübernahmen aus der *Edda* oder dem *Beowulf* oder Terry Brooks' Nacherzählung *The Sword of Shannara* auf diese vorliegen? Kann man einen solchen literarischen Einfluss überhaupt streng nachweisen oder nur mehr oder weniger plausible Argumente für die These nennen, ein solcher Einfluss könnte möglicherweise bestehen?

Diesen Fragen werden wir im Folgenden nachgehen, indem zunächst mit den Theorien Harold Blooms und Göran Hermeréns zwei bedeutende Ansätze zur Thematik vorgestellt werden. Anschließend sollen diese grundlegenden Überlegungen überprüft und spezifiziert werden, indem der Spezialfall »Tolkien und die Fantasy« in den Blick genommen wird, bei dem einige Besonderheiten zu beachten sind, die auch (und wesentlich ausführlicher) von anderen Beiträgen des Seminars betrachtet werden.

1 Vgl. zur Diversität innerhalb des Genre und zur Abgrenzung zu anderen Genres Pesch, Weinreich.

1. Theorien literarischen Einflusses

1.1. Harold Bloom – Einfluss-Angst[2]

Vor mittlerweile fast vierzig Jahren (1973) veröffentlichte der amerikanische Literaturkritiker Harold Bloom sein Werk *The Anxiety of Influence.* Dort geht er von der Grundthese aus, »das verdeckte Thema der Dichtung der letzten drei Jahrhunderte [war] die Einflußangst, die Furcht eines jeden Dichters, für ihn bleibe kein eigenes Werk zu schaffen« (Bloom 131); er beschreibt die von dieser Angst motivierte Auseinandersetzung eines Dichters mit seinen Vorläufern als sechs revisionäre Bewegungen oder Bearbeitungsweisen, die modellhaft aufeinander folgen, zuweilen aber auch umgestellt sein können.[3] Allerdings beschäftigt er sich nur mit »starken Dichtern«: »Schwächere Talente idealisieren; Persönlichkeiten mit angemessener Imaginationskraft eignen sich an« (Bloom, *Einflußangst* 9). Kein Dichter kann sich dem Einfluss durch seine Vorgänger völlig entziehen; er muss auf diese reagieren – entweder indem er deren Überlegungen positiv aufgreift und sie aufnimmt oder transformiert oder indem er sich negativ von ihnen abgrenzt. Unter Einfluss versteht Bloom keine Weitergabe von Bildern und Ideen, sondern, »daß es *keine Texte* gibt, sondern nur *Beziehungen zwischen Texten*« (Bloom, *Topographie* 9, vgl. 29), die von einem Akt der Kritik, der Fehllektüre oder dem Missverstehen abhängen. Ein starker Dichter arbeitet revisionär, indem er limitierend wieder-sieht, um damit eine substituierende Neubewertung vornehmen zu können, und schließlich repräsentierend wieder-anvisiert bzw. korrigierend eingreift.

Die Aneignung eines Vorgängers oder einer Vorgängerin ist mit Angst verbunden: »Aber man bekommt nichts umsonst, und zur Aneignung gehören die ungeheuren Ängste des Verschuldetseins, denn welcher starke Macher wünscht sich die Erkenntnis, daß er es nicht vermocht hat, sich selbst zu schaffen?« (Bloom, *Einflußangst* 9). Unter dieser Einflussangst leiden allerdings nicht nur Dichter, sondern alle. Er betont aber zugleich, poetischer Einfluss bzw. poetisches Fehlverstehen bedeuteten nicht zwangsläufig eine geringere Originalität (was noch nichts über ihre Qualität aussagt). Bloom bezieht sich zwar ausdrücklich nur auf Gedichte, eine Ausweitung auf andere literarische Genres scheint aber angebracht, zumal er sich in seiner Untersuchung nicht nur auf Gedichte beschränkt, sondern z.B. auch Thomas Mann als großen Theoretiker der Ein-

2 Vgl. zu Bloom auch das Themenheft der *Modern Language Quarterly* von Dezember 2008, bes. den Beitrag von Asha Varadharajan.

3 In *A Map of Misreading* (*Eine Topographie des Fehllesens*) bezieht er seine Theorie auf die lurianische *Kabbala* (vgl. 10-13) und bietet eine Tabelle, in der er die Dialektik des Revisionismus, die Bilder im Gedicht, die Rhetorischen Tropen, die Psychische Abwehr und die revisionäre Ratio gegenüberstellt (vgl. 111). Risden schlägt eine freundlichere Rubrik statt der Einflussangst vor: »the productivity of influence« (21).

flussangst nennt (vgl. 48) sowie alle Kritiken als Prosagedichte bezeichnet, da es keine Interpretationen, sondern nur Fehlinterpretationen gebe (vgl. 83).[4]

Die Aneignung erfolgt nach Blooms Schema nun in der ersten Bewegung, die er mit Lukrez' Bezeichnung für die Abweichung von Atomen, die Veränderungen im Universum ermöglicht, ***Clinamen*** nennt, »als eine korrektive Bewegung, was bedeutet, daß das Vorläufer-Gedicht bis zu einem gewissen Punkt korrekt lief, aber dann hätte abweichen sollen und zwar genau in die Richtung, in die das neue Gedicht geht« (16). Diese kreative Korrektur ist wirklich und notwendig eine Fehllektüre, da der Dichter, vor seinem großen Original stehend, einen Fehler finden muss, der nicht da ist (vgl. 31).

Die zweite Bewegung ist die der Vervollständigung bzw. Erfüllung und Antithese, die ***Tessera*** als ein ergänzendes Verbindungsstück zum Zwecke der Wiedererkennung aus den antiken Mysterienkulten, womit ein Dichter seinen Vorläufer antithetisch vervollständigt, indem er dessen Begriffe zwar beibehält, aber in einem anderen Sinn. Als Beispiel nennt er u.a. Thomas Mann, der »genau sein eigenes parodistisches Genie, seine eigene Art der liebevollen Ironie in seinen Vorläufer [Goethe, TFP] hineinliest« (49). Wie die revisionäre Abweichung ist auch die Vervollständigung eine Fehllektüre, bei der der spätere Dichter sich und die Leser davon überzeugen will, »daß das Wort des Vorläufers abgenutzt wäre, wenn es nicht als von neuem erfülltes und erweitertes Wort des Epheben erlöst werden würde« (60).

Mit ***Kenosis*** als Ausdruck der Selbsterniedrigung und Entäußerung bezeichnet Bloom drittens den Abwehrmechanismus unserer Psyche gegen den Wiederholungszwang; der spätere Dichter scheint sich selbstaufgebend zu erniedrigen, entleert dabei aber auch den Vorgänger. »Dieses ›Entleeren‹ ist eine befreiende Diskontinuität und macht eine Art Gedicht möglich, die eine einfache Wiederholung der Begeisterung oder Göttlichkeit des Vorläufers nicht zulassen würde« (78).

Die vierte Bewegung, die ***Dämonisierung***, reagiert auf das Sublime des Vorläufers, indem der spätere Dichter sich für das öffnet, »was er für eine Macht in dem Vater-Gedicht hält, das nicht zum Vater eigentlich gehört, aber doch zu einer Wesenheit, die gerade außerhalb dieses Vorgängers liegt« (17, vgl. 93), und verallgemeinert auf diese Weise die Einzigartigkeit des früheren Werkes. Denn wenn der neue starke Dichter, der Ephebe, eine Dämonisierung, ein Gegen-Sublimes durchmacht, wird sein Vorläufer notwendig vermenschlicht.[5]

Mit der fünften Bewegung, der ***Askesis*** (aufgenommen von den vorsokratischen Schamanen und Empedokles) soll ein Zustand der Einsamkeit erreicht

4 Dieser Aspekt wird von Hermerén kritisch gesehen (vgl. 309-312).

5 *Dämonisierung* als ein Bearbeitungsverhältnis ist ein Akt der Selbstverstümmelung, der in der Absicht unternommen wird, Wissen durch ein Spiel mit dem Verlust der Macht zu erwerben, der aber viel häufiger zu einem wirklichen Verlust der schöpferischen Macht führt. (Bloom, *Einflußangst* 96)

werden. Der spätere Dichter entleert sich nicht wie bei der Kenosis, sondern beschneidet sich, verzichtet auf einen Teil seiner menschlichen und imaginativen Ausstattung, um sich von anderen abzusondern. Sie bringt eine neue Art von Reduktion in das poetische Ich und vermindert zugleich die Wirklichkeiten der anderen Ichs und alles Äußeren, »bis ein neuer Stil der Härte auftaucht, dessen rhetorische Emphase als der eine oder andere Grad von Solipsismus abgelesen werden kann« (106).

Schließlich bleibt die Rückkehr der Toten, die ***Apophrades*** (von den athenischen schwarzen Tagen, an denen die Toten zurückkehren), worin der spätere Dichter sein Gedicht für das Vorläufer-Werk offen hält, was die Wirkung hat, »daß es uns jetzt so vorkommt, nicht als ob der Vorläufer das Gedicht schreiben würde, sondern als ob der spätere Dichter selbst das charakteristische Werk des Vorläufers geschrieben hätte« (18, vgl. 125).

Die ersten beiden Bewegungen wollen den Vorläufer also korrigieren oder ergänzen, die nächsten beiden die Erinnerung an ihn verdrängen, während die fünfte der »eigentliche Wettstreit, das bis auf den Tod Kämpfen mit dem Toten« (107) ist, der dann in der sechsten wiederkommt.

»This model presents a dynamic of a movement toward and away from sources with moments of personal preference, of emotional and spiritual leaps, and of moral and philosophical judgment« (Risden 21). Auch wenn eine Quelle nicht klar bestimmbar auftauche, bleibe sie mindestens peripher präsent. Nach Bloom ist somit grundsätzlich mit einem Einfluss der Vorgänger zu rechnen; er stellt keine Methodologie vor, um diesen nachzuweisen. Genau dies ist aber das Anliegen Göran Hermeréns.

1.2. Göran Hermerén

Während Bloom Einfluss mithin über die verschiedenen Weisen einer Fehllektüre deutlich zu machen versucht, unternimmt der schwedische Philosoph Göran Hermerén eine detaillierte Analyse des Einflusses in Kunst und Literatur, bei der viel stärker auch die ästhetischen Charakteristika wie Stil, Motive etc. eine Rolle spielen, aufgrund derer normalerweise von Einfluss gesprochen wird. Dabei setzt er sich ausführlich mit der Frage auseinander, worin literarischer und künstlerischer Einfluss besteht und wie er sich von anderen Formen abgrenzt, welche Bedingungen für sein Vorliegen erfüllt sein müssen und wie er gemessen werden kann.

1.2.1 Was ist literarischer Einfluss?

Hermeréns Vorgehensweise zeigt sich schon zu Beginn, wenn er anhand der kurzen Formel »*X* beeinflusste *Y*« die ontologischen Prinzipien dieser Behauptung herausarbeitet. Zunächst ist die Formel als Abkürzung der Formel »*X* beeinflusste *Y* bezüglich *a*« zu verstehen, wobei sich *a* auf Stil, Ausdruck, Thema,

Konstruktion etc. beziehen kann, aber nicht nur auf ästhetische Qualitäten beschränkt ist, sondern auf das, was zum Verständnis und zur Würdigung von *X* und *Y* relevant ist (vgl. Hermerén 11-14).

Bezüglich der Variablen *X* und *Y* bestehen vier Möglichkeiten: Ein Individuum beeinflusst ein Individuum, ein Individuum eine Gruppe, eine Gruppe ein Individuum oder eine Gruppe eine Gruppe. Weiterhin ist zu differenzieren zwischen dem Einfluss eines Künstlers auf ein Werk oder einen anderen Künstler (z.B. durch Kommentare zu seinem Werk) und dem eines Werks auf ein anderes. Er konzentriert sich auf »(a) statements in which it is said that an individual artistic or literary work influenced another, (b) statements which are equivalent to or imply such statements, and finally (c) the reasons that are or could be given for or against statements of these two kinds« (18). Dazu aber ist noch zwischen zwei verschiedenen Arten von Kunst zu unterscheiden, nämlich zum einen »object-dominated« und zum anderen »action-dominated«. Diese können nicht aufeinander reduziert werden, wie er am Beispiel der Ähnlichkeit der Aktionen von Marcel Duchamp und Andy Warhol in Abgrenzung zur größeren Ähnlichkeit der Objekte zwischen Duchamps *Flaschentrockner* und Arne Jones' *Kathedrale* deutlich macht (vgl. 23f).

Auf dieser Grundlage kann sich Hermerén dem zweiten zentralen Aspekt zuwenden, nämlich den unterschiedlichen Arten von Einflüssen. Die erste Unterscheidung muss zwischen künstlerischem und nichtkünstlerischem Einfluss getroffen werden, die zwar nicht immer scharf vorliegt, aber dennoch sehr wichtig ist (vgl. 32-42). Ein nichtkünstlerischer Eindruck erfolgt z.B. durch eine Reise, durch Handlungen, Lebensweisen oder Kommentare, aber auch durch Milieus, Kindheitserfahrungen, Krankheiten, Liebesgeschichten etc. Um diesen Einfluss geht es weder in seiner weiteren Argumentation noch bei unserer Fragestellung nach Tolkiens Einfluss auf die Fantasy.

Dagegen ist die nächste Unterscheidung, diejenige zwischen direktem und indirektem Einfluss, durchaus relevant. Bei dieser wird damit gerechnet, dass ein Kunstwerk *X* ein anderes Kunstwerk *Y* indirekt beeinflusst hat, insofern es ein weiteres Kunstwerk *Z* (bzw. eine Person *P*) gibt, das (bzw. die) von *X* direkt beeinflusst wurde und selber direkt *Y* beeinflusst hat. Dabei muss *P* nicht notwendig die Autorin des Kunstwerks *Z* sein (sie kann beispielsweise eine Rezension von *X* geschrieben oder der Autorin des Kunstwerks *Y* davon erzählt haben), so dass diese beiden Varianten nicht äquivalent sind. Außerdem kann der indirekte Einfluss sowohl hinsichtlich des gleichen Bezugs *a* bestehen (Standardversion) als auch hinsichtlich unterschiedlicher Bezüge *a* und *b* (Nichtstandardversion) und schließen sich direkter und indirekter Einfluss nicht aus.

Ebenfalls sehr wichtig ist die Unterscheidung zwischen positivem und negativem Einfluss (vgl. 42-49).

> If a visual or literary work of art *X* had a positive influence on the creation of another visual or literary work of art *Y*, then *X* has, metaphorically speaking, been an attracting factor; the creator of *Y* saw or read *X* and this contact with *X* caused him - in a sense to be specified shortly - to make a work which in certain respects is similar to *X*. (42)

Dies kann so unterschiedliche Aspekte betreffen wie Technik, Komposition, Stil, Symbole, Motive etc. und ist in der Regel das, was in der Forschung als Einfluss behandelt wird. Aber der negative Einfluss, bei dem der Schöpfer von *Y* durch *X* dazu veranlasst wird, ein Werk zu schaffen, das sich in zentralen Aspekten davon unterscheidet, weshalb *Y* in diesen Aspekten als Antithese zu *X* aufgefasst werden kann, darf nicht unterschätzt werden. Beispielsweise kann die Autorin *B* mit ihrem Drama eine andere Moral vertreten als der Autor A mit seinem - und um diese Intention deutlich zu machen, kann sie auf *X* im Titel oder in zentralen Dialogen anspielen. Im Folgenden legt Hermerén den Akzent auf direkten positiven Einfluss.

Weitere Unterscheidungen sind nicht innerhalb verschiedener Arten von Einfluss vorzunehmen, sondern um Einfluss von Parallelen (ähnliche Kunstwerke ohne direkten oder indirekten Einfluss), Skizzen, Kopien, Paraphrasen etc. zu unterscheiden. Im weiteren Sinne kann auch bei Anleihen, Modellen und Quellen von Einfluss gesprochen werden, aber Einfluss im engen Sinn besteht dann, wenn sich beispielsweise der Stil eines Autors wie Thomas Carlyle verändert, nachdem er Werke von Jean Paul Richter übersetzt hat (vgl. 89).

Damit nähert sich Hermerén den Kriterien, die erfüllt sein müssen, um von genuinem Einfluss sprechen zu können oder einen solchen zu messen. Vorher aber nennt er neben den genannten ontologischen Bedingungen weitere Bedingungen: u.a. die kausale (*B*s Kontakt mit X war ein beitragender Grund zur Schöpfung von *Y* bezüglich *a*), die der Sichtbarkeit (in *Y* müssen Spuren des Einflusses von *X* manifest sein), die normative, die intentionale (der Künstler von *Y* kann sich des Einflusses bewusst sein oder nicht), die der Ähnlichkeit (Ähnlichkeiten zwischen Kunstwerken sind subtiler und schwieriger zu entdecken sind als in den Fällen der Kopien, Paraphrasen etc.), die der Totalität (*a* ist kein geliehenes Detail, sondern betrifft das gesamte Kunstwerk), oder die der Kontinuität (es besteht eine Kontinuität zwischen *Y* und anderen Werken der Autorin) (vgl. 93-99).

Auf dieser Basis wendet sich Hermerén der Kausalbeziehung zwischen den beiden in Rede stehenden Werken zu, womit im Falle künstlerischen oder literarischen Einflusses wohl nur notwendige Bedingungen gemeint sein können (vgl. 112f). »[I]f a visual or literary work of art *X* influenced the creation of the work of art *Y*, and if *Y* was created by the artist or poet *B*, then *B*'s contact with *X* was a necessary condition, and a part of a sufficient condition, for the creation of *Y*« (117). Aussagen über solche Einflüsse können daher als Teil von Erklärungen angesehen werden, wieso z.B. ein Werk diese oder jene besondere Eigenschaft hat, enthalten aber auch ihrerseits Erklärungen, nämlich dass die Autorin des Kunstwerks wegen des Einflusses ihr Kunstwerk so schaffte.

Ein sehr wichtiger Aspekt ist die Unterscheidung zwischen Einfluss, Nachahmung und Plagiat, was den normativen Aspekt einer Aussage über literarischen Einfluss betrifft, da die Behauptung, es liege ein Plagiat vor, einen Verstoß gegen moralische und/oder gesetzliche Normen aufdecken will. Im Kern geht es dabei um die Originalität und den künstlerischen Wert des jeweiligen Künstlers oder Kunstwerks. Diese sind klar zu unterscheiden, da ein Werk, das von einem anderen beeinflusst wurde, auch besser als das Original sein kann, »it need not be a fault or a sign of weakness to be influenced by others« (130). Der normative Aspekt einer Aussage über Einfluss betrifft somit nicht die künstlerische Qualität, sondern wem die Erfindung von *a* zuzuschreiben ist, wem also das Lob der Originalität gebührt. Da aber Originalität und künstlerischer Wert in einem engen Zusammenhang gesehen werden – was in der Geschichte nicht immer getan wurde; vielmehr ist dies ein eher junges (romantisches) und sehr westliches Phänomen –, enthält die Aussage über Einfluss in der Regel auch ein normatives Urteil über den künstlerischen Wert. Dazu muss der entsprechende Aspekt *a* ästhetisch relevant für das Kunstwerk sein (und meint nicht die Veränderung einer bekannten Vorlage wie beispielsweise Duchamps Version der Mona Lisa). Daher teilen viele Kritiker die Annahme der Inferiorität, die sie zwar nicht explizit äußern, aber implizit voraussetzen: »If *X* has less artistic value than *Y*, then it is improbable that *X* had any influence on the creation of *Y*« (150). Diese Annahme ist allerdings mit guten Gründen nicht unumstritten – ob sie sich auf die Häufigkeit von Einflüssen von guten oder schlechten Kunstwerken bezieht oder als methodologische Norm zu verstehen ist.

Auf dieser Grundlage – insbesondere der genannten ontologischen und weiteren Bedingungen – wendet sich Hermerén der Frage zu, welche Bedingungen erfüllt sein müssen, damit eine Aussage über vorliegenden literarischen oder künstlerischen Einfluss als wahr angesehen werden kann – und damit genau jener Kriterienfrage, die auch für unsere Fragestellung nach Tolkiens Einfluss auf die Fantasy von erheblicher Bedeutung ist.

1.2.2 Bedingungen für Einfluss

Hermerén nennt insgesamt fünf solcher Bedingungen, die er alle in die Form kleidet »If *X* influenced *Y* with respect to *a*, then *p*« (156), wobei p für Faktoren steht, die als positiv relevant für die Hypothese des Einflusses oder Nichteinflusses angesehen werden. Von den fünf Bedingungen sind drei äußerlich, die durch historische oder biographische Forschung überprüft werden können, und zwei intern, für die die Kunstwerke selber analysiert werden müssen.

Die drei äußeren Bedingungen sind zwei zeitliche und die des Kontakts, wobei die dritte die ersten beiden enthält. Sie werden aber dennoch separat behandelt, weil viele Kritiker in ihren Argumenten nur die ersten beiden anführen.

Die erste zeitliche Bedingung setzt voraus, dass *Y* in Bezug auf *a* nach *X* geschaffen wurde. Dabei ist der Zusatz »in Bezug auf *a*« relevant, da es durchaus denkbar ist, dass *Y* zwar vor *X* fertiggestellt wurde, aber dennoch von *X* in dieser Hinsicht beeinflusst wurde – beispielsweise durch einen halbfertigen Entwurf. Diese Bedingung muss in der Forschung verhältnismäßig selten explizit ausgewiesen werden, allerdings ist die Chronologie nicht immer bekannt oder eindeutig – beispielsweise kann eine große Zeitspanne zwischen Niederschrift und Veröffentlichung eines literarischen Textes liegen, der große Ähnlichkeiten zu einem aufweist, der nach ihm geschrieben, aber vor ihm veröffentlicht wurde. Um hier begründet von einem Einfluss des früher geschriebenen Textes auf den früher publizierten sprechen zu können, muss eine weitere Bedingung erfüllt sein, nämlich diejenige des Kontaktes. Nach dieser zweiten Bedingung muss der Autor von *Y* mit *X* zumindest in Bezug auf *a* vertraut gewesen sein, was direkten oder indirekten Kontakt voraussetzt, sie also das Kunstwerk oder den Text gesehen oder gelesen oder davon gehört haben muss. Nicht immer ist ein solcher Kontakt nachweisbar; zuweilen müssen sich die Forscher damit begnügen, ihn als plausibel aufzuzeigen. Beide Bedingungen sind in der folgenden dritten enthalten, die wiederum eine zeitliche ist: »If *X* influenced the creation of *Y* with respect to *a*, then *Y* with respect to *a* was made after *C*« (173), mit C als Zeitpunkt des ersten Kontakts.

Die internen Bedingungen sind die der Ähnlichkeit und der Veränderung. Die der Ähnlichkeit gilt zunächst einmal nur für direkten positiven Einfluss und meint, dass zwei Kunstwerke in der bestimmten Beziehung *a* ähnlich sind, ohne sich in anderen Hinsichten ähneln zu müssen. Mit dieser Bedingung sind einige methodologische und theoretische Probleme verbunden: u.a. die Fragen, wie die Ähnlichkeit bestimmt wird oder welche Folgerungen aus ihr gezogen werden können, aber auch nach ihrem Verhältnis zu den Unterschieden. Aus vorliegenden Ähnlichkeiten darf auch nicht vorschnell auf positiven Einfluss geschlossen werden, da diese auch auf eine dritte Quelle zurückgehen können. Ferner sind irrelevante Ähnlichkeiten und Unterschiede auszuscheiden, die sich in der Regel Standardeigenschaften der Werke verdanken – beispielsweise die Dreidimensionalität oder das Gewicht einer Marmorskulptur. Auch Wissen und Erwartungen spielen eine Rolle, weil wir bei Kunstwerken, von denen wir wissen, dass sie von der gleichen Künstlerin stammen, eher auf die Unterschiede achten, und bei Kunstwerken unterschiedlicher Künstler erwarten, dass sie unterschiedlich sind und die Ähnlichkeiten interessanter finden. Während die Ähnlichkeiten als Argument für positiven Einfluss fungieren, sprechen systematische Unterschiede für negativen Einfluss. Hier unterscheiden sich positiver und negativer Einfluss nicht durch ihre kausale Beziehung, wonach *X* die Erschaffung von *Y* positiv oder negativ beeinflusst hat, sondern durch

Ähnlichkeiten bzw. Unterschiede zwischen *X* und *Y*. Allerdings ist es alles andere als klar, wie diese systematischen Ähnlichkeiten oder Unterschiede belegt werden können. Hierfür schlägt Hermerén Folgendes vor:

> *X* and *Y* are similar with respect to *a*, if and only if it holds for every person with the property or system of properties *P* that if such a person were to look at (read, contemplate) *X* and *Y* under normal circumstances, then this person would notice that *X* and *Y* are similar with respect to *a*. (199)

Darüber hinaus ist es nötig, zwischen verschiedenen Bezügen und Ebenen der Ähnlichkeit zu unterscheiden sowie zwischen ihrer Weite, Genauigkeit und Exklusivität. Betrifft die Ähnlichkeit den Bezug, ist *a* eine Eigenschaft oder eine Qualität; geht es um Ebenen oder Typen von Ähnlichkeiten, sind allgemeine Kategorien wie Motivwahl, Ausdruck, Symbolismus etc. gemeint. Die Exklusivität wird durch die Anzahl der Bezüge und Ebenen bestimmt und besteht dann, wenn sie nur zwischen *X* und *Y* bestehen. Präzision betrifft die Grade an Ähnlichkeit. Entsprechendes gilt für die Unterschiede. Wenn Ähnlichkeiten und Unterschiede als Argument für positiven oder negativen Einfluss angeführt werden, setzt dies die Annahme voraus, sie seien kein Zufall. Diese Annahme kann verschiedene Formen (probabilistische oder nichtprobabilistische, absolute oder komparative, quantitative oder qualitative) annehmen, ohne dass daraus mehr als eine Daumenregel abgeleitet werden könnte. Wie wichtig die Unterscheidung zwischen Einflüssen und Ähnlichkeiten ist, zeigt sich daran, dass Ähnlichkeiten zuweilen auch als Argument gegen Einfluss geltend gemacht werden, wenn die Ähnlichkeiten zwischen *X* und *Y* nicht exklusiv sind.

Wenn klare Ähnlichkeiten zwischen zwei Werken aufgewiesen wurden, sind also mehrere Erklärungsmöglichkeiten zu berücksichtigen. Zum einen die einer direkten oder indirekten kausalen Verbindung (also der Einfluss), zum anderen die einer gemeinsamen Quelle und zum dritten die der beiderseitigen Unabhängigkeit, wonach sich die Ähnlichkeiten ähnlichen Objekten oder Ereignissen, Stimmungslagen, dem Genre oder Material etc. verdanken. Hermerén empfiehlt folgende methodologische Strategie:

> [I]f *X* and *Y* are strikingly similar to each other, then check whether the temporal requirements are satisfied. If it is found that *Y* in the relevant respect was created before *X*, or that the creator of *Y* did not have any contact with *X*, or that he became familiar with *X* only after he had already created *Y*, then explanations of the type (a) and (c) are obviously refuted. (223)

Die beiden ausgeschlossenen Erklärungen sind die der direkten oder indirekten Beeinflussungen von *Y* durch *X*, womit noch fünf weitere bleiben, darunter der direkte oder indirekte Einfluss von *Y* auf *X*. Bei der Wahl der Erklärung müssen die Ähnlichkeiten gegen andere Indizien abgewogen werden, wozu auch Aussagen der betroffenen Künstler gehören können. Dabei ist auch ihre Relevanz zu berücksichtigen. Wenn *X* und *Y* keine Ähnlichkeit in Bezug auf *a* aufweisen, ist damit noch nicht jeglicher Einfluss bezüglich *a* bestritten; vielmehr kann auch ein negativer vorliegen, wenn beispielsweise zwei Romane sich in bemerkenswerter Weise unterscheiden und bekannt ist oder sehr begründet angenommen werden kann, dass ein Autor den anderen kannte und dessen Werke nicht mochte.

Nach dieser ausführlichen Diskussion der internen Bedingung der Ähnlichkeit fehlt noch die zweite interne Bedingung, diejenige der Veränderung. Denn entscheidend für künstlerischen oder literarischen Einfluss »is whether the contact between *X* and the creator of *Y* in some way changed *Y*'s artistic or literary creations« (239). Ein Beispiel hierfür kann eine Stiländerung nach einem Kontakt mit einem anderen Autor in Richtung von dessen Stil sein. Diese interne Bedingung fordert dann – da diese Veränderung nicht notwendig sichtbar sein muss –, wenn *X Y* bezüglich *a* beeinflusst habe, müsse *Y* bezüglich *a* anders sein als es sonst gewesen wäre. Während die zu verwendende Methode wie bei den Ähnlichkeiten und Unterschieden eine komparative ist, ist noch zu klären, welche Argumente für oder gegen eine Veränderung sprechen. Ein erstes lautet, *Y* sei bezüglich *a* ähnlicher zu *X* als zu allen früheren Werken seines Schöpfers. Davon ist zu unterscheiden, *Y* sei bezüglich *a* ähnlicher zu *X* als *X* zu allen früheren Werken des Schöpfers von *Y* ist. Der Unterschied mag subtil erscheinen, ist aber erheblich, da im ersten Fall *Y* der Referenzpunkt ist und im zweiten *X*. Mit zwei anderen Argumenten kann der Einfluss durch andere Werke ausgeschlossen werden, wenn nämlich *Y* bezüglich *a* ähnlicher zu *X* ist als zu jedem anderen Werk, mit dem *Y*s Schöpfer Kontakt hatte bzw. *Y* bezüglich *a* ähnlicher zu *X* ist als *X* zu jedem anderen Werk, mit dem *Y*s Schöpfer Kontakt hatte. Diese beiden enthalten die entsprechenden vorherigen Argumente, nicht aber umgekehrt.

Die wissenschaftliche Argumentation für oder gegen künstlerischen oder literarischen Einfluss besteht in der Regel aus Argumenten, die für ein Erfülltsein aller fünf Bedingungen sprechen bzw. gegen ein Erfülltsein einer oder mehrerer. Dies kann zuweilen eine sehr komplexe Diskussion beinhalten, bei der die Klassifizierung anhand der fünf Bedingungen sehr hilfreich sein kann. Praktisch wird man dabei von der Bedingung der Ähnlichkeit ausgehen, die erst nach einem möglichen Einfluss fragen lässt, weswegen dann die externen Bedingungen überprüft werden, ob ein solcher möglich war und abschließend die der Veränderung, ob er (wahrscheinlich) stattgefunden hat. Wenn auf diese Weise gute Gründe für den Einfluss eines Werkes auf ein anderes gegeben wurden, bleibt noch die Frage, wie stark der Einfluss war und ob es möglicherweise andere Werke gibt, die es stärker beeinflusst haben.

1.2.3 Messung des Einflusses

Auch bezüglich der Messung und Vergleichbarkeit des Einflusses sind mehrere Unterscheidungen vorzunehmen - so kann *X Y* stärker beeinflusst haben als *Z Y*, aber auch stärker als *X Z*, was zudem noch für unterschiedliche Bezüge *a* und *b* gelten kann. Aufbauend auf den beiden internen Bedingungen formuliert Hermerén insgesamt sechs Arten von Maßstäben, die herangezogen werden könnten. In der Folge wird immer zwischen zwei beeinflussenden Werken unterschieden, aber *mutatis mutandis* kann dies auch für zwei beeinflusste Werke oder unterschiedliche Bezüge durchgeführt werden:

Die erste betrifft die Größe der Ähnlichkeit, insofern *X* stärkeren Einfluss auf *Y* hatte als *Z*, wenn zwischen *X* und *Y* größere Ähnlichkeiten bestehen als zwischen *Y* und *Z*, die Ähnlichkeiten zwischen ihnen bezüglich *a* präziser sind als zwischen *Y* und *Z* oder die Ähnlichkeiten exklusiver sind. Diese Maßstäbe sind allerdings nicht unproblematisch, da sie voraussetzen, es gebe keinen Einfluss ohne Ähnlichkeit, Ähnlichkeit aber auch anders erklärt werden kann. Die Weite, Genauigkeit und Exklusivität der Ähnlichkeiten ist somit kein verlässliches Indiz für die Stärke des Einflusses.

Zweitens kann die Größe der Veränderung untersucht werden, wonach *X Y* stärker beeinflusst hat als *Z*, wenn der Kontakt mit *X Y* bezüglich *a* stärker verändert als der Kontakt mit *Z*. Auch dieser Maßstab ist nicht unproblematisch, u.a. weil wir nicht genau wissen können, wie *Y* ohne den Einfluss von *X* ausgesehen hätte, der Ausmaß der Veränderung sehr schwer geschätzt werden kann, aber auch unterschiedlich großer anfänglicher Widerstand gegenüber Einfluss vorliegen kann.

Eine dritte Möglichkeit bezieht sich auf die Wahrscheinlichkeit der Veränderung, wobei die unterschiedlichen Wahrscheinlichkeiten verglichen werden, mit denen *X* oder *Z Y* beeinflusst haben können, und die größere Wahrscheinlichkeit auf größeren Einfluss deutet. Problematisch daran ist, wie die Wahrscheinlichkeitswerte bestimmt werden können.

Andere Maßstäbe gelten der Weite der Veränderung, womit die Beschränkung auf den Bezug *a* aufgegeben wird und der stärkere Einfluss entweder dort vorliegt, wo mehr Werke beeinflusst (unterschieden zwischen Werken insgesamt und Werken eines Künstlers), oder dort, wo mehr Bezüge verändert wurden.

Problematisch ist hier vor allem die Vergleichbarkeit der Bezüge, da auch diese gewichtet werden müssen.

Die fünfte Art nimmt die Bedeutung der Veränderungen in den Blick, d.h. *X* übte den stärkeren Einfluss aus, wenn die durch *X* verursachten Veränderungen in *Y* ästhetisch bedeutender sind als die durch *Y* verursachten. Hier stellt sich natürlich die Frage nach dem ästhetischen Standard und wie über die Bedeutung entschieden werden kann. Schließlich ist es möglich, die Dauer des Einflusses als Maßstab anzusehen. Ein Beispiel ist folgender Maßstab:

> If *X* and *Z* both influenced members of the class of works *Y* in a particular respect *a*, and if the influence of *X* with respect to *a* on members of *Y* lasted longer than the influence of *Z* on members of this class in this particular respect, then *X* had more influence on *Y* than *Z* had. (299)

Als praktische Folgen nennt Hermerén zunächst als sinnvollen Ausgangspunkt, die Kunstwerke unter sehr vielen verschiedenen Gesichtspunkten zu untersuchen, vor allem bezüglich des anfänglichen Widerstandes gegen Veränderungen und der Größe der Veränderungen, die der Kontakt mit *X* oder *Z* mit sich brachte. Zudem sollten verschiedene Maßstäbe verwendet werden.

1.3 Zusammenfassung

Bei einem Vergleich der Überlegungen Blooms und Hermeréns ist schon auf den ersten Blick ein bedeutender Unterschied festzustellen: Während Bloom von einer Grundthese der Einflussangst bezüglich der Literaturgeschichte der letzten Jahrhunderte ausgeht und von dort aus sechs Bearbeitungsweisen aufzeigt, mit denen starke spätere Dichter sich mit ihren Vorläufern auseinandergesetzt haben, geht Hermerén von zahlreichen Behauptungen über künstlerischen oder literarischen Einflüssen in der Forschung aus und entwickelt so seine Theorie, was literarischer Einfluss ist, welche Bedingungen für ihn vorliegen und mit welchen Maßstäben seine Intensität gemessen werden kann. Daher umfasst er auch den Einfluss eines Autors auf ein Genre, wohingegen Bloom nur einzelne Beziehungen berücksichtigt.

Deshalb und aufgrund seiner Präzision orientiere ich mich im Folgenden an Hermeréns Kriteriologie und werfe nur ab und an einen Seitenblick auf Blooms Kategorien. Diese dürften eher für die Frage von Interesse sein, wie der Einfluss Tolkiens auf einen konkreten Fantasy-Autor aussieht bzw. wodurch er motiviert wurde.

2. Besonderheiten bei Tolkiens Einfluss auf die Fantasy

Da hier die Frage nach Tolkiens Einfluss auf die Fantasy in dieser Allgemeinheit zur Debatte steht, erscheint es sinnvoll, die von Hermerén genannten Bedingungen darauf hin zu konkretisieren. Dabei können auch einige Besonderheiten berücksichtigt und aufgenommen werden, die bei anderen Untersuchungen über den Einfluss eines Autors auf einen anderen nicht vorliegen. Bei Tolkien kann hier vor allem an die ihm zugeschriebene Bedeutung für das Genre gedacht werden, die es im höchsten Maße unplausibel erscheinen lässt, dass ein zeitgenössischer Fantasy-Autor nicht direkten oder indirekten Kontakt mit seinem Werk hatte. »I do not think that any modern writer of epic fantasy has managed to escape the mark of Tolkien, no matter how hard many of them have tried« (Shippey 326).[6]

2.1 Die zeitliche Bedingung A

Diese Bedingung, wonach *Y* bezüglich *a* nach *X* geschaffen worden sein muss, kann für Tolkiens Einfluss auf die Fantasy relativ leicht überprüft werden. Da in der Regel *The Lord of the Rings* als für den Einfluss maßgebliches Werk genannt wird, wird sie von allen Werken erfüllt, die nach dessen Veröffentlichung 1954/55 geschrieben wurden. Dieser Zeitpunkt lässt sich sogar noch weiter nach vorne verschieben, wenn der Zeitpunkt der (weitgehenden) Fertigstellung berücksichtigt werden soll. In diesem Fall ist allerdings bezüglich der nächsten Bedingung eine ausführlichere Argumentation nötig. Noch mehr Werke erfüllten diese Bedingung, wenn man schon die Veröffentlichung von *The Hobbit* (1937) als für den Einfluss bezüglich *a* relevant ansehen will. Steht hingegen die übergreifende Mythologie im Vordergrund, gibt es für diese zwar nicht wenige Hinweise in *The Lord of the Rings*, müssten aber die unterschiedlichen Entwicklungsstufen, die in der *History of Middle-earth* belegt sind, berücksichtigt werden (das Publikationsdatum von *The Silmarillion* (1977) zu nehmen, vereinfacht die Sachlage). Dabei sollen seine anderen narrativen Werke nicht unterschlagen werden, aber von diesen wird in der Regel eher kein Einfluss auf die Fantasy behauptet.

Diese Spannbreite von über 50 Jahren von den ersten Entwürfen seiner Mythologie über den *Hobbit* bis hin zu den letzten Korrekturen seines *Legendarium*

6 »It was Tolkien, and especially *The Lord of the Rings*, that has opened the gate for fantasy literature in all its different variants to become a worldwide successful literary genre.« (Penetsdorfer 231)

(vgl. zur exakten Datierung Scull/Hammond) zeigt allerdings schon, wie wichtig es ist, den Bezug *a*, für den der Einfluss geltend gemacht wird, klar zu benennen, damit entschieden kann, mit welchem Werk Tolkiens das Entstehungsdatum von *Y* zu vergleichen ist. Da es hier nicht um ein konkretes Werk geht, von dem behauptet wird, Tolkien habe es beeinflusst, sondern der Einfluss Tolkiens auf das Genre Fantasy zur Debatte steht, müsste entsprechend umgekehrt bestimmt werden, mit welchem Werk Tolkien diesen Einfluss ausgeübt haben soll – was man auch dahingehend differenzieren könnte, dass untersucht wird, ob er das Genre zunächst mit *The Lord of the Rings* und erneut mit *The Silmarillion* oder anderen Werken beeinflusst hat.

2.2 Die Bedingung des Kontaktes

Wie bei der vorherigen Bedingung, ist es auch bei dieser wichtig, zu unterscheiden, ob es primär um Tolkiens Einfluss auf ein einzelnes Werk oder primär um den Einfluss auf das Genre geht. Im ersten Fall liefert das Veröffentlichungsdatum des entsprechenden Werks den ersten Hinweis und es müssen ggf. Argumente angeführt werden, die dafür sprechen, dass der betroffene Autor das entsprechende Werk Tolkiens vor dessen Publikation kannte – wofür C.S. Lewis mit seiner *Perelandra*-Trilogie ein gutes Beispiel ist. Im zweiten Fall ist zwar auch das Veröffentlichungsdatum maßgeblich, allerdings erscheint es sinnvoller, auch die Rezeptionsgeschichte in den Blick zu nehmen und etwas später anzusetzen, wenn man tatsächlich von einer allgemeinen oder zumindest sehr großen Bekanntschaft mit Tolkiens Werk ausgehen kann. Dabei sind auch die Übersetzungen und deren Verbreitung zu berücksichtigen.

Spätestens ab Beginn der 1970er Jahre dürfte Tolkiens Werk in den einschlägigen Kreisen so bekannt gewesen sein, um es legitim erscheinen zu lassen, die Beweislast umzudrehen und von einer Autorin, die seitdem ihr Werk verfasst hat, aber behauptet, von Tolkien nicht beeinflusst worden zu sein, zu verlangen, sie möge beweisen, keinen direkten oder indirekten Kontakt mit Tolkiens Werk gehabt zu haben. Stimmt die These von Tolkiens Einfluss auf die Fantasy, wäre dazu schon erforderlich, überhaupt kein anderes Fantasywerk oder irgendwelche Besprechungen von ihnen zur Kenntnis genommen zu haben.

Für die Frage nach Tolkiens Einfluss auf die Fantasy kann diese Bedingung spätestens ab dem Zeitpunkt seiner allgemeinen Bekanntheit als erfüllt gelten, da hinreichend viele Autoren und Autorinnen auf ihre Bekanntschaft mit Tolkiens Werk (vor allem *The Lord of the Rings*) hingewiesen haben. Der Zeitpunkt kann vorverlegt werden, wenn entweder bei sehr bedeutenden oder bei ausreichend vielen Werken eines früheren Zeitpunkts der Kontakt mit Tolkiens Werk plausibel gemacht werden kann – womit die Fragen aufgeworfen werden, welche Werke sehr bedeutend sind und wie viele »ausreichend viele« sind.

2.3 Die zeitliche Bedingung B

Auf dieser Basis kann die zweite zeitliche Bedingung, *Y* dürfe erst nach dem Kontakt seines Schöpfers mit *X* bezüglich *a* geschaffen worden sein, eher problemlos überprüft werden, indem nämlich der im Verlauf der vorherigen Bedingung erarbeitete Zeitpunkt der allgemeinen Bekanntheit Tolkiens bzw. seines nachgewiesenen Kontaktes mit sehr bedeutenden oder ausreichend vielen Werken als *der terminus post quem* anzusetzen ist, ab dem von einem Einfluss Tolkiens auf die Fantasy gesprochen werden kann. Das ist kein reines Glasperlenspiel, sondern durchaus relevant für die Frage, wie Tolkien (also bezüglich was für ein *a*) die Fantasy beeinflusst hat, da man somit Charakteristika ausschließen kann, die schon in Werken auftreten, die vor diesem Zeitpunkt entstanden sind – zumindest wären diese Werke ebenfalls als mögliche Quellen des Einflusses bezüglich dieses *a* in Betracht zu ziehen.

2.4 Die Bedingung der Ähnlichkeit

Während diese Bedingung bei der Untersuchung des Einflusses Tolkiens auf ein konkretes Werk sehr unterschiedliche Bezüge *a* aufweisen kann, setzt ein Einfluss Tolkiens auf das Genre Fantasy (und nicht nur auf viele Werke dieses Genres, die er in ganz unterschiedlicher Weise beeinflusst haben kann) ein Set an Bezügen *a* voraus, die wenn nicht in allen, so doch zumindest in sehr vielen oder den das Genre repräsentierenden Werken vorliegen. Zwei Vorgehensweisen bieten sich an, um die nötigen Ähnlichkeiten zwischen Tolkiens Werk und dem Genre zu belegen: Erstens kann von Tolkiens Werk ausgegangen werden, indem im Vergleich zu den Werken seiner Zeitgenossen, die nicht von ihm beeinflusst wurden, Charakteristika seines Werks herausgearbeitet und anschließend repräsentative (oder sehr viele) Beispiele aus dem Genre der Fantasy, die nach dem *terminus post quem* entstanden sind, daraufhin untersucht werden, ob es signifikante und relevante Ähnlichkeiten zu diesen Charakteristika gibt. Das Problem an dieser Variante ist, dass ein Einfluss Tolkiens auch vorliegen kann, wenn die entsprechenden Charakteristika nicht originell sind, sie sich bei nachfolgenden Autoren aber ihrer Auseinandersetzung mit Tolkien und nicht anderen Autoren, bei denen sie vorliegen, verdanken.

Zweitens können anhand repräsentativer (oder sehr vieler) Werke des Genres Fantasy die Spezifika dieses Genres erhoben werden und anschließend kann Tolkiens Werk auf sie hin befragt werden. Allfällige Ähnlichkeiten sind auf andere Erklärungsmöglichkeiten (eine gemeinsame Quelle, beiderseitige Unabhängigkeit o.ä.) hin zu überprüfen, damit die Bedingung erfüllt ist. In beiden Fällen ist damit zu rechnen, dass sich Weite, Genauigkeit und Exklusivität der Ähnlichkeiten von Werk zu Werk deutlich unterscheiden können, ohne damit die Annahme des Einflusses unplausibel erscheinen zu lassen.

Zur Klärung der Frage, wie und wodurch Tolkien die Fantasy beeinflusst hat, ist es in beiden Fällen hilfreich, bei Tolkiens Werk chronologisch vorzugehen, also z.B. nach Ähnlichkeiten zwischen *The Lord of the Rings* und dem Genre Fantasy bzw. der Spezifika dieses Genres mit *The Lord of the Rings* zu suchen, bevor *The Silmarillion* in Betracht gezogen werden kann.[7]

2.5 Die Bedingung der Veränderung

Diese Charakteristika und Spezifika dienen nicht nur dazu, die Bedingung der Ähnlichkeit zu prüfen, sondern sind auch für die Bedingung der Veränderung relevant. Im Fall des Einflusses eines Werks auf ein anderes muss der Einfluss nicht sichtbar sein; wenn aber vom Einfluss eines Werks (oder der Werke einer Person) auf ein ganzes Genre gesprochen wird, setzt dies eine sichtbare Veränderung voraus, denn auch wenn z.B. das Genre ohne diesen Einfluss keinen Bestand gehabt hätte, muss es durch ihn qualitativ verändert worden sein, um Bestand haben zu können. Um nachzuweisen, dass das Genre Fantasy nach dem *terminus post quem* bezüglich *a* ähnlicher zu Tolkiens Werk ist als zu allen früheren Werken des Genres bzw. dass das Genre Fantasy nach dem *terminus post quem* bezüglich *a* ähnlicher zu Tolkiens Werk ist als Tolkiens Werk zu allen früheren Werken des Genres, muss ein signifikanter Unterschied bezüglich *a* zwischen dem Genre Fantasy vor und nach dem *terminus post quem* bestehen bzw. einer zwischen Tolkiens Werk und dem Genre Fantasy vor dem *terminus post quem*.

Dies gilt allerdings zunächst einmal nur für einen angenommenen positiven Einfluss Tolkiens. Ein negativer, der zwischen zwei Werken über signifikante Unterschiede plausibel gemacht werden kann, kann für das Verhältnis von Tolkien zum Genre wohl ausgeschlossen werden, nicht aber im Falle von einzelnen Werken dieses Genres. Dabei ist aber genau zu prüfen, ob es sich um einen direkten negativen Einfluss Tolkiens oder einen indirekten negativen Einfluss Tolkiens, vermittelt durch das Genre, handelt.

2.6 Zusammenfassung

Wenn alle diese Bedingungen als erfüllt angesehen werden können, erscheint es berechtigt, von einem Einfluss Tolkiens auf die Fantasy zu sprechen. Damit ist aber noch nichts über die Art und Weise dieses Einflusses gesagt. Hierzu kann auf die Ergebnisse einer Untersuchung, die der obigen Kriteriologie

---

7 Shippey nennt einige Charakteristika, die keiner oder kaum jemand übernommen habe: Die eingefügten Gedichte, die narrative Struktur des *Lord of the Rings* oder die stark boethianisch geprägten Vorstellungen über Schicksal, Zufall und Vorsehung. Positiv aufgenommen worden seien »his views about the importance of language, the importance of names, and the necessity for a feeling of historical depth« (325).

folgt, rekurriert werden, da diese Informationen über den *terminus post quem* und damit über das oder die Werke enthält, mit denen Tolkien die Fantasy beeinflusst hat. Darüber hinaus werden auch Ähnlichkeiten und Unterschiede gefunden worden sein, die zeigen, in welche Richtung Tolkien sie beeinflusst hat. Vor allem die Veränderungen liefern mit ihrer Größe, Wahrscheinlichkeit, Bedeutung und Dauer schließlich auch Hinweise darauf, wie groß der Einfluss Tolkiens auf die Fantasy war.

Bibliographie

Bloom, Harold. *Einfluss-Angst. Eine Theorie der Dichtung.* Basel: Stroemfeld, 1995

---. *Eine Topographie des Fehllesens.* Frankfurt a.M.: Suhrkamp, 1997

Butler, Charles. "After the Inklings". *The Ring Goes Ever On. Tolkien 2005 Proceedings.* Ed. Sarah Wells. The Tolkien Society: Coventry, 2008, 238-242

Hermerén, Göran. *Influence in Art und Literature.* Princeton: Princeton UP, 1975

Modern Language Quarterly 69:4 (2008)

Penetsdorfer, Wolfgang. "The Hunt for the One Tolkien". *The Ring Goes Ever On. Tolkien 2005 Proceedings.* Ed. Sarah Wells. The Tolkien Society: Coventry, 2008, 217-231

Pesch, Helmut W. *Fantasy. Theorie und Geschichte. 2. Ausgabe.* EDFC: Passau, 2001

Risden, E.L. "Source Criticism: Background and Applications". *Tolkien and the Study of His Sources. Critical Essays.* Ed. Jason Fisher. London: McFarland & Co., 2011, 17-28

Rosebury, Brian. *Tolkien. A Cultural Phenomenon.* Basingstoke: Palgrave Macmillan, 2003

Scull, Christina and Wayne Hammond. *The J.R.R. Tolkien Companion and Guide. Vol 1. Chronology.* London: HarperCollins, 2006

Shippey, Tom. *J.R.R. Tolkien. Author of the Century.* London: HarperCollins, 2000

Weinreich, Frank. *Fantasy. Einführung.* Oldib: Essen, 2007

The Inner Consistency of Reality: J.R.R. Tolkien, Jonathan Franzen, Michael D. O'Brien and Flannery O'Connor

Guglielmo Spirito (Assisi) & Emanuele Rimoli (Rome)

While Tolkien wrote his essay *On Fairy-Stories*, from the start he humbly confessed that he did it despite being aware that this was "a rash adventure" in a perilous land, where there are "dungeons for the overbold. And overbold I may be accounted… I have been hardly more than a wandering explorer (or trespasser) in the land, full of wonder but not of information" (TL 3).

Seemingly, we hardly may agree with him in such a statement, for the Professor writes as someone coming from that realm—"which is wide and deep and high and filled with many things"—, after having dwelt there for a timeless time. Yes, he would have answered, "in that realm a man may, perhaps, count himself fortunate to have wandered, but its very richness and strangeness tie the tongue of a traveller who would report them" (ibid.).

Indeed, we may here agree somehow: Tolkien's tongue was rather stumbling, as a matter of fact; but this cannot possibly be said about his pen.

Borrowing Cavafy's words in *The Inkwell:*

> The poet's sacred, honorable inkwell,
> you, from whom a world entire comes forth,
> every time a form passes close by you
> it comes back with some charm that is new.
> Your ink—where did it find those mythic
> treasures! Every drop, as it trickles on the page,
> sets yet another diamond for us
> among the jewels of the imagination.
>
> Those words, who taught you them, which you send forth
> all throughout the world, and which thrill us;
> our children's children too will read them still
> with the same emotion, the same fervor.
>
> Those words, where did you find them, which to our ears
> while sounding as if heard for the first time,
> do not yet seem to be completely strange—
> our hearts must have known them in another life. (Cavafy 217)

Indeed, Tolkien's art, "the operative link between Imagination and the final result, Sub-creation", gives (or seems to give) "the inner consistency of reality" (cf. TL 47f) in a surprising and somehow unparalled way.

> The poet's sacred, honorable inkwell,
> you, from whose ink a world entire comes forth,
> I'm put in mind, now, of how many people will
> stay lost within you, when the deep
> slumber comes one night to take the poet.
> The words will always be there; but what strange hand
> will have the power to find and bring them to us!
> You, faithful to the poet, will refuse it. (Cavafy 217f)

Is that so? Was this the fate of Tolkien's inkwell?

Tolkien defines his own theory of what fantasy can achieve by building on and beyond what he calls *Mooreeffoc* or "Chestertonian fantasy", which is the sudden realization of the familiar seen as if for the first time: the queerness of things when they are seen suddenly from a new angle.

> *Mooreeffoc* is a fantastic word, but it could be seen written up in every town in this land. It is Coffee-room, viewed from the inside through a glass door, as it was seen by Dickens on a dark London day... But it has, I think, only a limited power; for the reason that recovery of freshness of vision is its only virtue... Creative fantasy, because it is mainly trying to do something else (make something new), may open your hoard and let all the locked things fly away like cage-birds. The gems all turn into flowers or flames, and you will be warned that all you had (or knew) was dangerous and potent, not really effectively chained, free and wild; no more yours than they were you. (TL 58f)

So, we dare say, the inkwell, "not effectively chained, free and wild", no more his than it was him, did not refuse to others "the words that will always be there"; and now, we may dare to recognize some of the "strange hands that have the power to find and bring them to us!"

But here some may run into a couple of difficulties:

The first is the very definition of the "inkwell". Is it the influence that Tolkien's writing had on these authors or is it a common vision, a source that was shared? Or both?

The second difficulty could be the definition of "the inner consistency of reality". It seems linked to the definition of the inkwell. Should we try to spell it out? If we clear up these words, the rest of the work will be clearer? Perhaps, but we may easily remain circling round and round in the confines of our very *rationalistic* form of grasping reality instead of allowing the mystery to unfold itself as a wellspring, watering our thirst. We prefer the *Symbolic way*, which is the path—for instance—of *Liturgy* and *Poetry*. Symbol, not Allegory nor Metaphor.

"They say that they thirst not; they say that this is not a well, that this is not water. They say that this is not a well of water as they have imagined it to be, and they say there is not water", wrote Jean Corbon in his masterful reflection *The Wellspring of Worship*, quoting Paul Claudel (Corbon 21). The *Symbolic way* is a kind of *Mystagogy*: "action of leading into the mystery" or "action by which the mystery leads us" (cf. 18).

This inkwell is differently shared—among many others—, by three great modern writers: the Americans Flannery O'Connor (1925-1964) and Jonathan Franzen (*1959), and the Canadian Michael D. O'Brien (*1948).

Why have we chosen these three authors? Because we know them well enough, we dare say, through their books and—in some case—personally, and we like them. Indeed they give us *pleasure* while reading them. They *taste* good, and they offer a vision of truth that *feels* True.

In our paper we will try to discover and explore the shared vision they had (or did not have), and the influence that J.R.R. Tolkien might have had in the shaping of their fiction.

Jonathan Franzen

Jonathan Franzen is an American novelist and essayist. His first novels were *The Twenty-Seventh City* (1988) and *Strong Motion* (1992). His third novel, *The Corrections* (2001), earned Franzen a National Book Award, and was a finalist for the 2002 Pulitzer Prize for Fiction. His most recent novel, *Freedom*, was published in August 2010. He wrote *How to Be Alone* (2002), a collection of essays, and *Discomfort Zone* (2006), a memoir. Franzen lives in New York and writes for *The New Yorker*.

A friend of ours, Antonio Spadaro (a Jesuit in love with Flannery), sent Jonathan Franzen to Assisi, asking hospitality for him in our friary for a couple of days, while he was writing an article for *The New Yorker* ("Emptying The Skies—in defense of songbirds which are being senselessly decimated" was published on 26 July 2010, and a certain Conventual Franciscan and Tolkien Scholar is interviewed there); he laughed—delighted—when told that he resembles Radagast the Brown, because "birds are especially his friends" (LotR 274).

Did Franzen also draw from the inkwell some glimpse—or drop—of the "inner consistency of reality"? We dared to ask him. His answer:

> New York, 13-06-2010
>
> My answer to your question about Tolkien's effect on my writing is that he was certainly part of my development as a reader, and that he may also have influenced the writing in mostly invisible ways, especially when I was just starting out. The trilogy was one of the first texts I read that was both very serious and completely entertaining, and that combination still matters a lot to me, both as reader and as a writer. I was also very taken with the notion of a fellowship of the ring, since I was, at the time, in a (nominally) Christian Fellowship (I wrote about it in *The Discomfort Zone*) and susceptible to stories of groups of committed comrades operating outside the bounds of regular society. The first novel I ever imagined writing was about a group like this, a group of socially committed pranksters, and that morphed into the plot of the first novel I did write, *The Twenty-Seventh City*, albeit in a very refracted way. The other effect that Tolkien may have had me—again, distantly and refractedly—was to deepen the sense of a possible oneness with nature, the possibility of contemporary enchantment, which you spoke of in connection with your own childhood attraction to St. Francis. Here again, for a long time, that yearning for enchantment took various refracted forms—in my first novel I was trying to imbue mundane St. Louis, Missouri, with mystery; in my second novel I was preoccupied with the uncanniness of earthquakes; in my third novel I was fighting to reenchant an overly materialistic world (with direct references to Narnia, among other things).
>
> It wasn't until I found my way to birds that the yearning came fully and urgently to the surface. You'll see a little of it (but only a little) in my article.
>
> I hope this is helpful. It was an interesting question.
>
> Jonathan Franzen

Indeed, in *The Discomfort Zone* Tolkien is mentioned a few times:

> Riding with Manley through the ghostly streets of Webster Groves, I was moved for the same reason that snow had moved me as a child, for its transformative enchantment of ordinary surfaces. The long rows of dark houses, their windows dimly reflecting streetlights, were as still as armored knights asleep under a spell. It was just as Tolkien and C.S. Lewis had promised: there really

> was another world. The road, devoid of cars and fading into distant haze, really did go ever on and on. Unusual things could happen when nobody was looking. (103; cf. also 96 and 168)

Though perhaps just as "distantly and refractedly" as Tolkien's direct influence on his writing, we may recognize nevertheless a close affinity with O'Connor's (and Tolkien's) view of the charism of the writer:

> Flannery O'Connor insisted that the "business of fiction" is "to embody mystery through manners." Like the poetics that Poe derived from his *Raven*, O'Connor's formulation particularly flatters her own work, but there's little question that "mystery" (how human beings avoid or confront the meaning of existence) and "manners" (the nuts and bolts of how human beings behave) have always been primary concerns of fiction writers. What's frightening for a novelist today is how the technological consumerism that rules our world specifically aims to render both of these concerns moot. (*How to be alone* 68)

> [Heath nodded and said] 'that reading good fiction is like reading a particularly rich section of a religious text. What religion and good fiction have in common is that the answers aren't there, there isn't closure. The language of literary works gives forth something different with each reading. But unpredictability doesn't mean total relativism. Instead it highlights the persistence with which writers keep coming back to fundamental problems. Your family versus your country, your wife versus your girlfriend.'
> 'Being alive versus having to die', I said.
> 'Exactly,' Heath said. 'Of course, there is a certain predictability to literature's unpredictability. It's the one thing that all substantive works have in common. And *that* predictability is what readers tell me they hang on to—a sense of having company in this great human enterprise.'
> 'A friend of mine keeps telling me that reading and writing are ultimately about loneliness. I'm starting to come around.'
> 'It's about not being alone, yes,' Heath said, 'but it's also about not hearing that there's no way out—no point to existence. The point is in the continuity, in the persistence of the great conflicts.'
> (82f)

["For there is no true end to any fairy-tale" (TL 68)—Tolkien would have probably added—, because such tales have a greater sense and grasp of the endlessness of the World of Story than most modern "realistic" stories (80). Story, fantasy, still go on, and should go on. The *Evangelium* has not abrogated legends; it has hallowed them, especially the "happy ending". (73)]

Jonathan quotes Flannery's *Mystery and Manners* (from now: M&M), as an example of

> tragic realism [which] preserves access to the dirt behind the dream ... to the sorrow behind the pop-cultural narcosis: to all those portents on the margins of our existence.
> 'People without hope not only don't write novels, but what is more to the point, they don't read them. They don't take long looks at anything, because they lack the courage. The way to despair is to refuse to have any kind of experience, and the novel, of course, is a way to have experience.' (92)

The quote stops here. But Flannery's following sentence completed the meaning:

> The lady who only read books that improved her mind was taking a safe course—and a hopeless one. She'll never know whether her mind is improved or not, but should she ever, by some mistake, read a great novel, she'll know mighty well that something is happening to her. (M&M 78)

Perhaps, at least, what happened to Jonathan himself may happen *to us*, while reading several passages in which Malte—in Rilke's novel—reports on his personal growth. I quote Rilke through Franzen:

> 'I'm learning to see. I don't know why it is, but everything penetrates into me more deeply and doesn't stop at the place where, until now, it always used to end. I have an inner life that I didn't know about. Everything goes there now. I don't know what happens there.' (*The Discomfort Zone* 138)[1]

Pawel [one of O'Brien's characters], saw that life is a word spoken. It cannot be taken back once uttered. It is a seed launched upon the wind for a brief flight, then planted in the soil, where it sleeps for a time. Many are the elements that make the harvest: sun and rain, heat and cold, plowing and sowing, the season of bounty and the season when creation dies.

1 Ich lerne sehen. Ich weiß nicht, woran es liegt, es geht alles tiefer in mich ein und bleibt nicht an der Stelle stehen, wo es sonst immer zu Ende war. Ich habe ein Inneres, von dem ich nicht wußte. Alles geht jetzt dorthin. Ich weiß nicht, was dort geschieht.

> If he were to tell people this, his voice would disappear in the vortex of words swirling and plunging and flying to heaven and to hell. Few would hear him, fewer would comprehend. ["The words will always be there; but what strange hand will have the power to find and bring them to us!", skepticaly exclaimed Cavafy...] Perhaps only the mother with her child, the father with his son, and the writer with his grief. They understood the end of words. Their lives had been spoken, and so shifted, a little, the balance of the world. (*Sophia House* 476)

Michael D. O'Brien

Michael D. O'Brien (*1948) is a Canadian author and artist of Irish background, living in Combermere, Ontario. His books have been published in various foreign languages.

He wrote several novels[2] among them *Father Elijah: An Apocalypse* (Ignatius Press, 1996); *Plague Journal* (Ignatius Press, 1999); *Sophia House* (Ignatius Press, 2005); *Island of the World* (Ignatius Press, 2007); *A Father's Tale* (Ignatius Press, 2011).

O'Brien's best-known non-fiction work is *A Landscape with Dragons: The Battle for Your Child's Mind* (Ignatius Press, 1994).

Here, he affirms that we should keep in mind a fundamental principle of culture: Symbols in our minds exercise a certain power over us, though their influence is usually subconscious, and especially so in the minds of the young. Symbols are keystones in the architecture of thought, indeed in our perceptions of reality itself. If we lose symbolism, we lose our way of knowing things. If symbols are corrupted, concepts are corrupted, and then we lose our ability to understand things as they are, rendering us more vulnerable to deformation of our perceptions and our actions. In the fiction of J.R.R. Tolkien (together with C.S. Lewis, and George MacDonald), we find good examples of how fantasy can be effective in this way ('Tolkien's Middle-earth' is a short section of Chapter VI, in pages 119-123).

> 'Onward to Mordor!' shouted Billy, brandishing an invisible sword. 'Mordor? We're going to Capri.' 'A figure of speech, Davy. Literary reference, English schoolboy stuff.' 'I see.' (*Father Elijah* 69)

> 'Afterwards, a mob of us went out to the Bird and Baby. Andrew and me and about ten others crammed into the alcove where

2 cf: www. studiobrien.com/writings_on_fantasy/

> Lewis and Tolkien used to sit.' 'What is the Bird and Baby?' Alex asked. Whitfield explained. 'It's a pub called the Eagle and Child. The Inklings sometimes met there.' (*The Father's Tale* 223)

> 'Zis bustles out of the bedroom with a big hardbound volume in her hands. "Dad, Dad, it's *The Lord of the Rings*!" She is excited beyond containment. This is her favorite book, *our* favorite book. Grandpa read it to them one summer when she was six and her brother eight. Some of the theology and the Oxonian witticisms went right over their heads, but they got the thrill of the quests, and the terror of Orcs raiding in the hills of the peacefull Shire. For a brief moment they were in love with the inexhausible splendor of the imagination, until they went off to school again that autumn and it all faded away under the onslaught of the drab men without chests, as Lewis called them.' (*Plague Journal* 78)

And at the very last page of the novel, a fragment in a child's handwriting, on a scrap of paper: "Daddy, Don't be sad. Don't be scared. Remember Frodo and Sam. Love. Zoe." (273)

But these few explicit quotes were not what intrigued us, but rather a sort of similarity of vision that seems to peep up offering somehow a similarity of flavour:

In the relationships between fathers and sons (such as Alex's and Andrew's in *The Father's Tale* or Elendil's and Isildur's in *The Lost Road*); domesticity, simple pleasures of life and strong sense of humour (such as Sam's, Pippin's or Gimli's or the jokes of the prisoners in *The Island of the World*); predilection for "wounded" heroes (like Frodo or Pawel of *Sophia House*); paths of dispossession, fighting, darkness and unexpected light (like Faramir or David of *Father Elijah*).

We were rather curious. Having read several of his novels, and having spoken with him twice by phone, while we were in Toronto, we felt confortable enough to ask him. So, we decided to write him asking directly to give us some inklings of what might be Tolkien's influence on his work as a writer. Michael's kind answer:

> Combermere, 24-06-2011
>
> Here is the best I can do regarding Tolkien's influence on me:
>
> In my youth I read *The Lord of the Rings* with much enjoyment. However, though I could appreciate that it was great literature, it did not affect me deeply, only as fascinating entertainment.

A few years after my conversion (I returned to the Catholic faith at age 21), when my eyes, heart, and soul had changed, I re-read it with an entirely new sense: I experienced it as, mysteriously, a kind of "living word." I now saw layers of meaning I had not seen before, and seemingly inexhaustible riches, and new levels of narrative within the overarching plot narrative.

Above all, in the desert of the modern age (with its tragically stunted anthropology and desolate cosmology), I sensed in Tolkien's work that I was breathing the fresh, invigorating air of a breeze coming from the Promised Land, incarnating/instantiating the truth that the desert is not endless, and that man was made for his true and ultimate home. I felt also the great adventure of existence, its drama, its complexity, its wonders and its terrors. Life was simultaneously dangerous and inexpressibly beautiful.

The Lord of the Rings is a sub-creation, an imaginary world. And yet, as I re-read it for the second time I sensed in a new way that it was *more real* than much of what passes for contemporary realism in literature. Tolkien's imagination, co-creating with grace, had brought into the world something entirely new even as it embodied the ultimate Real.

Over the years I have read the entire trilogy aloud to my children five times, as well as other writings by him. I watched as they lived inside the story, identifying with various characters, learning much, experiencing much. The story has enhanced their lives, developed their psychology of perception—and I would dare to say their spirituality. To this day I still reread sections of the trilogy and find new delights.

As a novelist, I also have benefited from the paradigm that Tolkien bequeathed to Catholic fiction writers who would come after him. He showed us that we need not be hesitant to develop new modes of Story. At the same time, he reminds us in his landmark essay *On Fairy-Stories* that no matter how fantastic a sub-created world of fiction may be, it should always remain true to what he called "the moral order of the universe." Tolkien created his vast works in this condition of mind and soul, in a state of sanctifying grace, permitting grace to work in cooperation with human nature to give birth to life-giving words. Michael O'Brien

So, at least we can be sure that the inkwell did not refuse O'Brien's "strange hand": it had the power to find the words and bring them to us…

Is it so with our third and last author as well?

Flannery O'Connor

Mary Flannery O'Connor was from Savannah, Georgia, a novelist, short-story writer and essayist. An important voice in American Southern literature, with a wonderful sharp (irish-like) sense of humour and of the grotesque. O'Connor wrote two novels, *Wise Blood* (1952) and *The Violent Bear It Away* (1960) and two books of short stories, *A Good Man Is Hard to Find* (1955) and *Everything That Rises Must Converge* (published posthumously in 1965), as well as a good number of reviews, papers and letters, *The Presence of Grace: and Other Book Reviews* (1983), *Mystery and Manners: Occasional Prose* (1969) and *The Habit of Being: Letters of Flannery O'Connor* (1979).

> Art is a word that immediately scares people off, as being a little too grand. But all I mean by art is writing something that is valuable in itself and that works in itself. The basis of art is truth, both in matter and in mode. The person who aims after art in his work aims after truth, in an imaginative sense, no more and no less.
> (M&M 65)

Pavel Florensky's explanation of what *truth* is may be quite helpfull at this point: the Russian word for truth, *istina*, is linguistically close to the verb *est* [to be]. Hence, *istina*, according to the Russian understanding of it, embodies the concept of absolute reality: istina is "what is", the genuinely existent, *to ontos on*, or *ho ontos on*, in contradistinction to what is imaginary, unreal. In the word *istina*, the Russian language marks the ontological aspect of the idea. *Istina* is existence that abides, that which lives, living being, that which breathes. (cf. Florensky 14-16). In Tolkien's words: "the inner consistency of reality" (cf. TL 47f).

Following the same meaning of truth and reality, Flannery proclaims her mysterious, profound and powerful "*materialism*":

> ... fiction is so very much an incarnational art. The fact is that the materials of the fiction writer are the humblest. Fiction is about everything human and we are made out of dust, and if you scorn getting yourself dusty, then you shouldn't try to write fiction. It's not a grand enough job for you. (M&M 68)

The kind of *vision* the fiction writer needs to have, or to develop, in order to increase the meaning of his story is called *anagogical vision*, and that is the kind of vision that is able to see different levels of reality in one image or one situation.

Some people have the notion that you read the story and then climb out of it into the meaning, but for the fiction writer himself *the whole story is the mean-*

ing, because it is an experience, not an abstraction. Fiction is presented in such a way that the reader has the sense that it is unfolding around him. It means that when you write fiction you are speaking *with* characters and action, not *about* character and action. Indeed fiction, as well as History and Life, always involves the mystery of personality (cf. M&M 72f).

Indeed it is a matter of *vision*: a distrust of the abstract, and a desire to penetrate the surface of reality to find in each thing the spirit which makes it itself and holds the world together. Exactly as the young boy staring at the raindrops: "it made me think how all the water in the world was connected, and this water had evaporated from the oceans somewhere in the middle of the Gulf of Mexico or Baffin Bay, and now it was falling in front of the house and it would drain away into the gutters and flow to a sewage station where it would be cleaned and then it would go into a river and go back into the ocean again" (Haddon 130).

> There's a certain grain of *stupidity* that the writer of fiction can hardly do without, and this is the quality of having *to stare*, of not getting the point at once. *The longer you look at one object, the more of the world you see in it*; and it's well to remember that the serious fiction writer always writes about the *whole world*, no matter how limited his particular scene. *For him, the bomb that was dropped on Hiroshima affects life on the Oconee River.*
> (M&M 77)

For the writer of fiction, everything has its testing point in the eye, and the eye involves the whole personality and as much of the world as can be got into it. It involves judgment. Judgment is something that begins in the act of vision. Fiction operates through senses, and I think one reason that people find it so difficult to write stories is that they forget how much time and patience is required to convince through the senses. The first and most obvious characteristic of fiction is that it deals with reality through what can be seen, heard, smelt, tasted, and touched (cf. M&M 91).

In *Mystery and Manners* we discover—unexpectedly, as in any true discovery—a way of *seeing* and of *saying* that 'fits' extremely well with the *seeing* and *saying* of, say, *Tree and Leaf* that we may even imagine a (sort of) 'dialogue' between the two authors, such as this:

> FL: The fiction writer presents matter through manners, grace through nature, but when he finishes there always has to be left over that sense of Mystery which cannot be accounted by any human formula. (M&M 153)

> TK: I think I know exactly what you mean by the order of Grace. *The Lord of the Rings* is of course a fundamentally religious and Catholic work; unconsciously so at first, but consciously in the revision. That is why I have not put in, or have cut out, practically all references to anything like 'religion', to cult or practices, in the imaginary world. For the religious element is absorbed into the story and the symbolism. However that is very clumsily put, and sounds more self-important than I feel. (L 172)

> FL: The good novelist not only finds a symbol for feelings, he finds a symbol and a way of lodging it which tells the intelligent reader whether this feeling is adequate or inadeguate, whether it is moral or inmoral, whether it is good or evil. And his theology, even in its most remote reaches, will have a direct bearing on this. (M&M 156)

> TK: "That is: far greater things may colour the mind in dealing with the lesser things of a fairy-story" (L 288).

> 'How shall a man judge what to do in such times?' [asked Eomer]. 'As he ever has judged,' said Aragorn. 'Good and ill have not changed since yesteryear; nor are they one thing among Elves and Dwarves and another among Men. It is a man's part to discern them, as much in the Golden Wood as in his own house'. (LotR 458f)

> FL: It makes a great difference to the look of a novel whether its author believes that the world came late into being and continues to come by a creative act of God, or whether he believes that the world and ourselves are the product of a cosmic accident. It makes a great difference to his novel whether he believes that we are created in God's image, or whether he believes we create God in our own. It makes a great difference whether he believes that our wills are free, or bound like those of the other animals. (M&M 156f)

["*Erase the Root – no Tree*", Emily Dickinson (64) would have said, and also

> Paradise is of the option.
> Whosoever will
> Dwell in Eden notwithstanding
> Adam and Repeal. (Dickinson 134)]

> TK: Behind that there was something else at work, beyond any design of the Ring-maker. I can put it no plainer than by saying that Bilbo was *meant* to find the Ring, and *not* by its maker. In which case you also were *meant* to have it. And that may be an encouraging thought, [said Gandalf] (LotR 69). For nothing is evil in the beginning. Even Sauron was not so (285). I have not much hope that Gollum can be cured before he dies, but there is a chance for it. My heart tells me that he has some part to play yet, for good or ill, before the end; and when that comes, the pity of Bilbo may rule the fate of many—yours not least. (73)

> FL: You cannot show the operation of grace when grace is cut off from nature or when the very possibility of grace is denied, because no one will have the least idea of what you are about. The novelist doesn't write about people in a vacuum; he writes about people in a world where something is obviously lacking, where there is the general mystery of incompleteness and the particular tragedy of our own times to be demonstrated, and the novelist tries to give you, within the form of the book, a total experience of human nature at any time. (M&M 166f)

There is no evidence that O'Connor and Tolkien have had any influence on each other, nor even that they knew or had heard of each other, though for sure Flannery read some of C.S. Lewis' books, and through him she may have come to know Lewis' friend (cf. *The Habit of Being*, 572). She *may* have known, but we don't know if she did, and the odds are for a negative answer.

The plausibility of their imaginary dialogue is therefore uncertain, in strict biographical terms. Nevertheless, the similiarity of their vision is quite clear, and both of them—the Georgian and the Oxfordian—shared a sort of "unique theological poetics", as the one shared by Chesterton and Tolkien, in Alison Milbank's expression (cf. XV), which is to be found not so much in the *content* of their fiction as in the *manner* in which they write, or perhaps better, in the manner they conceived writing. The vision that nourishes both authors comes—we may dare being bold to the point of certainty—, from shared living roots and life-bearing sap, which drink from the same Spring of Living Water (cf. Rev 22).

> As if the Sea should part
> And show a further Sea –
> And that – a further – and the Three
> But a presumption be –

> Of Periods of Seas –
> Unvisited of Shores –
> Themselves the Verges of Seas to be –
> Eternity – is Those – (Dickinson 88)

Borrowing Pawel's answer at David's questioning:

> – What, then, is the secret of the teller of tales?
> – He observes. He reflects upon what he has seen. He suffers because of this. And from his suffering he makes a story. The soul of the listener recognizes that it is a true story, even if it is about a deer leaping on clouds or children dancing on the waves of the sea. It is not merely entertainment. It is food.
> (*Sophia House* 410)

However, even themes such as the Fall, Redemption, Judgment and Grace are deeply shared (cf. L 143f), and Tolkien might have agreed with Flannery's assessment: "I write the way I do because and only because I am a Catholic; if I were not a Catholic I would have no reason to write, no reason to see, no reason ever to feel horrified or even to enjoy anything" (*The Habit of Being* 114).

> Probably every writer making a secondary world, a fantasy, every sub-creator, wishes in some measure to be a real maker, or hopes that he is drawing on reality: hopes that the peculiar quality of this secondary world (if not all the details) are derived from Reality, or are flowing into it. If he indeed achieves a quality that can fairly be described by the dictionary definition: "inner consistency of reality", it is difficult to conceive how this can be, if the work does not in some way partake of reality. The particular quality of "joy" in successful Fantasy can thus be explained as a sudden glimpse of the underlying reality or truth. It is not only a "consolation" for the sorrow of this world, but a satisfaction, and an answer to that question, "It is true?" We see in a brief vision that the answer may be greater—it may be a far-off gleam or echo of *evangelium* in the real world. (TL 70f)

Let us remind Origen's words, and then let us welcome the gleam of the living fountain: "for he is here, and his present work is to remove the earth from the souls of each of you in order that your fountain may flow. This fountain is in you and does not come from outside" (in Corbon 25).

Conclusion

So, finally, we have Tolkien's answer to the one who thought his *inkwell* rather jealous, refusing itself for other writers. We dare say our three authors, Jonathan, Michael and Flannery, have drawn from the inkwell—and at least two of them, did it so also through Tolkien—, and far beyond the inkwell, from the outpouring Source of the "inner consistency of reality"—in a personal, sub-creative, unrepeatable way, like and unlike Tolkien's.

Even though artists and writers may not be aware of the Spirit who is illuminating them, their work is an attempt to bring to light the *glory* that is buried and held captive in creation. The freshness of the first creation, which nostalgically inspires artistic creativity, is no longer in a mythical past but in the world that is coming, and culture already opens up to that new world: we are able to see drops of a gleaming glory with open eyes, streaming out from the living well.

"What is to recognize? To find a single root beneath all the branches", wrote Waldo Williams (Williams 29).

> The world is charged with the grandeur of God.
> It will flame out, like shining from shook foil;
> It gathers to a greatness, like the ooze of oil
> Crushed… Is bare now, nor can foot feel, being shod.
> And, for all this, nature is never spent;
> There lives the dearest freshness deep down things;
>
> (Hopkins 84)

"All tales may come true; and yet, at the last, redeemed, they may be as like and as unlike the forms that we give them as Man, finally redeemed, will be like and unlike the fallen that we know" (TL 73).

There lives the dearest freshness deep down things. A river of life, rising and flowing crystal-clear.

This is the inner consistency of reality…

Bibliography

Cavafy, Costantin Peter. *Collected Poems.* New York: Alfred A. Knopf, 2010

Corbon, Jean. *The Wellspring of Worship.* San Francisco: Ignatius Press, 2005

Dickinson, Emily. *Poesie.* Milano: Garzanti, 2008

Florensky, Pavel. *The Pillar and Ground of the Truth.* Princeton and Oxford: Princeton University Press, 2004

Franzen, Jonathan. *How to be alone.* New York: Picador, 2003

---. *The Discomfort Zone.* London: Fourth Estate, 2006

Haddon, Mark. *The Curious Incident of the Dog in the Night-Time.* London: Vintage Books, 2004

Hopkins, Gerard Manley. *La freschezza più cara. Poesie scelte.* Milano: BUR, 2008

Milbank, Alison. *Chesterton and Tolkien as Theologians. The Fantasy of the Real.* London: t & t clark, 2009

Murray, Lorraine. *The Abbess of Andalusia.* Charlotte NC: Saint Benedict Press, 2009

O'Connor, Flannery. *The Habit of Being: Letters of Flannery O'Connor.* New York: Farrar, Strauss & Giroux, 1979

---. *Mystery and Manners. Occasional Prose.* New York: Farrar, Strauss & Giroux, 1997

O'Brien, Michael David. *Father Elijah.* San Francisco: Ignatius Press, 1996

---. *A Landscape with Dragons: The Battle for Your Child's Mind.* San Francisco: Ignatius Press, 1998

---. *Plague Journal.* San Francisco: Ignatius Press, 1999

---. *Sophia House.* San Francisco: Ignatius Press, 2005

---. *The Father's Tale.* San Francisco: Ignatius Press, 2011

Tolkien, John Ronald Reuel. *The Lord of the Rings.* London: HarperCollins, 1993

---. *The Letters of J.R.R. Tolkien.* Boston NY: Houghton Mifflin Company, 2000

---. *Tree and Leaf.* London: HarperCollins, 2001

Williams, Waldo, 'What is Man' (1952), cit. in Prefettura della Casa Pontificia. *Pellegrini della verità. Pellegrini della pace. Assisi, 27 ottobre 2011.* Città del Vaticano: Tipografia Vaticana, 29

»Monster«, Mode und Moneten

»Völkerromane«, ihre Beziehung zu Tolkiens Werk und das Marketing

Friedhelm Schneidewind (Hemsbach)

In den letzten zehn Jahren haben in der Fantasy immer wieder »Tolkiens Völker« die Auflagen bestimmt, verarbeitet und »verwurstet« in mehr oder weniger gelungenen Romanen. Dafür hat sich bei manchen Verlagen, Agenturen und Kritikern der Begriff »Völkerromane« eingebürgert.

Dieser taucht allerdings selten und nur im deutschen Sprachraum auf und ist nicht eindeutig zu fassen oder definiert. »Völkerromane – Die Elfen, die Orks, die Zwerge etc.« heißt es in einem Internetforum[1], und in einem Literaturforum im Netz werden zu Beginn einer Diskussion auch nur Beispiele aufgezählt.

> Die Fantasy-Völkerromane stehen ja oft in keinem besonders guten Licht da – zumindest ist das meine Erfahrung. Ich habe mich einmal an einer (sicher-lich unvollständigen) Übersicht versucht. Dort findet sich jeweils der erste Teil, sortiert ist die Liste nach den Völkern:
> Tobias O. Meißner – Die Dämonen; Julia Conrad – Die Drachen; R. A. Salvatore – Die Dunkelelfen; Bernhard Hennen, James Sullivan – Die Elfen; Garry Kilworth – Die Engel; Maike Hallmann – Die Feen; Jim C. Hines – Die Goblins; Mel Odom – Die Halblinge; Lea Nicolai – Die Hexen; Karl-Heinz Witzko – Die Kobolde; Stephan Russbült – Die Oger; Stan Nicholls – Die Orks; Christoph Hardebusch – Die Trolle; Kim Newman – Die Vampire; Christoph Hardebusch – Die Werwölfe; Michael Peinkofer – Die Zauberer; Thomas Plischke – Die Zombies; Markus Heitz – Die Zwerge.
> ›Die Soldaten‹ von Tobias O. Meißner habe ich weggelassen, weil Soldaten eben kein Fantasyvolk sind.[2]

Diese Aufzählung zeigt, wie schwierig es ist, den Begriff »Völkerromane« einzugrenzen. Soldaten sind sicher kein Volk, nach meiner Auffassung aber auch Engel, Dämonen und Vampire nicht. In diesem Artikel möchte ich mich vor allem auf die Romane beziehen, die mit Tolkiens »Völkern« (auch dies schon

1 http://fantasy-forum.org/showthread.php?t=275 (09.09.2012)

2 www.literaturschock.de/literaturforum/index.php?topic=23962.0 (09.09.2012); aufgezählt wird hier jeweils der erste Band, für mehr: siehe Literaturverzeichnis.

ein schwieriger und umstrittener Begriff) und abgeleitet davon mit ähnlichen Völkern zu tun haben.

So sah es vor Jahren auch schon in einem »Couchtalk« die *Phantastik-Couch*: »Tolkiens Völker und kein Ende: Sägt die Fantasy an dem Ast, auf dem sie sitzt? Warum sind es immer und immer wieder Tolkiens Völker, die die Auflagen bestimmen?«[3]

Der große Erfolg der »Völkerromane« wirft Fragen auf, von denen die meisten so oder ähnlich in den letzten Jahren auch in der Öffentlichkeit und in Verlags- und Publizistikkreisen diskutiert worden sind.

Welche Auswirkungen hat(te) die Entwicklung des – auf den deutschen Markt beschränkten – Subgenres »Völkerromane« auf die deutschsprachige Fantasyliteratur, auf die Schreibenden, die Verlage, das Lesepublikum? Schaden diejenigen, die solche Fantasy schreiben und verlegen, damit vielleicht sogar dem Genre – oder zumindest seinem Ansehen in der Öffentlichkeit, der allgemeinen Wahrnehmung?

Wie viel von diesem Erfolg basiert auf »echten« Bedürfnissen des lesenden Publikums, wie viel auf Marketingmaschen? Und wie funktionieren diese?

Wie stark hat Tolkiens Werk die Schreibenden beeinflusst? Oder war der Einfluss der Verlage und/oder des Marktes stärker?

Hat der Erfolg der »Völkerromane« den Schreibenden und den Verlagen gut getan, oder stattdessen manche guten Ansätze erschwert oder ihre Veröffentlichung verzögert oder verhindert? Oder aber werden vielleicht mit tolkienesker Massenproduktion innovativere, ambitioniertere Werke finanziert?

In diesem Artikel möchte ich diese Fragen beantworten, u. a. mit einem Blick auf Marketingmechanismen allgemein und speziell für den Fantasy-Buchmarkt, und im Dialog mit einigen renommierten Völkerroman-Autoren. Diese haben mir dankenswerterweise auf meine Fragen zum Thema geantwortet, und ich werde ihre Stellungnahmen jeweils an passender Stelle einfügen.

Der Buchmarkt als Käufermarkt

Zunächst müssen einige Grundlagen des Marketings geklärt werden, die für unser Thema von Bedeutung sind. Es gibt mehrere Auffassungen von Marketing und dessen Funktion; zwei sind besonders verbreitet.

Als Konzept einer ganzheitlichen marktorientierten Unternehmensführung zur Befriedigung der Bedürfnisse und Erwartungen der Kundschaft und anderer Interessengruppen ist Marketing eine Führungskonzeption, bei der das gesamte Unternehmen, der Betrieb oder die Organisation an Marketingaspekten ausgerichtet wird:

3 www.phantastik-couch.de/couch-talk-april-2008.html (09.09.2012)

> Marketing ist die konzeptionelle, bewusst marktorientierte Unternehmensführung, die sämtliche Unternehmensaktivitäten an den Bedürfnissen gegenwärtiger und potentieller Kunden ausrichtet, um die Unternehmensziele zu erreichen. (Runia et al. 4)

Für die Betrachtung des Erfolgs der »Völkerromane« ist die zweite, ältere Hauptrichtung interessanter, bei der Marketing als Absatzwirtschaft begriffen wird: als Unternehmensbereich und als Unternehmensfunktion, deren Hauptaufgabe es ist, Waren, Produkte oder Dienstleistungen zu vermarkten.

Die Entwicklung der frühen Marketingkonzeptionen beruhte auf einer wichtigen Veränderung der wesentlichen Märkte: vom Verkäufermarkt, in dem die Nachfragenden aufgrund des Mangels an Gütern und Dienstleistungen die Preise und Konditionen weitgehend bestimmen können, zu einem Käufermarkt, in dem es entweder von bestimmten Gütern oder Dienstleistungen ein Überangebot gibt oder eine Vielzahl von Anbietenden durch ihren Wettbewerb der Kundschaft mehr Wahlmöglichkeiten bietet, von der Entscheidung, das Angebot überhaupt anzunehmen, bis zur Wahl zwischen verschiedenen Gütern, Produkten und Anbietern.

Bei rund 80.000 Neuerscheinungen jährlich auf dem Buchmarkt allein in Deutschland haben wir es eindeutig mit einem Käufermarkt zu tun, und auch im Fantasybereich ist das Angebot so umfangreich, dass die Kaufenden eine große Auswahl haben, was sie kaufen und lesen wollen.

Entsprechend muss das Marketing der Verlage, begriffen als Absatzorientierung, als Mittel zur Vermarktung, sich besonders daran orientieren, was die Menschen lesen wollen. Und dabei spielen Emotionen, Kundenzufriedenheit und Gewohnheiten eine wesentliche Rolle:

> Marketing ist für jedes Produkt notwendig …
>
> ► Ursache für die Notwendigkeit ist der Käufermarkt, d.h. der Produktanbieter muß den Nachfrager für sein Produkt begeistern, da der Nachfrager zwischen verschiedenen Produkten wählen kann.
>
> ► Marketing ist die Identifikation, Motivation und Akquisition von Nachfragern…
>
> ► Emotionen in den Vordergrund zu stellen …; rationale Argumente dienen nur der Untermauerung der emotionalen Entscheidung…
>
> ► Ziel ist die Kundenzufriedenheit und die Kundenbindung
>
> ▹ Kunde soll mehr als nur einmal kaufen ...
>
> ▹ Statistisch werden negative Erlebnisse 11-mal weitergegeben, positive nur 3-mal

▹ Subjektive Zufriedenheit ist entscheidend. (Koopmann 3)
Besonders die Aspekte der Kundenzufriedenheit und der Emotion spielen bei den Völkerromanen eine bedeutende Rolle. Es wird noch deutlich werden, wie diese von den Verlagen berücksichtigt werden.

Etwas Neues und doch das Alte, Vertraute

Bei einem Produkt wie einem Buch gibt es spezifische Eigenschaften, die das Kaufverhalten stark beeinflussen. Zunächst gilt es dabei, eine besondere Eigenschaft der meisten Menschen zu berücksichtigen: Sie wollen immer wieder etwas Neues, aber es soll eigentlich so sein wie das, was sie schon kennen.

Dieses Phänomen gilt für die meisten Produkte, bei denen es auf den Inhalt und/oder die Gestaltung ankommt. Viele Menschen schauen immer wieder dieselben Fernsehserien, die umso erfolgreicher sind, je mehr sie immer wieder mit vertrauten Personen und Handlungsmustern aufwarten:

> Eine Serie ist wie Fußball. Die Spielregeln sind klar, die Spielzüge sind bekannt, und doch ist jedes Spiel neu. Von Spielern wie Özil sagt man, sie seien kreativ… Haben diese Spieler irgendwas erfunden, was es vorher nicht gab? Haben sie die Spielregeln neu definiert? Ganz und gar nicht. Und doch: wenn man sie sieht, hat man das wunderbare Gefühl, der Spieler erfinde das Spiel in diesem Augenblick neu. Es ist ein Zauber, der von ihnen ausgeht. Diese Momente, die, vollkommen auf der Basis der Regel, jede Erwartung übersteigen, »kreativ« zu nennen, ist nicht zu hoch gegriffen.[4]

Viele Menschen bleiben ihrer Handymarke treu oder zumindest dem Betriebssystem, auch wenn sie eine neue Version beziehen. Um manche Produkte entsteht ein regelrechter Kult, von dem dann auch das Merchandising lebt, wie etwa bei *Star Wars* oder den *Twilight*-Filmen – oder modernen Kommunikationsgeräten:

> Die smarten Geräte sind Kultprodukte, nach denen die Leute nicht nur Schlange stehen. Sie schlagen sich ganze Nächte um die Ohren, um in den Genuss der neuesten Version zu kommen. Von magischen Objekten ist die Rede, von einer Magie, der auf Dauer jeder erliegt. Die Produkte sind so gut gemacht, dass man ihnen entgegenfiebert. Zwar sind sie für uns da, doch gleichzeitig sind

---

4 Werner Kließ, zitiert nach »Eine Ausgeburt linker Ideen« [Interview zur Fernsehserie *Ein Fall für zwei*, geführt von Wolf Jahnke], *Frankfurter Rundschau*, 09.12.2011

> wir für sie da. Es ist wie eine Sucht... Der Kult um die magischen Objekte wird verdammt. Dabei hält er ganze Industriezweige am Leben. Natürlich haben viele schon von allem reichlich und brauchten eigentlich nichts mehr. Trotzdem gieren sie nach den neuesten Novitäten. Diese Gier zu unterbinden, wäre für das Wirtschaftssystem tödlich.[5]

Novität, neu – das sind entscheidende Begriffe. Und doch soll das angeblich so Neue vertraut sein, an Bekanntes anknüpfen. Das berücksichtigen natürlich auch die Marketingabteilungen der Unternehmen, und so verkaufen sie uns immer wieder irgendetwas als NEU, aber doch als vertraut und altbekannt: »... schreibt wie Tolkien ...«.[6]

Besonders deutlich wird dies im Musikbereich. Die meisten Menschen bleiben bei den Musikrichtungen, die sie in ihrer Jugend kennengelernt haben.

> »Verkaufen« – das ist wahrscheinlich das entscheidende Stichwort, wenn es um das Neue in der Popmusik geht... »Neu!« – das ist der Begriff, den wir unentwegt zu hören bekommen ... Das marktschreierische Wort »neu« bezeichnet hierbei aber nur das bloße Erscheinen eines Produkts, das vorher noch nicht da war. Es geht hier nicht darum, dass sich die Musik in ihrer Qualität oder in ihrem Inhalt entscheidend verändert hat. Es ist das »neu« der Werbesprache. (Kaiser 64)

In allen Kunstbereichen ist umstritten, was eigentlich »neu« sei – aus der Sicht der Kunstschaffenden wohl eher etwas wirklich Innovatives, aus der der Marketingtreibenden und auch vieler Medienschaffender nur etwas anderes: »Wo liegen hier die Kriterien von ›neu‹ und ›modern‹? ... Gerhard Schilling ist Musikredakteur bei hr4 – dem ›Heimatsender für Hessen‹: ›Für mich ist ›neu‹ das, was zurzeit aktuell produziert und auf den Markt ›geschmissen‹ wird...« (Kaiser 64).

Aber auch auf künstlerischer Ebene ist das »Neue« nicht immer so einfach abzugrenzen, denn nichts entsteht ohne Bezug zum Alten, wie Frank Weinreich in seinem Artikel »Tanzen auf den Schultern des Riesen« in diesem

5 Grawert-May, Erik von: *Die smarten Alleskönner. Wenn aus Konsum Kult wird.* Deutschlandradio Kultur, 18.09.2012, 7:20 Uhr, nachzulesen: www.dradio.de/dkultur/sendungen/politischesfeuilleton/1868836 (18.09.2012)

6 Natürlich gibt es Menschen, die gerne wirklich Neues ausprobieren, Experimente wagen, sei es in der Kunst oder auch im wirklichen Leben. Wer sich dazu zählt, möge die folgenden Ausführungen gerne nicht auf sich beziehen, aber zur Kenntnis nehmen, dass die meisten Menschen in unserer Zivilisation doch eher dazu neigen, sich an Altvertrautem in neuem Gewande zu ergötzen, statt Risiken mit wirklich Neuem einzugehen.

Band trefflich ausführt (S. 138-149) – seiner Argumentation schließe ich mich ausdrücklich an und verweise auf sie.

Dies ist allgemein bekannt und anerkannt, es wird heute auch bewusst von Kunstschaffenden damit gearbeitet:

> Das Neue tritt schrittweise ins Leben. Es erscheint erst einmal in Verbindung mit dem Herkömmlichen. Das ist eine Regel, die grundsätzlich zu gelten scheint ... In postmodernen Zeiten bilden das Alte und das Neue keine Gegenpole mehr. Zur absoluten Freiheit eines Komponisten gehört heute der unbeschwerte Umgang mit den Traditionen. Das Neue entsteht auch aus der direkten Bezugnahme auf das Alte. (Kaiser 63)

Beim Eröffnungsabend der Phantastischen Tage 2011 in Wetzlar wurde bei der Gesprächsrunde von Autorinnen und Autoren am 8. September dies mehrfach auch für die Fantasy betont. Kai Meyer erklärte: »Wenn was erfolgreich ist ... dann sind die Geschichten schon immer ähnlicher.«[7]

Und Markus Heitz sekundierte: »Klassische Erzählungen haben ein Grundbaustein-Sammelsurium, ich glaube, es sind um die 40 Konstellationen, egal, ob das die Bibel ist, Homer, ein Western oder sonst irgendwas. Und es sind immer die gleichen Bausteine, und es geht darum, die so anzuordnen, dass der Leser sagt, oh, ich weiß irgendwie, wo es hingeht, aber ich finde es trotzdem schön.«[8]

Frank Weinreich verweist in diesem Band auf die Quelle dieser Aussage: den Venezianer Carlo Gozzi und dessen 36 Stoffe, die das Drama darstellen könne – in nahezu jedem Kunstbereich gibt es eine endliche und meist gut überschaubare Anzahl von Stoffen, Motiven und Topoi, ein begrenztes Material, aus dem es zu schöpfen gilt:

> Werner Reinke ist langjähriger Moderator von Musiksendungen auf hr3 und hr1: Jede Musik, die auf den Markt kommt, ist alt, weil sich jeder auf irgendetwas bezieht. Aber jede Musik, die auf den Markt kommt, ist auch neu, weil sie so noch nicht gehört worden ist. D.h., Begriffe wie »alt« und »neu« und »aktuell« oder »veraltet« sind alle hinfällig, weil sie nur subjektiv für den Moment und für diesen einen Zusammenhang gelten, aber generalisiert werden können sie nicht. Neues gibt es gar nicht: Kein Mensch fängt an, Musik im luftleeren Raum zu machen ... Jede Musik, die als »neu« verkauft wird, enthält bekannte Elemente. (Kaiser 64)

7 Private Mitschrift von Friedhelm Schneidewind
8 Private Mitschrift von F.S.

Und das gilt natürlich für die Belletristik allgemein, für die Fantasy als einen Teil davon und speziell auch für die Völkerromane, wie Markus Heitz mit einer Metapher verdeutlicht:

> Ich vergleiche es gerne mit der Erfindung des Autos: Tolkien hat das Grundmodell entworfen, wir modernen Fantasyautoren bauen auf diesem uralten Modell auf, bringen aber eigene Ideen ein. Dennoch haben unsere Autos einen Motor und vier Räder. Karosserie, Farbe, meinetwegen Antriebstechniken und vielleicht die Anzahl der Räder können variieren – aber ohne die Ur-Kreation keine High Fantasy. Und wie es damals beim Auto war: Das Rad existierte vor dem Motor. Die Mythen und Sagen und Legenden mit den fantastischen Figuren, die man oft im *Herrn der Ringe* erkennt, existierten vor Tolkien.[9]

Die Methoden im Marketing bzw. in der Produktgestaltung, um den Menschen etwas als neu und doch vertraut zu verkaufen, sind in nahezu allen Bereichen gleich. Man fasst sie unter dem Oberbegriff der Produktvariation zusammen.

Handelt es sich um ein Produkt, das am Ende seines Produktlebenszyklusses angekommen ist, sich also nicht mehr gut oder gar nicht mehr verkauft, weil es beispielsweise technisch überholt oder der Markt gesättigt ist, gibt es u.a. die Möglichkeit, es mit kleineren Änderungen wieder auf den Markt zu bringen (Facelift), eine grundlegende Modifikation vorzunehmen (Relaunch) oder auch eine Produktaufwertung, z.B. mit mehr Qualität oder Leistung (Upgrading). Ein Downgrading ist eine Art »Light Version«, meist mit verbessertem Preis-Leistungs-Verhältnis.

Für alle diese Methoden, die man auch als Modifikation zusammenfasst, gibt es Beispiele im Buchmarkt. Im Sachbuchbereich ist eine neue, aktualisierte Auflage ein Facelifting, bei starken Änderungen auch ein Relaunch. Die Krege-Übersetzung von *Der Herr der Ringe* war ein Relaunch, die von Lisa Kuppler aktualisierte und durchgesehene Carroux-Übersetzung ein Facelifting. Als Upgrading kann man die edlen Ausgaben mancher Bücher ansehen, wie etwa die Lederausgaben von *Der Herr der Ringe* und *Der Hobbit* (und auch die Extended Version vieler DVDs), die Taschenbuchausgabe eines bereits erschienenen gebundenen Buches ist hingegen ein Downgrading.

Mit all diesen Techniken kann man ein Produkt am Markt halten. Nun möchte man aber auch andere Produkte verkaufen, am besten an dieselbe Zielgruppe, also sollten diese ähnlich sein: neu, aber vertraut.

9 E-Mail von Markus Heitz an F.S. vom 03.02.2012

Dazu gibt es klassische Marketingmethoden. Bei der Differenzierung wird eine bestehende Produktlinie oder Warenart weiter ausdifferenziert oder es kommen neue Elemente hinzu. Jede weitere Folge einer Fernsehserie ist das Ergebnis einer Differenzierung, jeder weitere Film aus Marvels *Avenger*-Reihe, ebenso der nächste Band einer Heftreihe wie *Jerry Cotton*, *Perry Rhodan* oder *John Sinclair* oder einer Buchreihe wie die *Scheibenwelt*-Romane von Terry Pratchett. Keine Differenzierung ist hingegen ein Folgeband einer Trilogie, sofern diese erst durch die Folgebände als Erzählung vollständig wird, oder der zweite bis siebte *Harry-Potter*-Roman. Das ist aber natürlich gerade im Buchbereich nicht immer ganz sauber zu trennen, beispielsweise wenn aus einem ursprünglich als Einzelband geplanten Werk durch Folgeromane eine Reihe wird, wie bei der *Tintenwelt*-Trilogie von Cornelia Funke. Nicht immer entsteht dergleichen aus künstlerischen Gründen, oft eher aus Marketingüberlegungen.

Für die Völkerromane ist der Mechanismus der Diversifikation oder Diversifizierung maßgebend. So nennt man eine Ausweitung des Produktprogramms oder des Sortiments. Dies ist etwa möglich durch ähnliche Werke, die im gleichen (Sub-)Genre angesiedelt sind, oder durch die Etablierung einer ähnlichen Reihe: Die Fernsehserie *CSI: Den Tätern auf der Spur* wurde um *CSI Miami* und *CSI New York* ergänzt, die Heftserie *Perry Rhodan* zeitweise durch *Atlan*.

Eine solche Ausdehnung des bisherigen Sortiments auf Produktlinien derselben Wirtschaftsstufe, wie derselben Branche oder desselben Genres, nennt man horizontale Diversifikation – man bleibt im gleichen Markt, bedient dabei entweder neue Kundinnen und Kunden oder denselben Kundenstamm mit neuen, vergleichbaren Produkten. Damit haben wir es bei den Völkerromanen zu tun: Auf *Die Zwerge* folgten – im selben Verlag – *Die Elfen* und *Die Trolle*.[10]

Die Kunst des Marketing (inklusive der Produktentwicklung) ist nun, etwas genügend neu und doch für die Freunde des Alten auch genügend vertraut zu schaffen. Das gilt für nahezu alle Bereiche:

> Die Schöpfer von Online-Spielwelten haben es nicht einfach. Einerseits sollen sie den Spielern ständig etwas Neues bieten. Andererseits wird jede Änderung an der Welt oder den zugrundeliegenden Regeln oder dem Spielsystem von den Fans äußerst kritisch beäugt. Jedes neue Add-on, also jede Erweiterung des ursprünglichen Spiels, löst erbitterte Diskussionen in den einschlägigen Foren aus. (Haubner)

10 Als vertikale Diversifikation bezeichnet man eine Ausdehnung des Produktionsprogramms um Produkte aus vor- oder nachgelagerten Wirtschaftsstufen, also bspw. das Eröffnen eines Buchladens durch eine Druckerei. Laterale oder diagonale Diversifikation ist die Erweiterung des Produktionsprogramms um für das Unternehmen neue Produkte, die in keinem technischen oder wirtschaftlichen Zusammenhang mit den bisherigen Produkten stehen.

Neues ist gefragt – und doch mehr vom Gleichen, vertraut und doch mit genug Unterhaltungswert:

> Till Hofmeister, Musikchef bei der Popwelle hr3, meint: »Ich glaube, dass die Leute manchmal auch ganz froh sind, wenn sie etwas Neues hören, das ihnen aber auch gleichzeitig bekannt vorkommt. Ich würde da Amy McDonald anführen, die einen starken Retro-Sound hat. Das ist nicht unbedingt neu, aber wichtig ist, dass es an die Leute herangeht, nicht, dass es besonders neu klingt.«
> (Kaiser 64)

Wenn man dabei die Grenzen der Vertrautheit sprengt oder einfach etwas ursprünglich nicht Dazugehöriges vereinnahmt – das stört die Verlage nicht, wenn sie dadurch mehr verkaufen, wie Karl-Heinz Witzko erläutert:

> … so weit ich mich erinnere, hat Tolkien überhaupt nichts über Kobolde geschrieben. Meine *Kobolde* haben daher weniger von Tolkien profitiert als davon, dass es zur richtigen Zeit einen Überraschungserfolg mit dem Titel *Die Orks* und nicht weniger erfolgreiche Nachfolger mit den Titeln *Die Zwerge* und *Die Elfen* gab und jemand rasch genug folgerte: Orks sowieso, Elfen, die kämpfen, zaubern und Staaten bilden, Zwerge, die ebenfalls kämpfen, anstatt zu fragen, wer von ihrem Tellerchen aß – nennen wir das doch alles »Tolkiens Völker«, ganz egal, wie viel Tolkien da wirklich drin steckt.[11]

Von Grenzen und Gewohnheiten

Ein wichtiger Faktor für den Erfolg von Produkten bei horizontaler Diversifikation, also auch der Völkerromane, ist das typische Kaufverhalten (Konsumentenverhalten) bei geringwertigen Produkten, auf das auch das Marketing reagiert.

Es handelt sich hierbei typischerweise um ein Business-to-Consumer-Geschäft (B2C), also eine Transaktion zwischen einem Unternehmen und einer Privatperson, häufig relativ spontan und in der Regel ohne große Investitionen. Damit fällt eine der vier üblicherweise unterschiedenen Arten des Kaufverhaltens weg:

> ▸ Extensives Kaufverhalten finden wir bei »echten« Kaufentscheidungen, bei denen es meist um hochwertige, langlebige Gebrauchs-

11 E-Mail von Karl-Heinz Witzko an F.S. vom 26.03.2012

güter geht, beispielsweise ein Auto. Der Informationsbedarf ist groß, die Entscheidungsfindung dauert oft lange und findet meist sehr rational statt. Dieses Verhalten spielt bei Büchern praktisch keine Rolle.

► Habituelles Kaufverhalten hingegen ist für Bücher wie die Völkerromane von großer Bedeutung. Es ist ein Gewohnheitsverhalten, meist ohne große Suche nach Alternativen, normalerweise auch ohne Reaktion auf spezielle Reize wie etwa Werbung, und findet sich in der Regel bei Gütern des täglichen Bedarfs: Man kauft immer dieselbe Käsesorte, dieselbe Waschmittelmarke – und eben auch immer Bücher derselben Autorin oder aus derselben Buchreihe. Da weiß man, was man hat …

► Auch das limitierte Kaufverhalten spielt bei Büchern eine Rolle: Man wählt aus einer überschaubaren Auswahl von Produkten nach bewährten Problemlösungs- und Entscheidungsmustern, und/oder nach bewusstem Vergleich, wenn man limitiert, eben begrenzt ist, etwa aus finanziellen Gründen oder weil man gar nicht genug Zeit für alle diese neuen Bücher hat: Kaufe ich dann lieber die neue Buchreihe von Hennen oder die von Heitz?

► Impulsives Kaufverhalten gibt es bei Büchern natürlich auch: spontane, affektive, also gefühlsmäßig geprägte Reaktionen am Verkaufspunkt, dem »Point of Sale« (PoS). Dies dürfte bei den Völkerromanen allerdings nur eine unbedeutende Rolle spielen, da die meisten Menschen wohl schon wissen, was sie ungefähr wollen, es sich oft um Reihen handelt und in Zeiten des Internetbuchhandels der physische PoS immer mehr an Bedeutung verliert.

Diese Mechanismen sind den Marketingleuten in den Verlagen natürlich bekannt und werden in der Werbung berücksichtigt, bspw. durch den Vergleich mit anderen, angeblich ähnlichen Werken: »Für alle, die gerne … lesen« oder »Für alle Fans von …« oder eben auch »… schreibt wie Tolkien«.

Für den Erfolg der Völkerromane bedeutsam ist auch ein psychologischer Effekt, der bekannteste der Nachfrageeffekte: der *Bandwagon-Effekt*, auf deutsch *Musikwagen-Effekt*, so genannt, weil viele sich gerne aufhalten, wo die Musik spielt, auch als Mitläufereffekt bekannt. Er zeigt sich deutlich im Markenbewusstsein (bis hin zum Markenterror): Wenn es »in« ist, ein Hemd mit einem Krokodil oder ein Smartphone mit einem Apfel zu haben, möchte ich das auch! Und wenn in bestimmten Kreisen die Zwerge oder Elfen »in« sind, muss ich sie natürlich auch lesen!

Der Bandwagon-Effekt spielt in Zeiten modernen Onlinemarketings auch für die Verlage eine erhebliche Rolle; diese setzen heute zusätzlich auf

Virus- und Guerilla-Marketing, auf Marketing in sozialen Netzwerken und Online-Communitys und auch auf die aktive Mitarbeit der Autorinnen und Autoren, etwa über deren eigene Webseiten, Seiten in sozialen Netzwerken und Twitter-Accounts.

Und immer fällt dabei die Betonung des »Neuen« auf. In Zeiten zunehmender Informationsüberflutung, u.a. durch soziale Netzwerke, Twitter und Web 2.0, zunehmender Lautstärke und abnehmender Seriosität im Marketing, abnehmender Leselust und zunehmendem Anteil von E-Books wird es für Verlage, Autorinnen und Autoren immer wichtiger, überhaupt wahrgenommen zu werden, wenn möglich positiv. Und so wird immer wieder behauptet, man finde in den beworbenen Werken neue, spannende Entwicklungen.

Und dieses Marketing scheint zu funktionieren, nicht nur bei den Völkerromanen: In der Entwicklung sowohl der Umsatzzahlen als auch der Auflagenhöhen hat sich die originär deutschsprachige Phantastik in den letzten zehn Jahren positiv entwickelt.[12]

Tolkiens Einfluss oder: Von Autos und Rädern

Ich stellte einigen Autoren von »Völkerromanen« im Februar 2012 fünf Fragen. Ihre Antworten (für die ich ihnen hiermit ausdrücklich danke) habe ich so angeordnet, dass sich möglichst eine aufeinander aufbauende Argumentation ergibt oder Erfahrungsberichte vom Speziellen zum Allgemeinen führen.

Natürlich fragte ich alle nach dem Einfluss, den Tolkiens Werk auf ihr Schreiben gehabt hatte:

> Wie weit wurdest du/wurden Sie von Tolkiens Werk beeinflusst bei deinen/Ihren Zwergen-/Elfen-/Ork-/Troll-/Kobold-Romanen oder wie weit hast du dich/haben Sie sich bewusst abgegrenzt, evtl. auch unter dem Einfluss oder Druck des Verlages?

Michael Peinkofer[13]: Zu behaupten, dass ich nicht von Tolkien beeinflusst bin, wäre unehrlich und, davon abgesehen, auch totaler Blödsinn. Man kann den *Herrn der Ringe* nicht lesen, ohne nicht zutiefst beeindruckt zu sein von dieser fiktiven und doch so real anmutenden Welt. Insofern ist Tolkien immer ein Vorbild. Abgegrenzt habe ich mich insofern deutlich, da ich zwei Orks zu Handlungsträgern gemacht habe – das wäre Professor Tolkien sicher nicht in den Sinn gekommen. Und ich wollte diese Figuren humoristisch brechen, um eine gewisse Distanz zwischen den Leser und die Helden zu bringen – genau das hatte mir beim Kollegen Nicholls gefehlt, in dessen Romane ich reingelesen hatte, die mir aber aus

12 Masse aber ist nicht immer gleich Klasse. Vgl. Schneidewind, *Wein*.

13 Alle Äußerungen von Michael Peinkofer: E-Mail an F.S. vom 13.02.2012

genau diesem Grund nicht gefallen haben. Das war auch meine Bedingung, die ich damals an den Piper-Verlag gestellt habe. Ich glaube, niemand im Lektorat konnte sich das damals so richtig vorstellen, aber Friedel Wahren, die die Fantasy damals betreute, hat mir vertraut, wofür ich hier bis heute dankbar bin.

Christoph Hardebusch[14]: Wenn man klassische, epische Fantasy schreibt, kommt man um Tolkien kaum herum. Sein Einfluss gerade auf die ältere Fantasy ist enorm, und vieles was heute als Klischee gilt, findet seinen Anfang in seinen Werken. Ich habe mich nicht bewusst abgegrenzt, und Vorgaben oder gar Druck vom Verlag gab es gar nicht. Damals war ich zwar Leser und Fan, hatte aber vom Markt keine Ahnung, und dementsprechend, nennen wir es mal naiv, bin ich an den Roman herangegangen. Ich habe einfach versucht, einen klassischen Fantasyroman zu schreiben, der mir gefallen würde. Einige Aspekte finde ich persönlich nicht so interessant, zum Beispiel das pure, absolute und übernatürliche Böse, oder schicksalhafte Bestimmungen, aber das waren und sind keine bewussten Abgrenzungen sondern einfach Fragen des persönlichen Geschmacks.

Bernhard Hennen[15]: Ich wurde in meiner Entscheidung, den Roman *Die Elfen* zu schreiben, vor allem durch den Erfolg von *Die Orks* und *Die Zwerge* beeinflusst. Ich war der Überzeugung, dass dies der Beginn eines Trends sein würde. Für den Anfangserfolg des Buches waren ganz gewiss zunächst einmal Formalia wie der Titel, das Cover und das Format des Buches (Quality Paperback) ausschlaggebend. Der Erfolg der Völkerromane hat gewiss mit dem Fantasyboom jener Zeit zu tun, doch das Marketing für die Elfen orientierte sich an den bereits erschienen Titeln.

Dass über die Jahre hinweg *Die Elfen* zu einer eigenen Marke wurden, liegt darin begründet, dass es sich um eigenständige Werke handelt. Gewiss hatte auch das Tolkien-Bild der Elfen/Elben seinen Einfluss, doch war mir von Anfang an daran gelegen, einen weiteren Blick auf die Elfen zu haben. So finden sich sowohl Anspielungen auf die irischen Sídhe als auch Motive der Andersweltmärchen aus dem gälischen Raum (Pilzkreise als Pforten in eine andere Welt, das Problem des veränderten Zeitflusses, der Kindesraub durch Geschöpfe der Anderswelt u.v.a.m.). Es war von Anfang an mein Bestreben, möglichst viele Motive, die mit Elfen in Verbindung stehen, zu verarbeiten und in Kombination mit eigenen ihnen angedichteten Eigenschaften (wie z.B. der Wiedergeburt der Seele) eine neues Gesamtbild zu erschaffen. Dabei wurde mir vom Verlag erfreulicherweise große Freiheit gelassen.

14 Alle Äußerungen von Christoph Hardebusch: E-Mail an F.S. vom 03.02.2012

15 Alle Äußerungen von Bernhard Hennen: E-Mail an F.S. vom 09.02.2012

Markus Heitz[16]: Druck gab es vom Verlag nie. Von keinen Verlagen. Bis heute nicht, abgesehen von der gelegentlichen freundlichen Nachfrage, wann ich denn einen fünften *Zwerge*-Band schreiben wolle. Als Rollenspieler wusste ich, wie klassische Zwerge betrachtet werden, also ging es darum, die Leserschaft dort abzuholen *und zugleich* eigene, neue Facetten einzubringen, die mich vom Bekannten wiederum abheben.

Ich vergleiche es gerne mit der Erfindung des Autos: Tolkien hat das Grundmodell entworfen, wir modernen Fantasyautoren bauen auf diesem uralten Modell auf, bringen aber eigene Ideen ein. Dennoch haben unsere Autos einen Motor und vier Räder. Karosserie, Farbe, meinetwegen Antriebstechniken und vielleicht die Anzahl der Räder können variieren – aber ohne die Ur-Kreation keine High Fantasy. Und wie es damals beim Auto war: Das Rad existierte vor dem Motor. Die Mythen und Sagen und Legenden mit den fantastischen Figuren, die man oft im *Herrn der Ringe* erkennt, existierten vor Tolkien.

Karl-Heinz Witzko[17]: Ich fang' mal hinten an: Bislang hat mir noch kein Verlag gesagt, was ich schreiben soll. Entweder wurden meine Exposéees so wie sie waren angenommen oder sie wurden abgelehnt. Das war schon zu Zeiten meiner Rollenspielromane so. Allerdings wäre es manchmal gar nicht so schlecht zu wissen, was ein Verlag eigentlich haben möchte. Es gibt schließlich viele verschiedene Arten, eine Geschichte zu erzählen und oft ist für einen Autor die spezielle Realisierung eine Geschichte sogar zweitrangig. Manchmal geht es ihm vielleicht nur um einen bestimmten Kniff, den er einmal ausprobieren möchte.

Eine Abgrenzung von Tolkien fand in Maßen statt, weil ich eben frühzeitig für den ersten Koboldroman beschlossen hatte, dass ich keine ernste Geschichte mit einem epischen Kampf zwischen Gut und einem schier übermächtigen Bösen schreiben wollte. Und dann bin ich bei der Entwicklung meiner Hauptrasse auch zurück zu den Wurzeln, indem ich mich kundig machte, was die verschiedenen europäischen Mythen eigentlich unter einem Kobold verstehen, was dann auch dazu führte, dass ich bei den Koboldromanen und auch bei der einzigen Kurzgeschichte immer auf bestimmte Märchen anspielte.

Tolkiens Einfluss oder: Von Autos und Rädern

Im Rahmen dieses Artikels sind natürlich Fragen nach den Marktmechanismen und dem Marketing bedeutsam. Ich finde besonders den mehrfachen Verweis auf die *Harry-Potter*-Romane und -Filme interessant, die auch nach

16 Alle Äußerungen von Markus Heitz: E-Mail an F.S. vom 03.02.2012
17 Alle Äußerungen von Karl-Heinz Witzko: E-Mail an F.S. vom 26.03.2012

meiner Meinung erheblich zum Fantasyboom der letzten Jahre beigetragen haben.[18]

> Glaubst du/Glauben Sie, dass deine/Ihre ...romane sehr vom Tolkien-Bonus profitiert haben (zumindest der erste), oder wäre der Erfolg wohl auch eingetreten ohne den Hype um Tolkien bzw. die Filme?

Heitz: Ich denke, dass sich *jeder* Autor und *jede* Autorin der sogenannten Völkerromane im Klaren darüber ist, dass sich ohne die Verfilmung vom *Herrn der Ringe* nicht die Menge an Neuinteressierten aufgetan hätte. Sicherlich wären Bücher über Orks, Zwergen, Elben, Trolle uvm. gelesen worden, aber eben vom Kreis des sehr treuen Fantasypublikums. Ich bin nur froh, dass ich mit der *Ulldart*-Serie bereits vorher schon Fantasy ablieferte, aber ganz ohne Zwerge, Orks, Elben und die anderen Kreaturen aus dem Tolkien-Universum. Abgesehen davon, dass mir das Volk der Zwerge als alter Rollenspieler immer gefiel und ich sie mir deswegen damals aussuchte, hatte ich die Hoffnung, dass durch einen größeren Erfolg der Zwerge auch *Ulldart* die verdiente Aufmerksamkeit bekommt.

Hennen: Ich bin der Überzeugung, dass die Filme eine wichtige Rolle für den Erfolg gespielt haben, allerdings denke ich auch, man muss die Lage etwas differenzierter sehen. Es war die Kombination der überaus erfolgreichen *Harry-Potter*-Verfilmungen mit den *Herr-der-Ringe*-Filmen und das über Jahre hinweg, die im Publikum ein Interesse an Fantasy geweckt hat, das über einen Kinoabend hinaus ging. Wie sagt man so schön: Steter Tropfen höhlt den Stein.
Es war diese Atmosphäre, die den Erfolg der Völkerromane sehr beflügelt hat.

Peinkofer: Da muss man differenzieren. Ich glaube nicht, dass irgendein »Völker«-Roman ohne die HdR-Filme solch durchschlagenden Erfolg gehabt hätte, und daran ist auch gar nichts Ehrenrühriges. Das Publikum war dadurch einfach hungrig geworden und verlangte nach mehr (wie übrigens auch beim großen SF-Hype, der seinerzeit durch *Star Wars* ausgelöst worden war). Andererseits glaube ich aber, dass es eher ein allgemeines Verlangen nach High Fantasy war, das da geweckt wurde, als eines nach Tolkien, den ja, bei aller Wertschätzung, viele heutige Leser doch als etwas sperrig empfinden. Und wenn man z.B. meine *Orks* näher betrachtet, so haben diese mit den Tolkien'schen Schurken ja auch gar nicht so viel gemein. Es ging also von Anfang an auch darum, neue Perspektiven auf klassische und liebgewonnene Motive zu entwickeln.

---

18 Vgl. Schneidewind: *Das Phänomen Harry Potter: Ein Klassiker der Zukunft oder noch mehr?*, 2007, www.phantastik-couch.de/das-phaenomen-harry-potter.html (09.09.2012)

Hardebusch: Ich denke, dass der Erfolg der HdR-Verfilmung natürlich viel geholfen hat. *Die Trolle* waren mein Debut, und dass man aus dem Stand so viele Bücher verkauft, liegt sicherlich auch an äußeren Faktoren, vor allem, da der Erfolg bereits in der ersten Woche begann, also bevor es viele gelesen haben konnten. Vielleicht war es aber auch eher indirekt, weil mit Markus Heitz und Bernhard Hennen schon zwei sehr erfolgreiche und beliebte Autoren ähnlich aufgemachte Romane veröffentlicht hatten – die sicherlich besonders im Zuge der Filme ihren großen Erfolg hatten – und ihre Leserschaft mir einen gewissen Vertrauensvorschuss entgegengebracht hatte.

Aber egal ob nun direkt oder indirekt, der Fantasyboom hat seine Wurzeln sicherlich bei den HdR-Verfilmungen und Phänomenen wie Harry Potter. Der wird ganz gerne vergessen, hat aber viele Leser zu Fantasy geführt. Der große Erfolg lag darin begründet, dass Fantasy Leser außerhalb des eigenen Fandoms erreicht hat, und da natürlich besonders über die Assoziation mit den HdR-Verfilmungen oder direkt durch Harry Potter et al.

Witzko: Jain. Es heißt ja immer, die Tolkien- bzw. *Harry-Potter*-Verfilmungen hätten viel dazu beigetragen, das Interesse an Fantasy ganz allgemein zu steigern. Insofern hätten eigentlich fast alle Autoren von diesem Bonus profitiert. Ich habe Tolkien als Student gelesen, also Ende der Siebziger, Anfang der Achtziger, doch so weit ich mich erinnere, hat Tolkien überhaupt nichts über Kobolde geschrieben. Meine *Kobolde* haben daher weniger von Tolkien profitiert als davon, dass es zur richtigen Zeit einen Überraschungserfolg mit dem Titel *Die Orks* und nicht weniger erfolgreiche Nachfolger mit den Titeln *Die Zwerge* und *Die Elfen* gab und jemand rasch genug folgerte: Orks sowieso, Elfen, die kämpfen, zaubern und Staaten bilden, Zwerge, die ebenfalls kämpfen, anstatt zu fragen, wer von ihrem Tellerchen aß – nennen wir das doch alles »Tolkiens Völker«, ganz egal, wie viel Tolkien da wirklich drin steckt.

Ich hätte *Die Kobolde* womöglich auch ohne die »Die XXX«-Romane irgendwann geschrieben, aber dann hätte der Roman eben nicht *Die Kobolde* geheißen, sondern vielleicht *Zwischen zwei Welten* oder *Die schmutzigen Türen* etc. und höchstwahrscheinlich hätte er dann auch nicht so viele Leser gefunden…

Ich habe anfangs ja auch Prügel dafür eingesteckt, dass meine Orks, die sich mindestens so sehr an Laurel & Hardy orientieren wie an Tolkien, dem klassischen Bild nicht so ganz entsprechen und ihre Geschichte mit einem Augenzwinkern erzählt wird. Ihrem Erfolg hat das glücklicherweise aber keinen Abbruch getan, im Gegenteil, ich glaube, dass das einer der Gründe war, warum die Leser Balbok und Rammar mochten und noch immer mögen.

Ich bat die Autoren auch um ihre Einschätzung der zukünftigen Entwicklung.

> Glaubst du/Glauben Sie, dass der Tolkien-Bonus/-Hype noch (nach-)wirkt? Profitieren Romane wie deine/Ihre …-Bücher noch davon oder spielt das keine Rolle mehr (schließlich hast du/haben Sie selbst ja inzwischen eine riesige Fan-Gemeinde)? Wie denkst du/denken Sie darüber bei anderen Autoren/Autorinnen?

Witzko: Ich denke schon, dass das noch nachwirkt und sogar durch die Verfilmung des *Kleinen Hobbits* wieder verstärkt werden wird.

Heitz: Die Verfilmung des *Hobbit* wird zeigen, was geschieht. Meine Prognose: Es wird eine neue Fantasywelle heranrollen, dieses Mal wissen die Kinobesucher allerdings, was auf sie zukommt. Man freut sich drauf, ohne im gleichen Maße überrascht zu sein. Der Trailer ist ein Jahr(!) vorher schon zu sehen.

Verlage haben klassische Fantasy aufmunitioniert, um einer Nachfrage gerecht werden zu können. Bestimmt sind neue Titel dabei, die von der Neunachfrage profitieren werden, ich hoffe jedoch nicht uneigennützig, dass meine Zwerge auch was davon haben. Der *Hobbit* strotzt ja nur so von ihnen.

Insofern: alles schön.

Hardebusch: So etwas ist schwer zu sagen. Der Boom ist momentan eher vorbei, aber natürlich erreichen Autoren wie Bernhard Hennen und Markus Heitz immer noch sehr viele Menschen. Ich denke, für den Nachwuchs (ist ein wenig lustig, das zu schreiben, ich bin ja selbst erst sechs Jahre dabei!) ist es schwieriger geworden, weil es bereits eine ganze Reihe etablierter Autoren gibt. Und aktuellere Trends, wie die immer noch sehr beliebten Vampire, haben einheimischen Autoren deutlich weniger Möglichkeiten und Erfolge eröffnet.

Hennen: In den letzten Jahren haben die Verkaufszahlen deutscher Fantasy spürbar nachgelassen. Dennoch gibt es nach wie vor deutlich mehr Fantasybegeisterte als vor zehn Jahren. Sicherlich haben die Filme eine Rolle gespielt, aber wer jetzt noch Fantasy liest, der tut dies, weil er dieses unglaublich facettenreiche Genre für sich entdeckt hat. Auch sind aus einigen der Völkerromane über die Jahre komplexe Fantasywelten entstanden, die eine eigene Fan-Gemeinde für sich gewonnen haben. Serien – von vorzugsweise in sich abgeschlossenen Geschichten – haben es leichter, ein großes Lesepublikum an sich zu binden, als einzeln für sich stehende Romane. Und dies gilt nicht nur für die Fantasy. Man werfe nur einen Blick auf den Krimi-Markt.

Mit dem Verweis auf die Kriminalliteratur hat Bernhard Hennen natürlich Recht; die Mechanismen, die hier vorgestellt wurden, gelten dort teilweise noch stärker: »Erfolgreiche Krimiautoren sind Meister der Aneignung und behutsamen Veränderung. Sie bewegen sich in einem regelhaften Genre, dessen Leser drastische Abweichungen vom Vertrauten nicht goutieren.« (Staude 33)

Von Tagen, die da kommen werden

Die *Phantastik-Couch* hatte 2008 eine Diskussion entfacht zum Einfluss einer Fokussierung wie bei den Völkerromanen auf ein Genre – Vergleichbares gibt es ja auch in anderen Bereichen: beim Romantik-/Softpornoboom bei Vampirromanen, beim Mystery-Boom in der Spannungsliteratur. Ich erfragte die aktuelle Einschätzung der Autoren dazu:

> Die *Phantastik-Couch* hat im April 2008 gefragt: Warum sind es immer und immer wieder Tolkiens Völker, die die Auflagen bestimmen? Kann die deutschsprachige Fantasy nicht mehr? Gräbt sie gar ihr eigenes Grab? Die Antworten der Befragten (Kai Meyer, Volker Busch und meine Wenigkeit) fielen durchaus unterschiedlich aus.[19] Wie ist denn deine/Ihre Meinung dazu?

Heitz: Als Autor und Kreativer habe ich eine Menge Spaß daran, mir immer *neue* Welten auszudenken. Ulldart, Zwerge und Albae, Dieselpunk in den 20ern mit Drachen – die Auswahl ist groß und sehr unterschiedlich, wie ich finde. Schaut man auf die Verkaufszahlen, gibt es jedoch einen klaren Trend zur »Klassik«, d.h. Zwerge und Albae. Ulldart und Dieselpunk haben auch ihre Fans, aber meine stärksten Bücher handeln von Zwergen und den Albae. Noch vor Vampiren, übrigens.

Hennen: Wer die Völkerromane über einen Kamm schert, bewegt sich auf demselben Niveau wie jemand, der Fantasy grundsätzlich als Gossenliteratur abtut. In beiden Fällen – nach meiner Erfahrung – meist ohne eines der betreffenden Werke gelesen zu haben. Es gibt einige sehr gute Völkerromane und wenn man sie näher betrachtet, unterscheiden sich die Titel in Konzept und Inhalt erheblich. Im Übrigen hat die freundliche Marktstimmung dafür gesorgt, dass auch Autoren, die keine Völkerromane geschrieben haben, deutlich bessere Verkäufe erreicht haben.

Innovation und der Mut neue Wege beschreiten zu wollen sind löblich, aber es ist naiv zu glauben, dass solche Bestrebungen unbedingt auch mit Erfolg belohnt werden. Als ich vor Jahren zusammen mit Thomas Finn, Karl Heinz Witzko und Hadmar von Wieser am *Gezeitenwelt*-Zyklus gearbeitet habe, war

19 www.phantastik-couch.de/couch-talk-april-2008.html (09.09.2012). Alle Antworten sind immer noch aktuell; ein Auszug aus dem Statement von Kai Meyer folgt bei dieser Frage auf die Antworten der befragten Autoren.

die Aufnahme durch die Kritik sehr gut. Jeder war voll des Lobes über diese ambitionierte, neue Fantasy. Der Erfolg am Markt war aber dergestalt, dass die Reihe nach fünf Bänden und einem Prequel wegen zu schlechter Verkaufszahlen eingestellt wurde. Das ist leider allzu oft der Weg, den ambitionierte Fantasy in Deutschland geht. Aber auch das ist keine Regel. Da gibt es zum Beispiel Kai Meyer, der mit der *Arkadien*-Trilogie neue Wege beschreitet und mit diesen sehr inspirierenden Büchern das Genre umkrempelt. Bleibt als Fazit, die Wirklichkeit am deutschen Fantasymarkt ist zu komplex, um sie mit generalisierenden Aussagen zu erfassen.

Peinkofer: Grundsätzlich glaube ich, dass es eine ziemlich deutsche Eigenart ist, Erfolg (und durchaus auch dem eigenen) grundsätzlich kritisch gegenüberzustehen – insofern passt das zur deutschen Fantasy. Aus dem Erfolg der »Völker«-Romane, der inzwischen ja durchaus schon nachgelassen hat, eine Krise der deutschen Fantasy abzuleiten, finde ich zu weit gesprungen – da müsste man eher ganz allgemein die Frage stellen, inwieweit der Buchmarkt (wie auch der Spielemarkt, Musikmarkt etc.) nach dem nächsten großen Hype schielt bzw. nach vermeintlich sicheren Pfaden, auf denen man wandeln kann. Die drei bestimmenden Fantasythemen der letzten zehn Jahre – tolkieneske Fantasy (ich denke da nicht nur an unsere »Völker«-Romane, sondern z.B. auch an *Eragon*), jugendliche Zauberer und Vampirromanzen[20] – wurden alle von multimedialen Hypes begleitet und haben eine Unzahl an Publikationen auf den Plan gerufen. Ob so etwas dem Genre schadet oder nicht, hängt meiner Ansicht nach ganz entschieden davon ab, ob es sich um rasch hingeschluderte Epigonen handelt oder um Werke, die sich bemühen, neue Sichtweisen zu finden und Charaktere einzuführen – wenn das der Fall ist, habe ich nicht den Eindruck, dass da Gräber geschaufelt werden.

Und es stimmt ja auch nicht, dass aus Deutschland nur Tolkieneskes kommt. Mit *Drachenkaiser* ist Markus Heitz z.B. in eine völlig andere Richtung gegangen und hat historische Fantasy gemacht, und auch in meinem neuen Roman *Splitterwelten* wird man Orks und Elfen vergeblich suchen. Ermöglicht hat solche Werke der Erfolg von Zwergen und Orks, und solange ein Verlag wie Piper von seinen Autoren nicht verlangt, in Zukunft nur noch über kleinwüchsige Biertrinker und grünhäutige Unholde zu schreiben, kann ich daran auch nichts Schlechtes finden.

Hardebusch: Ehrlich gesagt sehe ich da das Problem nicht. Leser kaufen und lesen das, was sie wollen. Es ist ja nicht so, als ob die hohen Auflagen von den Verlagen diktiert worden wären. Die kommen zustande, weil die Leser genau diese Art von Buch wollen. Die ersten Romane dieser Art waren absolute

20 Vgl. Schneidewind, *Liebe*.

Überraschungserfolge. Ich weiß, dass es oft dieses unbestimmte Gefühl gibt, dass »die Leser« doch andere Romane toll finden sollten (meistens die, die man selbst schätzt), aber so funktioniert das nun einmal nicht. Wer *Die Zwerge* von Markus Heitz liebt, der will halt genau diese Art von Büchern. Man kann niemanden zwingen, Bücher toll zu finden. Und dass es im Zuge des Booms auch jede Menge Autoren mit weniger klassischer Fantasy zu Veröffentlichungen gebracht haben, ist ja auch Fakt.

Witzko: Man kann natürlich jede Theorie aufstellen, aber Daten, die sie stützen, sind auch etwas Feines. Ich habe keine Ahnung, was die deutschsprachige Fantasy ganz allgemein treibt, denn dazu fehlen mir die besagten Daten. Allerdings kenne ich einige Fantasyautoren.

Wie viele von ihnen den *Herrn der Ringe* gelesen und nicht nur als Film kennengelernt haben, weiß ich nicht. Aber nicht wenige kommen ursprünglich aus der Rollenspielszene. Bernhard und ich haben jahrelang für *Das Schwarze Auge* (DSA) geschrieben, Christoph Hardebusch spielte zumindest zeitweise DSA, Markus hat einige *Shadowrun*-Romane geschrieben usw. Das sind Einflüsse, die man nicht unterschätzen sollte. Oft steht bei diesen Rollenspielwelten zwar ein Tolkien in weiter Ferne, aber sie haben sich im Laufe der mittlerweile mehreren Jahrzehnte auch ganz gehörig von ihm weg entwickelt, so dass vielleicht nur bestimmte Stereotypen übrig geblieben sind, wie: Elfen sind vergeistigte Wesen mit geheimnisvollem Hintergrund, die gut zaubern und mit dem Bogen schießen können, oder Zwerge sind kräftig und leben in Bingen.

Zu der Zeit des obigen Interviews suchten immer mehr Verlage Stoffe, die sich als Völkerroman anpreisen ließen, somit war gar nicht so viel Überzeugungsarbeit nötig, um als Autor einen Stoff über ein Fantasyvolk verkaufen zu können. Ein einigermaßen schlüssiges Konzept und der Nachweis, vernünftig formulieren zu können, reichten. Aber das ist ja nicht immer so. Seit etwa zwei, drei Jahren äußern etliche Autoren, die ich kenne, ein Interesse an Steampunk und an Ideen für einen regelrechten Steampunk-Boom würde es sicher nicht mangeln. Leider sind die Verlage recht zurückhaltend, da sie meinen, kein Publikum dafür finden zu können.

Schreiben ist halt auch immer ein Ratespiel: Was kriegt man bei einem Verlag unter? Was bekommt man bei den Lesern unter?

Zu den Einflüssen: Das sehe ich nicht so kritisch. Wir schreiben ja nicht nur auf der Basis der letzten beiden Bücher, die wir gelesen haben, sondern auf Basis aller – und diese Gesamtheit beschränkt sich hoffentlich nicht nur auf Fantasyliteratur.[21]

21 Vgl. den Beitrag von Frank Weinreich in diesem Band.

Kay Meyer 2008 auf *phantastik-couch.de*[22]: ... Die Autoren, die derzeit in Deutschland erfolgreich Fantasy schreiben, entstammen mehr oder minder einer einzigen Generation, sie sind zwischen Mitte Dreißig und Mitte Vierzig. Die Genre-Einflüsse, mit denen wir aufgewachsen sind, waren weitaus vielfältiger, als das, was in vielen neuen Büchern verarbeitet wird.

... im englischsprachigen Raum finanzieren die großen Verlage mit tolkienesker Massenproduktion die innovativeren Werke. Bei uns findet das nur in geringem Maße statt: Für ein Dutzend Ork-Romane bietet ein Verlag vielleicht ein, zwei Experimente an wie Christoph Marzi oder eines der ambitionierteren Werke der eingeführten Völkerautoren ...

Die Wahrheit ist: Die Verlage können wenig dafür. Ich weiß in etwa, was an unverlangten Einsendungen in den Redaktionen landet: Das Allermeiste ist zu schlecht, um veröffentlicht zu werden, und das, was halbwegs geht – meist nach intensivem Lektorat –, ist der dreihundertfünfzigste Tolkien-Abklatsch. Und damit sind wir beim Kern des Problems: Die jungen Hobbyautoren, die sich heute an der Fantasy versuchen – ich spreche jetzt von Teenagern und Twens –, modellieren ihre Geschichten nach dem, was sie auf den Fantasytischen stapelweise vorgesetzt bekommen. Und das sind vielfach genau jene Bücher, die im weitesten Sinne Tolkien recyceln. Woher also sollen abweichende Konzepte kommen, wenn niemand mehr Moorcock kennt? Oder Peake?

... wir sehen, dass wir es mit einem für das Genre verhängnisvollen Kreislauf zu tun haben: Ein paar Jahre lang werfen deutsche Verlage und Autoren Völkerfantasy auf den Markt, und schon ist das alles, was auch die Nachwuchsautoren schreiben. Und ich sage das vollkommen vorwurfsfrei, weil es im Grunde keinen Schuldigen an diesem Dilemma gibt. Verlage müssen Geld verdienen, Autoren ihre Bücher veröffentlichen. Und niemand behauptet, dass es keinen Spaß machen kann, über Orks und Zwerge zu schreiben. Allerdings frage ich mich: Wie wird – basierend auf aktuellen Vorbildern – die deutsche Fantasy in zehn, zwanzig Jahren aussehen? In den Siebzigern und frühen Achtzigern konnten wir uns unsere Einflüsse noch aussuchen. Der heutige Nachwuchs hat diese Wahl derzeit kaum noch (und, schlimmer, will ihn vielleicht gar nicht mehr). Die Klassiker werden nur noch sporadisch aufgelegt, alternative moderne Fantasy hat meist schwache Verkaufszahlen...

Je mehr Tolkien-Nachzügler auf den Verkaufstischen liegen, desto enger werden der Fokus des Nachwuchses und dessen Bestreben, genau das Gleiche zu schreiben. Das schadet der deutschen Fantasy nicht heute, auch noch nicht morgen, aber es wird die nächste Autorengeneration vor ein Problem stellen... Der nächste Schritt innerhalb der tolkienesken deutschen Fantasy muss jemand sein, der das Thema von innen heraus aufmischt ... jemand, der die Spielart

22 www.phantastik-couch.de/couch-talk-april-2008.html (Der komplette Beitrag von Kai Meyer lohnt sich.)

bitter ernst nimmt und trotzdem etwas Neues und ebenso Nahrhaftes daraus destilliert.

Auf der Basis dieser Aussagen von Kai Meyer wollte ich von den Völkerroman-Autoren wissen, wie sie die Chancen innovativer Werke heute einschätzen:

> Hat vielleicht sogar die Konzentration auf Tolkieneskes, vor allem eben »Tolkiens Völker« (oder besser das, was allgemein für solche gehalten wird), die Entwicklung anderer, evtl. moderner Fantasy behindert, beispielsweise den Erfolg jüngerer Schreibender oder die Publikation ungewöhnlicher(er), gewagter(er) Werke?

Hennen: Nein, ich glaube nicht. Wie ich oben bereits ausführte, gibt und gab es auch immer vom »mainstream« abweichende Projekte. Solche Romane haben es aber schwerer. Es ist nun einmal leichter durch offene Türen zu marschieren, als neue Türen aufzustoßen. Wenn ich mir aber die Fülle und die Vielfältigkeit der deutschen Publikationen der letzten Jahre ansehe, besteht keinerlei Anlass zur Sorge, dass die Phantastik hierzulande in den Subgenres der Völkerromane oder Romantacy verharren wird.

Hardebusch: Man darf bei der Diskussion nicht vergessen, dass man noch vor zehn Jahren die Zahl der deutschsprachigen Fantasyautoren bei Publikumsverlagen an einer Hand abzählen konnte, um es mal überspitzt zu sagen. Und große Erfolge feierten nur die wenigsten. Heute gibt es Dutzende von Kollegen und Kolleginnen, die erfolgreich und langfristig veröffentlichen. Ich sehe es eher im Gegenteil so, dass der Boom Chancen bot und bietet, die es vorher nicht gab. Ob die genutzt werden? Schwer zu sagen, aber ich frage mich, ob Bücher wie meine *Sturmwelten* auch 2002 eine Chance gehabt hätten – vermutlich nicht. Das Problem ist eher, dass sich viele im Fandom darauf zurückziehen, dass die »Völkerfantasy« alles dominierte – heute trifft dieser Vorwurf die Vampire –, dabei gab es noch nie so viel und so unterschiedliche Fantasy zu lesen wie momentan. Und erst recht, wenn man den internationalen Markt mit einbezieht. Heutzutage lebt der Fantasyleser in einer Art Schlaraffenland, zumindest verglichen mit meinen Erfahrungen als Jugendlicher in einer kleinen Stadt. Mir wären damals beim Anblick einer derartigen Auswahl vermutlich die Augen aus dem Kopf gefallen. Im besten Fall ist es für mich Jammern auf hohem Niveau.

Peinkofer: Dazu müsste es vor den »Völkern« auf dem Massenmarkt erfolgreiche deutsche Fantasy gegeben haben. Als ich Mitte der 90er Jahre versuchte, ein Fantasymanuskript an den Verlag zu bringen, bekam ich eine Absage mit der Begründung, dass es in Deutschland nur einen einzigen Autor gäbe, der mit Fantasy Geld verdienen könnte – gemeint war natürlich Wolfgang Hohlbein.

Zehn Jahre später bot sich ein völlig anderes Bild – was war geschehen? Durch die HdR-Filme war klassische Fantasy in unseren Breiten erstmals in den Blick einer wirklich breiten Öffentlichkeit gerückt worden, und diese Öffentlichkeit wurde mit Büchern, die zunächst an Tolkien denken ließen, dann aber ihre ganz eigene Geschichten erzählten, als Leserschaft gewonnen – von solchen Auflagenzahlen hatten die Verlage in Sachen Fantasy bis dahin nur träumen können.

Nun ist natürlich auch ein Verlag aber ein wirtschaftlich orientiertes Unternehmen, das nicht selten in einen global agierenden Medienkonzern eingebunden ist – und so ein Konzern macht im Erfolgsfall natürlich Druck, dass der Gewinn im darauf folgenden Jahr noch einmal übertroffen werden muss und so weiter. Insofern sind erfolgreiche Verlage gewissermaßen zum Erfolg verdammt und werden immer versuchen, Titel ins Programm zu nehmen, die einen gewissen Absatz versprechen.

Andererseits sind es aber die erfolgreich laufenden Titel, die dann auch die Veröffentlichung von experimentierfreudigeren Publikationen ermöglichen. Ein Verlag, der ausschließlich auf gewagte Projekte setzt, wird sich, selbst wenn er hier oder dort einen erfolgreichen Titel vorzuweisen hat, nicht auf dem großen Markt behaupten können. Da müsste man wohl eher diskutieren, ob die Hinwendung zum Massenmarkt der Fantasy gut getan hat, denn aus der Fragestellung glaube ich eine gewisse Sehnsucht nach jenen Jahren herauszuhören, in der die deutsche Fantasy noch ein Nischendasein fristete.

Witzko: Da kommen ja verschiedene Dinge ins Spiel: Der *Herr-der-Ringe*-Boom hat Leser zur Fantasy gebracht, die sonst vielleicht nie Fantasy gelesen hätten. Wenn sie dauerhaft beim Genre bleiben, vergrößern sie den Markt und die Akzeptanz des Genres, was gut ist. Die Gefahr, dass sie sich in einen konservativen Hemmschuh entwickeln, der Fantasy als gleichbedeutend mit tolkienesk ansieht und nichts anderes duldet, ist zwar vorhanden, aber ich denke, dass es immer einen gewissen Prozentsatz von Lesern geben wird, der ausgehend von einem Grundinteresse für Fantasy auch bereit ist, zu experimentieren. Auf die Vorlieben von Lesern, die schon früher Fantasy gelesen haben, dürften die Völkerromane überhaupt keinen Einfluss gehabt haben. Dass unsere Gezeitenwelt darunter gelitten haben sollte, glauben ich und meine Koautoren eigentlich nicht.

Heitz: Das ist die klassische Sache von Angebot und Nachfrage. Etablierte Autoren haben ja durchaus andere Titel und Welten im Angebot, wie auch Christoph Hardebusch und Bernhard Hennen, doch selbst bei den »Bestsellern« gilt die Devise, dass Bekanntes stärker nachgefragt wird.

Kann sein, dass es wie in einem Restaurant ist: Man hat die neuen Gäste mit *einem* Gericht in Variationen angelockt, aber die kleine Imbissbude nebendran mit ebenfalls sensationellen Gerichten hat es damit umso schwerer. Selbst andere Gerichte auf der Karte des etablierten Restaurants werden seltener gewählt.

Ich sehe auch die Leserschaft ein bisschen gefordert, von sich aus nicht immer ins gleiche Restaurant zu gehen – um bei dem Bild zu bleiben –, sondern mal was Neues zu wagen. Damit schneide ich mir vielleicht ins eigene Fleisch, aber nun gut. Ich finde, dass die Phantastik gerade von der Vielseitigkeit lebt.

Diesem Appell von Markus Heitz schließe ich mich an.

Heute bieten moderne Techniken wie Print-on-Demand und auch immer noch existierende kleine Verlage, die nicht dem Schubladendenken und der Genregläubigkeit anhängen, Autorinnen und Autoren mit gewagteren, ungewöhnlicheren Werken Veröffentlichungsmöglichkeiten; durch neuere Marketingmaßnahmen etwa im Bereich des Online-Marketings finden diese evtl. auch mehr Leserinnen und Leser.

Es war nach meiner Auffassung schon immer so, dass der überwiegende Teil aller veröffentlichten Belletristik Mittelmaß oder schlechter war – und dass diese Werke stets besonders viel Zuspruch fanden. Darüber hat sich bereits Goethe beklagt – und daran hat sich nichts geändert.

Doch wenn herausragende Werke in einem beliebten Subgenre wie dem der Völkerromane ihr Publikum finden, ist das zu begrüßen – und der Erfolg der »schlechteren« ist nicht zu beklagen, wenn er zur Finanzierung ambitionierterer Literatur beiträgt.

Der Publikumserfolg aller Fantasywerke erhöht die Chance, dass auch ambitionierte, gute Bücher veröffentlicht werden, das Genre weiterhin an Vielfalt gewinnen und Qualität bieten kann: »[W]enn ein Genre dermaßen boomt wie die Spannungsliteratur, dann wächst auf einer dicken Schicht aus Mist und Mittelmaß auch das Außergewöhnliche. Und selbstverständlich gibt es sie, die unerschrockenen Neuerer des Genres, die Kompromisslosen, die sorgfältigen oder sogar exzellenten Stilisten, die Herzblut-Schreiber« (Staude 33).

Diese schaffen es zwar »eher selten auf Bestseller-Listen« (ebd.), aber sie werden sicher ihre Leserinnen und Leser finden und uns weiterhin unterhalten und verzaubern.

Bibliographie

Wichtige »Völkerromane« (nach Erscheinungsdatum des jeweils ersten Bandes)

Nicholls, Stan

Die Orks. München: Heyne, 2002 (*Orcs. First Blood: Bodyguard of Lightning*, 1999; *Legion of Thunder*, 1999; *Warriors of the Tempest*, 2000; London: Gollancz)
Die Orks: Blutrache. München: Heyne, 2007 (*Orcs. Bad Blood: Weapons of Magical Destruction*. London: Gollancz, 2008)
Die Orks: Blutnacht. München: Heyne, 2009 (*Orcs. Bad Blood: Army of Shadows*. London: Gollancz, 2009)
Die Orks: Blutjagd. München: Heyne, 2012 (*Orcs. Bad Blood: Inferno*. London: Gollancz, 2011)

Heitz, Markus

Die Zwerge. München: Piper, 2003
Der Krieg der Zwerge. München: Piper, 2004
Die Rache der Zwerge. München: Piper, 2005
Das Schicksal der Zwerge. München: Piper, 2008
Die Legenden der Albae: Gerechter Zorn. München: Piper, 2009
Die Legenden der Albae: Vernichtender Hass. München: Piper, 2011
Die Legenden der Albae: Dunkle Pfade. München: Piper, 2012

Hennen, Bernhard:

Die Elfen. München: Heyne, 2004
Elfenwinter. München: Heyne, 2006
Elfenlicht. München: Heyne, 2006
Elfenritter: Die Ordensburg. München: Heyne, 2007
Elfenritter: Das Fjordland. München: Heyne, 2008
Elfenritter: Die Albenmark. München: Heyne, 2008
Elfenlied. München: Heyne, 2009
Elfenkönigin. München: Heyne, 2009
Drachenelfen. München: Heyne, 2011
Drachenelfen. Die Windgängerin. München: Heyne, 2012

Conrad, Julia

Die Drachen. München: Piper, 2005
Der Aufstand der Drachen. München: Piper, 2007
Das Imperium der Drachen. München: Piper, 2008

Peinkofer, Michael

Die Rückkehr der Orks. München: Piper, 2006
Der Schwur der Orks. München: Piper, 2007
Das Gesetz der Orks. München: Piper, 2008
Die Zauberer. München: Piper, 2009
Die Zauberer – die erste Schlacht. München: Piper, 2010
Die Zauberer – das dunkle Feuer. München: Piper, 2010

Bekker, Alfred: Elben-Trilogie

Das Reich der Elben. Köln: LYX Egmont, 2007
Die Könige der Elben. Köln: LYX Egmont, 2007
Der Krieg der Elben. Köln: LYX Egmont, 2008

Hardebusch, Christoph
Die Trolle. München: Heyne-Verlag, 2006
Die Schlacht der Trolle. München: Heyne-Verlag, 2007
Der Zorn der Trolle. München: Heyne-Verlag, 2008
Der Krieg der Trolle. München: Heyne-Verlag, 2012

Witzko, Karl-Heinz
Die Kobolde. München: Piper, 2007
König der Kobolde. München: Piper, 2009

Gerdom, Susanne
Elbenzorn. München: Piper, 2007
Die Seele der Elben. München: Piper, 2009

Russbült, Stephan
Die Oger. Bergisch Gladbach: Bastei Lübbe, 2008
Der Rubin der Oger. Bergisch Gladbach: Bastei Lübbe, 2008
Blutiger Winter. Ein Oger-Roman. Bergisch Gladbach: Bastei-Lübbe, 2009

Rehfeld, Frank
Die Zwerge von Elan-Dhor 1: Zwergenfluch. München: Blanvalet, 2009
Die Zwerge von Elan-Dhor 2: Zwergenbann. München: Blanvalet, 2009
Die Zwerge von Elan-Dhor 3: Zwergenblut. München: Blanvalet, 2010
Elbengift. München: Blanvalet, 2011
Elbensturm. München: Blanvalet, 2012
Elbentod. München: Blanvalet, 2012

Weitere erwähnte und wichtige Werke

Hardebusch, Christoph
Sturmwelten. München: Heyne-Verlag, 2008
Sturmwelten – Unter Schwarzen Segeln. München: Heyne-Verlag, 2009
Sturmwelten – Jenseits der Drachenküste. München: Heyne-Verlag, 2010
Die Werwölfe. München: Heyne-Verlag, 2009

Heitz, Markus
Ulldart – Die Dunkle Zeit
1. *Schatten über Ulldart.* München: Piper, 2004
2. *Der Orden der Schwerter.* München: Piper, 2004
3. *Das Zeichen des Dunklen Gottes.* München: Piper, 2004
4. *Unter den Augen Tzulans.* München: Piper, 2004
5. *Die Magie des Herrschers.* München: Piper, 2005
6. *Die Quellen des Bösen.* München: Piper, 2005

Ulldart – Zeit des Neuen
1. *Trügerischer Friede.* München: Piper, 2005
2. *Brennende Kontinente.* München: Piper, 2006
3. *Fatales Vermächtnis.* München: Piper, Juni 2007

Die Mächte des Feuers. München: Piper, 2006
Drachenkaiser. München: Piper, 2009

Magellan, Magus
(d.i. Bernhard Hennen, Thomas Finn, Hadmar von Wieser, Karl-Heinz Witzko)
Gezeitenwelt-Zyklus
Das Geheimnis der Gezeitenwelt. München: Piper, 2004
Hennen, Bernhard: *Der Wahrträumer.* München: Piper, 2002
Wieser, Hadmar von: *Himmlisches Feuer.* München: Piper, 2003
Finn, Thomas: *Das Weltennetz.* München: Piper, 2003
Finn, Thomas: *Die Purpurinseln.* München: Piper, 2004
Witzko, Karl-Heinz: *Das Traumbeben.* München: Piper, 2004

Meyer, Kai
Arkadien erwacht. Hamburg: Carlsen, 2009
Arkadien brennt. Hamburg: Carlsen, 2010
Arkadien fällt. Hamburg: Carlsen, 2011

Paolini, Christopher
Eragon - Das Vermächtnis der Drachenreiter. München, cbj Verlag, 2004
Eragon - Der Auftrag des Ältesten. München, cbj Verlag, 2005
Eragon - Die Weisheit des Feuers. München, cbj Verlag, 2008
Eragon - Das Erbe der Macht. München, cbj Verlag, 2011

Peinkofer, Michael
Splitterwelten. München/Zürich: Piper, 2012

Rowling, Joanne K.
Harry Potter und der Stein der Weisen. Hamburg: Carlsen, 1998
Harry Potter und die Kammer des Schreckens. Hamburg: Carlsen, 1999
Harry Potter und der Gefangene von Askaban. Hamburg: Carlsen, 1999
Harry Potter und der Feuerkelch. Hamburg: Carlsen, 2001
Harry Potter und der Orden des Phönix. Hamburg: Carlsen, 2003
Harry Potter und der Halbblutprinz. Hamburg: Carlsen, 2005
Harry Potter und die Heiligtümer des Todes. Hamburg: Carlsen, 2007

Russbült, Stephan
Dämonenzeit. Köln: Bastei-Lübbe, 2011
Dämonengold. Köln: Bastei-Lübbe, 2011

Tolkien, John Ronald Reuel
Der Hobbit oder Hin und zurück (übersetzt von Wolfgang Krege). Stuttgart: Klett-Cotta, 2012
Der Herr der Ringe (übersetzt von Margaret Carroux, bearbeitet und durchgesehen von Lisa Kuppler), ledergebundene Ausgabe in einem Band im Schuber mit Anhängen. Stuttgart: Klett-Cotta, 2008 (seitenidentisch mit der leinengebundenen Ausgabe in einem Band mit Anhängen. Stuttgart: Klett-Cotta, 2009)

Sachliteratur

Haubner, Steffen. »Kampf der Welten«. *Frankfurter Rundschau* (17.09.2012), 26

Kaiser, Niels. »Wann ist Musik aktuell? Der Kult ums Neue«. *Sinfonie des Lebens. Funkkolleg Musik. Die gesammelten Beiträge.* Hg. Volker Bernius. Mainz: Schott, 2012, 60-70

Koopmann, Jens. *Marketing.* Trier: Universitätsskript, 2001

Runia, Peter et.al. *Marketing.* München: Oldenbourg Wissenschaftsverlag, 2005

Schneidewind, Friedhelm. »Liebe mit Biss. Romantische Frauen und ihre Abkömmlinge in der modernen Vampirliteratur«. *Romantische Frauen. Die Frau als Autorin und als Motiv von der Romantik bis zur* romantic fantasy. *Tagungsband 2009.* Hg. Thomas LeBlanc & Bettina Twrsnick. Wetzlar: Phantastische Bibliothek, 2011, 131-151

---. *Mythologie und phantastische Literatur.* Essen: Oldib-Verlag, 2008

---. *Mein Mittelerde. Artikel und Essays zu Tolkien und seinem Werk.* Essen: Oldib-Verlag, 2011

---. »Alter Wein in neuen Schläuchen!? Ist die neue deutsche Fantasy und SF wirklich neu?«. *Tagungsband zu den Phantastischen Tagen von 2011 und 2012.* Hg. Thomas LeBlanc & Bettina Twrsnick. Wetzlar: Phantastische Bibliothek, 2013 (in Vorbereitung)

Sylvia Staude: »Tot sind immer die anderen. Beim Kriminalroman herrscht weiterhin Goldgräberstimmung, er dominiert die Bestseller-Listen«. *Frankfurter Rundschau* (02.08.2011), 32f

Weinreich, Frank. *Fantasy. Einführung.* Essen: Oldib-Verlag, 2007

Weis, Hans Christian. *Kompakt-Training Marketing.* Ludwigshafen: Kiehl, ^{6}2010

An Old Light Rekindled: Tolkien's Influence on Fantasy

Anna Thayer (née Slack, Cambridge)

> The first qualification for judging any piece of workmanship from a corkscrew to a cathedral is to know what it is—what it was intended to do and how it was meant to be used. (Lewis, *Preface* 1)

The term *fantasy* has a disconcerting plurality of meaning with, it seems, as many semantic facets as the worlds and subgenres it has spawned. Certainly, the term is contemporarily associated with the "faculty or activity of imagining improbable things" (OED) and is as much suggestive of "an idea with no basis in reality" (OED) as it is a genre of fiction.

To address the question of Tolkien's influence on the genre we must first find our way through the ghost lights of awe, adoration, revulsion and repulsion that surround it—a quest well suited to the genre's scope—to ascertain something of what it is.

Fantasy: Penning the Black Sheep

The Oxford Dictionary of Literary Terms is intriguingly brief on the matter of fantasy, advising the reader to seek a more detailed exploration of the term in other sources. Indeed, it is almost as eloquent on the subject of "ficelle"[1] as it is this troublesome genre. Critically speaking, fantasy is the black sheep of literature, sharing the fate that has befallen fairy tale's countless dispossessed princes and youngest daughters—it has often been overlooked and disinherited from the literary canon, deemed as of no more worth than "juvenile trash" (Wilson 314). We might say that it is difficult to pen, both in terms of writing and containment.

So, what is fantasy? In his work *Other Worlds: The Fantasy Genre*, John H. Timmerman gives a handy list of six attributes that can be said to characterise a work of fantasy: "the use of traditional *Story*, the depiction of *Common Characters and Heroism*, the evocation of another *World*, the employment of *Magic and the Supernatural*, the revelation of a *Struggle between Good and Evil*, and the tracing of a *Quest*" (Timmerman 3).

1 A term used by Henry James to describe a fictional character whose role as a confidante is exploited as a means of providing the reader with information while avoiding direct address from the narrator.

For Timmerman, these elements and motifs grant the genre a position at centre-stage of the literary tradition. They are certainly the elements which we would associate with Tolkien, Lewis, Williams, LeGuin and other fantasists. Mark any work of "fantasy" against these posts—from Sedgewick's *My Swordhand is Singing* to Hearn's *Tales of the Otori*, from George R.R. Martin's *A Game of Thrones* series to my own recently published novel, then the reader will find that these six attributes are generally unfailingly addressed.

We discern these elements, and their consequent concerns with morality, reality and truth, at the heart of the genre. W.H. Auden was in agreement that the quest played a central role in Tolkien's work, using it as a link between *The Lord of the Rings* and forbear texts such as Malory's *Morte D'Arthur*; C.S. Lewis weighed Tolkien against the imaginative scope of Ariosto. The link to writers like Ariosto and Spencer leads us suggestively to the moral complex of allegory and parable, but Tolkien argued that the genre's value here was not in its allegory but its "applicability".

Most readers would be hard pressed to deny the weight of this argument. Though, when taken to excess, applicability may lead to obsession (a fanaticism which the fantasy genre overtly attracts) through the temptation to completely absorb oneself in a fictional reality, the inherent applicability of fantasy to our own lives seems to be a crucial element of the genre's success—we might add it as a seventh element to Timmerman's six.

The question of applicability is relevant not only to Tolkien but to more modern works. Weighing boy wizard against high school teen, Stephen King observes that: "*Harry Potter* is about confronting fears, finding inner strength and doing what is right in the face of adversity. *Twilight* is about how important it is to have a boyfriend" (King). The concerns of one text pale in applicability compared with the other. Perhaps this is why Rowling's fantasy abides whilst Meyer's popularity only really soars with a limited and specific audience—the fantastic world of Harry Potter is imminently more applicable to the lives of its readers, whatever their age.

Putting aside all the subgenres of fantasy—high fantasy, sword and sorcery, urban fantasy, the marvellous, the uncanny, the fantastic—it seems that the universally recognisable structure of fantasy makes it a genre onto which we can—and desire to—project ourselves and our lives, applying our experience to the imaginary and the experience of fantasy's heroes to our own reality in a kind of didactic exchange. It is a liminal genre with immense power, opening the doors between faerie and reality.

Of course, these have been the attributes of the genre as long as we have told tales: as Tolkien would write in a letter to *The Observer* in 1938, fantasy in general (and his own writing in particular), is "derived from (previously digested) epic, mythology and fairy-story" (L 31). The key elements of fantasy can be traced back through the same illustrious literary heritage that produced the visionary scope of *Paradise Lost*, the fairy-tale redemption of Leontes in *The Winter's Tale* and the questioning of Chanticleer's digestive tract; we see them in the adventures of Odysseus, the founding of Rome, the battles of Beowulf, the journey of Gawain, the splintering of Camelot, the solitary way from Eden. Elements of fantasy are embedded in the foundations not only of the western narrative tradition but, as Joseph Campbell has identified, mythologies from across the world.

It seems that we are hard-wired for this kind of storytelling—and it could be argued that no writer, not even the most post-modern or counter-cultural, can escape the themes and influence of fantasy: work from the trenches echoes the titanic clash of classical titans and struggle of man with destiny; Carter's *The Bloody Chamber* and *The Magic Toyshop* operate on common cultural memory and expectations—crossing, like many fairy-tales and darker or gothic works of fantasy, into the macabre —and still Bettelheim's theory holds. We read these stories to learn about ourselves and the world we live in.

On the Brink: Tolkien's Place

We have grappled for an understanding of the weave of this genre. Let us shift the shuttle towards Tolkien and his particular place in it.

Tolkien's passion, as a reader and storyteller, was "ab initio for myth... and for fairy-story, and above all for heroic legend on the brink of fairy-tale and history" of which he perceived there is "far too little in the world" (L 144). He was the ideal audience for fantasy, recognising in his statement the composite elements of the genre. He believed throughout his life that fairy story "is really an adult genre, and one for which a starving audience exists" (L 209), lamenting the "false and accidental... connexion in the modern mind between children and 'fairy stories'" (L 216). It might indeed be true to say that much of the antagonism towards Tolkien's work, and the fantasy genre in general, is the belief that it is "inferior" and only suitable for children. Hand in hand with this goes the belief that fantasy is somehow a genre in which an author "indulge[s] himself in developing the fantasy for his own sake" (Wilson 312).

Like many works of fantasy to follow it, Tolkien's work has polarised readers; many take a judgement on the genre based on one novel. When "types" of readers and fantasy literature are so divergent, it is little wonder that the genre can come into ill-repute; a reader hungering after the masculine world of *Conan the Barbarian* may find little to attract them in *The Lord of the Rings*; the reader that adored the religious and moral themes woven into the Narnia stories may find the much more pagan archipelago of Earthsea difficult to swallow. As Tolkien observed, "something of the teller's own reflections and 'values' will inevitably get worked in[to their tale]" (L 233) and, perhaps more than any other genre, the bounds of fantasy are so broad that there is as much to repel as enthral its readers.

Genre-Maker: Tolkien's Influences

It should be noted, at this juncture, that Tolkien himself never called his work a work of fantasy—always (in a reflection of his own "values") of fairy-story. He had felt called, from his earliest youth, to "kindle a new light, or, what is the same thing, rekindle an old light in the world... to testify for God and Truth" (L 10). As his work *On Fairy-Stories* was to explore at length, for him "fairy story"—what we might now call high fantasy—was the most exquisite vehicle of expression available to him for this purpose: it has "its own mode of reflecting 'truth', different from allegory or sustained satire, or 'realism', and in some ways more powerful" (L 233). Tolkien saw his own work as a continuation of a literary tradition that had been growing for hundreds of years.

And his influence? Influence, a word deriving from a Latin root meaning "flowing into something", intends ways in which a writer has wrested an idea or genre in a particular direction. Some elements of Tolkien's influence on fantasy are clear and obvious not just in literature but also in media as diverse as art, film-making, role-playing games and MMO RPGs like *World of Warcraft*—where you can meet dwarves, elves and tree-people.

It does not just stop with the stock characters—Tolkien's influence is so pervasive that he has even altered our perception of the correct plural of "dwarf"; a glance at dictionaries in circulation before *The Lord of the Rings* gained popularity (in my case, a dictionary from 1816) shows that the canonical plural was "dwar***fs***"; now, the OED lists "dwar***ves***" as an acceptable alternative and this is due to Tolkien's own "private piece of bad grammar" (L 23f). Just imagine if he had had his wish, and gone with the delightful word "dwarrows".

Bringing dwarves and elves—not as dainty, sylvan creatures but as formidable and powerful beings—to the fore of the genre, Tolkien directly challenged the prevailing Victorian views of fairies, and the overtly "lavish... fantastical, incoherent and repetitive" (L 144) faerie he felt was portrayed in Arthurian romances. He took these creatures straight back to their mythical northern roots, returning to them something perilous about their stature, something threatening to mankind. A reflection of this can be seen in Smith's encounter with the terrifying dark elves in *Smith of Wootton Major.*

Perhaps modern fantasy writers have not always preserved the grandeur and terrifying enchantment of characters like Galadriel, but elements of the power and mystique that Tolkien gave them have trickled into later fantasy in the common portrayal of elves as aloof and alluring. And, certainly, we expect to meet elves and dwarves in works of fantasy. Another stock character introduced by Tolkien is the orc—prior to his work, goblins and gnomes were about as close as you could get (and gnomes now seem to be merging into the trope of 'hobbit' that Tolkien introduced, as a race of generally innocent creatures attuned to nature and more concerned with the mundane than the concerns of the "higher" fantasy races). The orc has been stewed in the public consciousness long enough that it is moving beyond its Tolkienian type, and beginning to make outings as a protagonist in its own right—as, for example, in the novel *Orcs*, or as a character class in the game *Munchkin*.

Go into any bookshop to the fantasy section, and you will see another area of influence: maps. While Robert E. Howard had a rudimentary map at the beginning of his *Conan* novels, after Tolkien a map at the beginning of your work of fantasy is almost a prerequisite of the genre—and many examples of this *sine qua non* have the good guys in the western part of the landmass. Closely linked to this as a way of building a believable secondary world is the concept of sub-created languages—after Tolkien, any self-respecting fantasy author cannot simply talk about over-hearing a "barbarian tongue", or scribble down some gibberish words and hope that the reader will suspend their disbelief. There is an expectation of (and perhaps a tolerance for) invented languages that was not present before Tolkien brought his work to the genre.[2]

An area of key concern in the fantasy genre is the role of women and female characters; Tolkien was annoyed by the criticism that *The Lord of the Rings* had "no Women" (L 220)—Peter Jackson's adaptation was similarly raked. Let us not forget who defeated the Witch King at the battle of the Pelennor fields, and who tore down Sauron's stronghold with song where an elven king had failed. Rather than saying that there are no women in Tolkien's work it would perhaps be fairer to say that there are no women who have been brushed with the values of feminism. In this, Tolkien could be said to differ substantially to those who have followed him in the genre. Tolkien's women are fewer far than men, but this is internally consistent to the pseudo-mediaeval reality he creates. Writers who choose to depict sexually liberated, sword-wielding warrior princesses are dealing with a different kind of sub-creation to Middle-earth; we might wonder whether even this is partly due to Tolkien's influence in the sense that it is a backlash against the more traditional, "fairy-tale"-like conception of a woman's role.

Another element of Tolkien's influence is the attribution to him of the "father of fantasy" title—which seems to be another way of saying that his works may be mercilessly pulped and regurgitated. *The Forgotten Realms* and *Shannara* series novels seem to be little more than a shameless ripping-off of their source material: my husband observes that "they are to *The Lord of the*

2 For example, in the *Conan Chronicles*, speakers of other languages speak in "a barbarian tongue"; it is also the stock of fairy tale and myth that when the protagonists meet a foreigner it may be mentioned that another tongue is spoken, but they do not use it. Perhaps we might look to the *Star Trek* franchise as an interesting modern comparison—Klingon was not developed as a full language until the late 1970s, a number of years after Tolkien's work had gained popularity. Prior to this, Klingons always spoke English. In contrast, *Babylon 5*, a science fiction series of the 1990s, has alien languages built into its fabric from the outset.

Rings what MacDonalds is to a restaurant". Harsh, perhaps, but many Tolkien purists would agree with him. There is a fine line to be trodden here between the pulp-mill fiction that churns out poorly written novels simply because they will sell, and works that genuinely are "the next J.R.R. Tolkien". The trouble with these novels, all undoubtedly influenced by Tolkien, is that the question of their quality is down to the taste of the individual reader—returning us neatly to the problem of the audience of fantasy and the impact of that variable on the genre.

Tolkien's influence is also discernable in the way that he, and elements of his work, have been parodied—Pratchett satirises and parodies the tropes of the fantasy genre and the writers who would model themselves too closely on the grand master. Others have not been so subtle—see, for example, the infamous *Bored of the Rings*. Others do away with Tolkien's tropes almost entirely—but even *The Princess Bride* does not move away from its "fantastic" fairy tale origins.[3]

Perhaps the element of influence that most clearly unifies high fantasy or Tolkien's faerie is the pre-modern concept of the struggle of good versus evil. After the watershed of modernism and post-modernism, notions of a moral struggle founded in a sense of absolute right or wrong were considered unrealistic, disproven by the gritty reality of human experience. Black and white is too simplistic for modernism; fractured narrative and mores become the lynchpin of literature. Consequentially, moral "greyness" is the shade very much in vogue even in fantasy. Modern works like *A Game of Thrones* seem to be more epic modernist fantasy than fantasy in Tolkien's much older sense. Tolkien's fantasy is high fantasy, a fantasy whose defining feature is an underlying moral matrix played out both macro- and microcosmically, personally and universally. Tolkien knew he was the old light, knew that fantasy was shading away from black and white to grey. His work boldly rekindled a fading fascination with war in the heavenlies and the concept of an absolute moral compass. Perhaps contemporary fantasists, whether they echo this system of high fantasy or not, are equally indebted to Tolkien; where one mirrors, the other repulses. The influence remains—and so does the struggle to be noticed in the company of the master.

Combing through the "good" and "bad" examples of the fantasy genre—by necessity a subjective activity—it seems that, whether or not the individual work owes a great deal to Tolkien, a distinction emerges whereby influence and originality are balanced. A good piece of literature in any genre will doubtlessly be influenced by its forbears—such is the nature of human experience—but it will also offer newly-framed insights from a sub-created world. The form may

3 For excellent and entertaining material on the tropes of fantasy: http://tvtropes.org/pmwiki/pmwiki.php/Main/Fantasy

well, like Tolkien's, be in fairy story or high fantasy—but if this is the origin rather than the goal, then the genre is taking steps in the right direction—steps on the same path as Tolkien himself.

The Trope Codifier

Tolkien has certainly become what the *TV Tropes* website calls the "Trope Codifier" for high fantasy, "the template that all later uses of the trope follow". Did he ever intend this outcome?

By desiring to "rekindle an old light in the world", we could argue that Tolkien's purpose was very much to influence the direction and ideals of a genre. For him, though, this rekindling was not in characters or plot or the supernatural—or in any of the mechanics of fantasy. It was in the intention of it. To rekindle the old light, he brought his concept of eucatastrophe to the fore of his critical theory and his own writing. Fairy story was a way of bringing comfort and renewed vision to its readers, a way of bringing a suggestion of the transcendence and immanence of God back into the primary, historical world. To do this, Tolkien relied on sub-creation—the inner consistency of reality, and the unique conveyance afforded to him by another world. He recognised, however, the perils of this calling. *Leaf by Niggle* and *Smith of Wootton Major* clearly show Tolkien's concerns about being a writer of fantasy: Niggle struggles to balance his sub-creation with his duties to the primary world; Smith must ultimately relinquish the pleasures and perils of faerie to another. The sub-created world must be handled with care, as either a writer or a reader, or it becomes the flight of the deserter and abode of the fanatic.

It is in the element of sub-creation—creating another fantastical world—that many writers are ultimately paralleled to Tolkien. This capacity of envisioning another world is crucial to the concept of fantasy, lying in its Greek roots *phantatastikos*, meaning "to have visions" or "make visible". But perhaps, unless a work of fantasy strives, as Tolkien did, to testify to truth by means of that sub-creation, the work falls vacuous and dead in the reader's hands. The true measure of high fantasy may be in its eucatastrophic quality—and this is in the area in which Tolkien is unparalleled.

The Same Story Still: Writing in Tolkien's Shadow

At this point, I proceed in my reflections not as a critic, but as a writer. In *The Lord of the Rings*, Samwise comes to the startling realisation that he and Frodo are still in the same, grand story of Middle-earth as Beren and Lúthien and dozens of heroic forbears. When you are a writer of fantasy, being in "the same story" as Tolkien is something it is desperately hard to avoid.

I was introduced to Tolkien as a child of about seven, when my father read *The Hobbit* to my sister and me. I was enthralled—some of my most vivid memories are of my father's delight as he read to us "Out of the frying pan, and into the fire". The appeal of Middle-earth was that it was another world—a world where I experienced joy and fear, grief and renewal. It formed my vision and understanding of the fantastic. My reading diet, from then on, constituted fairy stories, *The Arabian Nights*, *The Chronicles of Prydain*, *The Belgariad*, *The Derynii Chronicles*, *The Chronicles of Narnia*, the *Earthsea* quintet...

When I first took up the pen at the tender age of 11, I was reading *The Lord of the Rings*. I was stuck in the middle of Lothlórien (having been traumatised by the death of Gandalf and so terrified of Galadriel and her purposes for Frodo that I could read no further). Despite all my other reading, before and since, it was Tolkien's work that showed the strongest influence on my own, and was certainly foremost in my mind when I began writing. As all children do, I modelled myself on my "master". I left no trope un-copied; I had fearsome black riders pursuing a girl and her companions who were on a quest to preserve a magical medallion from the hands of an evil overlord who lived in a grand, black tower. Sound familiar? But you have to learn the craft from somewhere.

Over a number of years, an invented kingdom grew up as a background for these stories. The painfully patent similarities continued: I had elves and dwarves (who hated each other), and my group of heroes travelled the kingdom before being separated and having to continue their quest without the knowledge that their companions were alive. Evil defeated, they would be reunited. There was now, as my reading grew broader, some variation from my master's themes—I experimented with killing off principal characters and *not* bringing them back, and the avenues opened by a powerful and seductive villainess. Even so, these tales of Azzanor never truly removed themselves from Tolkien's shadow—and I was not yet aware that they should do so.

The next incarnation of my writing took me a step further away, and these tales—*The Chronicles of the Demonbane*—while still pitting heroes in a quest of light against dark, took on a more complex hue. Even so, they were the work of a youth still much too much influenced by Tolkien. I wanted to achieve what he had achieved—an internally consistent secondary reality—where I could tell a story about things that really mattered to me.

It was this series of stories that I first tried to publish. When rejected, I did not at first understand why. I ceased writing while I went to university and became a critic—of literature and of Tolkien's work. Through my studies I came to understand the terrible power of his influence—especially over me. He was the tree of fantasy, and I but a stunted leaf. To become truly like my hero of fantasy writing, I perceived that I had to become original—but there was nothing original that I could do. I continued to believe this until, walking to lectures one crisp spring morning, I came across a tree not far from the English department. From the wrung and settled branches, a spry, fresh, green leaf was budding. And I realised then that originality inherently springs from influence.

My ideas and values were turned with the sharpened perspective of adulthood back to the fantasy genre. I made my peace with Tolkien. Through my critical work, for my undergraduate degree and principally for these conferences, I came to understand more and more about the role of fantasy. Like Tolkien, I believe in its inherently eucatastrophic nature—that this genre is a platform where we can explore the issues and events that ultimately matter in the primary world. This was the kind of story I wanted to tell—and there were still stories to be told. I had to understand Tolkien, and acknowledge his influence, before I could focus on taking a step in the genre. My sub-creation has, in its own way, been a way of testifying to the same truth: fantasy is for the adult-minded and sharpens our taste for our own world—lessons that I only really learnt by interacting with "the master of fantasy", both his imaginative and critical work.

Did I find originality? That is a question best left to my readers. But I believe that I have held true to the principle of fantasy that Tolkien held the dearest—telling a story with applicability. In my sub-created world, the River Realm, a traditional story—the return of a dispossessed king—takes place against the backdrop of a battle of light and dark that is at times supernatural. So far, so fantasy. But there are no elves and dwarves, dragons, orcs, or devilish phantasmagorias. Only humans. The narrative is focalised through an everyman character whose personal journey is not always tied to the fate of the realm—in fact, critics may argue (and some readers have) that he is no hero at all. But who of us are? The fantasy genre is not just the preserve of peasants being unveiled as kings—it is a place where the choices ordinary people face every day can be questioned and explored.

Influence, or Influenza?

Whichever way we look at it, Tolkien's works, both academic and imaginative, have had an enormous influence over the unfolding of the genre that has followed him. I attest to that personally, and know many fantasy writers would say the same.

Tolkien was entirely cogent of the possibility of his work influencing others, feeling that: "the cycles [of his tales] should be linked to the majestic whole, and yet leave scope for other minds and hands, wielding paint and music and drama" (L 145). Those who consider him to have cast an unalterable shadow over the fantasy genre may feel that his influence is more of an influenza—that there is no place left for the genre to go, that we are destined to endless tales of hobbits and elves that will never equal the work of the man whose imagination gobbled up every avenue of fantasy left.

But the truth is that Tolkien's overarching influence actually brought key aspects of this genre to the very forefront of study, and in his appeal to so many of us he has forced the academic world to look again at fantasy. His masterful re-weaving of crucial elements of story, and deeply considered theory of the vitality of faerie, is both a challenge and a call to arms to future fantasists. Tolkien's legacy to the genre is, I feel, as he would have wished. He is the piece of kindling that he aspired to be—the spark illuminating fantasy past, and inspiring fantasy yet to come.

Bibliography:

Bettelheim, Bruno. *The Uses of Enchantment.* London: 1976

Campbell, Joseph. *The Hero with A Thousand Faces.* New York: 1949

Carpenter, Humphrey (Ed.). *The Letters of J.R.R. Tolkien.* London: HarperCollins, 1995

Lewis, C.S. *A Preface to Paradise Lost.* Dehli: Atlantic Publishers and Distributors, 2005

Timmerman, John H. *Other Worlds: The Fantasy Genre.* Bowling Green University Press: 1983

Tolkien, J.R.R. *Tales from the Perilous Realm, including The Adventures of Tom Bombadil, Leaf by Niggle, Smith of Wootton Major and Farmer Giles of Ham.* London: HarperCollins, 2002

---. *The Lord of the Rings.* London: HarperCollins, 1995

---. *Tree and Leaf.* London: HarperCollins, 2001

Thayer, Anna. *The Traitor's Heir: Volume One of The Knight of Eldaran.* London: Austin & MacAuley, 2011

Wilson, Edmund. *"Oo, Those Awful Orcs!".* *The Nation* 182 (1956): 312-14

Works of Reference:

The Concise Oxford English Dictionary (Eleventh Edition). Oxford: OUP, 2004

Baldick, Chris (Ed.). *The Oxford Dictionary of Literary Terms.* Oxford: OUP, 2008

Baretti, Joseph (Ed). *English and Italian Dictionary.* Leghorn: J.P. Pozzolini & Co., 1829

Online Sources:

Stephen King quote: www.goodreads.com/quotes/show/335083

Oo, Those Awful Orcs!,: http://smu.edu/tolkien/online_reader/AwfulOrcs.pdf

Definition of the fantasy genre: http://en.wikipedia.org/wiki/Fantasa_genre

Definitions of fantasy tropes: http://tvtropes.org/pmwiki/pmwiki.php/Main/Fantasy

Die Figurenkonstellationen von *Der Herr der Ringe* und *Harry Potter* im Vergleich

Anja Stürzer (Hamburg)

Parallelen zwischen dem HdR und den *Harry-Potter*-Romanen

Die Frage, ob J.K. Rowling sich von J.R.R. Tolkien hat inspirieren lassen oder ob sie den HdR in den *Harry-Potter*-Romanen[1] plagiiert hat, wurde im Zuge der Verfilmungen lebhaft im Internet diskutiert.[2] Zusammenfassend lässt sich sagen, dass eine Reihe offensichtlicher Ähnlichkeiten in beiden Texten existieren, die bislang kaum näher untersucht wurden.[3] Um diese Parallelen zu illustrieren, soll zunächst eine kurze Geschichte erzählt werden, in der es um die Rettung der Welt durch einen auserwählten Helden geht:

Zu Beginn lebt der *Held* nach dem Tod seiner Eltern bei einem Onkel. Er ist vergleichsweise klein, aber mutig und hat gewisse Eigenschaften, die ihn zu einem gesellschaftlichen Außenseiter machen. Außerdem ist er der Erbe eines *Magischen Gegenstandes*, der ihm ungewöhnliche Fähigkeiten verleiht – zum Beispiel die Fähigkeit sich unsichtbar zu machen. Diese Fähigkeit, im Verborgenen zu agieren, ist eine der wesentlichen Stärken des Helden.

Ein mit der Farbe Weiß assoziierter weiser und mächtiger *Guter Zauberer* wacht als Mentor über den Helden, kann ihn allerdings nicht vor seinem Schicksal als Auserwähltem bewahren. Es existiert nämlich eine Bedrohung der Welt durch einen körperlosen *Dunklen Herrscher*, der seine Macht einst verlor und dessen Name nicht genannt werden darf. Der Held muss nun verhindern, dass der Dunkle Herrscher seine Macht und damit die Herrschaft über das Land wiedererlangt. Dazu gehört zweierlei: Zum einen muss verhindert werden, dass der Dunkle Herrscher einen *Magischen Gegenstand* erlangt, der seinem Besitzer ein unnatürlich langes Leben verleiht; zum anderen müssen *Magische Gegenstände* zerstört werden, die dem Dunklen Herrscher gehören und einen wesentlichen Teil von dessen Wesen enthalten.

1 Im Folgenden HP I-VII; die Kürzel beziehen sich jeweils auf die in der Bibliographie genannte Ausgabe.

2 Vgl. z.B. http://greenbooks.theonering.net/guest/files/050102.html (24.6.2012) oder http://forums.comingsoon.net//showthread.php?t=35546 (24.6.2012)

3 Vgl. Stürzer, *Wormtongue* 32ff sowie die Wikipedia-Liste der möglichen Einflüsse auf HP: http://en.wikipedia.org/wiki/Influences_on_Harry_Potter (24.6.2012)

Als Zeichen seiner Bestimmung bekommt der Held ein *Legendäres Schwert.* Zugleich muss er zunächst auf seine große Liebe verzichten. Obwohl er eigentlich chancenlos gegen den Dunklen Herrscher ist, muss der Held sein friedliches Zuhause verlassen, um sich dem Bösen auf dessen Territorium zu stellen. Unterwegs wird er von *Finsteren Gestalten* in schwarzen Umhängen bedroht, die Angst und Verzweiflung verbreiten, und muss sich mit *Riesenspinnen*, Untoten und feindseligen animierten *Weidenbäumen* herumschlagen. Auch entkommt er Ungeheuern in einem See sowie in den Tiefen der Erde. Er findet vorübergehend Zuflucht an magischen Orten, die er aber bald wieder verlassen muss, blickt in einen *Magischen Spiegel* und wird von einem *Märchenhaften Wesen* mit ungewöhnlichen Zauberkräften gerettet, das die positiven Werte der Geschichte in Reinform verkörpert. Das Böse hat daher keine Macht über dieses Wesen. Leider ist das Gegenteil auch der Fall, so dass sich die Hilfe des Märchenhaften Wesens lediglich auf die unmittelbar lebensbedrohliche Situation des Helden erstreckt.

In einer Nebenhandlung wird unterdessen die Geschichte eines weiteren mächtigen und guten Zauberers erzählt, der sich verführen lässt und dadurch dem Dunklen Herrscher ähnlich wird. Dieser *Tyrannische Zauberer* wohnt in einer Festung, die auf die Silbe *gard* endet. Er wird von dem Mentor des Helden, dem Guten Zauberer, besiegt, nachdem dieser eine existentielle Krise durchlebt hat, die ihn weiser und reiner macht, als er es zuvor war.

Zurück zu unserem Helden: Der hat eine quälende *Geistige Verbindung* zum Dunklen Herrscher, die er aber nicht benutzen darf, da sie ihn dem Feind verraten würde. Im Verlauf der Handlung wird er Teil einer *Geheimorganisation gegen das Böse*, in der es einen Verräter gibt. Ein Mitglied dieser Geheimorganisation ist ein *Unerkannter Prinz*, der dem Helden zeitweilig suspekt ist. Der eigentliche Kopf der Geheimorganisation ist der Gute Zauberer. Als es ernst wird, stürzt dieser jedoch in die Tiefe, so dass der Held ohne Mentor und zeitweilig orientierungslos zurückbleibt. Allerdings trifft der Held den Guten Zauberer später wieder, zu einem Zeitpunkt, als er sich schon verloren glaubt.

Unterwegs wird der Held von einigen *Treuen Gefährten* begleitet, die ihm zur Seite stehen. In der Krise bleiben zwei davon übrig, die sich ständig streiten. Am Ende ist es nur noch ein Treuer Gefährte, mit dem der Held durch die Wildnis irrt. Am Tiefpunkt der Geschichte taucht Gefährte Nr. 2 unerwartet wieder auf und trägt entscheidend zum guten Ausgang bei.

Zwischenzeitlich wird der Held von einem unterjochten *Unfreiwilligen Helfer* verraten. Er verteidigt einen *Verräter* und lernt, *Mitleid mit seinem Feind* zu haben. Auch begegnet er seinem *Alter Ego*, das aufgrund des direkten Kontakts mit dem lebensverlängernden Magischen Gegenstand unnatürlich lange überlebt hat. Eine andere Figur, die dem Helden freundlich gesinnt ist, gibt diesen Magischen Gegenstand dagegen freiwillig auf.

In der tiefsten Krise muss der Held allein handeln. Er durchlebt Verzweiflung, den Verlust aller Dinge, die er liebt, und entkommt mehrfach nur knapp dem Tod. Unterdessen kämpfen seine Freunde und die Geheimorganisation einen verzweifelten Kampf gegen die überlegenen Truppen des Bösen. Im Zuge dieses Endkampfes wird das *Idyllische Zuhause* des Helden zerstört. Der Held ist bereit, sich für seine Freunde und seine Heimat zu opfern. Diese heldenhafte *Opferbereitschaft* ist die notwendige Bedingung, damit der magische Gegenstand zerstört und der Dunkle Herrscher entscheidend geschwächt werden kann. Für den Dunklen Herrscher ist die Opferbereitschaft des Helden nicht nachvollziehbar, er versteht die ihr zugrundeliegende Logik nicht, da sie auf positiven Werten beruht, die ihm gänzlich abgehen.

Die Zerstörung des Magischen Gegenstandes wird allerdings nicht allein vom aufopferungswilligen Helden geleistet. Hinreichende Bedingung für den Sieg über den Dunklen Herrscher sind vielmehr die Hilfe selbstloser und mutiger Freunde sowie die unfreiwillige und selbstzerstörerische Aktion eines Feindes.

Wider eigenes Erwarten überlebt der Held am Ende. Er reist in ein *Limbus-artiges Land*, das nicht gänzlich zur physischen oder zur jenseitigen Welt gehört, trifft dort an einem Verkehrsknotenpunkt wieder auf seinen Mentor und wird von seinen Verletzungen bzw. Traumata geheilt. Sein bester Freund kriegt unterdessen das Mädchen. Ganz am Ende der Geschichte gibt es drei *Hochzeiten*, die auf verschiedenen Ebenen eine Erneuerung der Gesellschaft symbolisieren.

So weit die einleitende Geschichte, die – in stark vereinfachter Form – den Plot sowohl des HdR als auch der HP-Romane erzählt.

Konfigurationskonstitutive Oppositionen als Grundlage des Vergleichs

Bevor man allerdings angesichts der vielen Parallelen einen direkten Einfluss Tolkiens auf Rowling postuliert, gilt es zweierlei festzustellen. Zum einen ist unbestritten, dass die Oberflächenstruktur der Romane sehr unterschiedlich ist.[4] Um die Frage eines eventuellen Einflusses zu untersuchen, ist es daher sinnvoll, strukturalistische Analysemethoden anzuwenden[5] und sich die Tiefenstruktur der Texte anzusehen, z.B. die ihnen zugrundeliegenden

4 Vgl. Tab. 1 am Ende des Artikels sowie Stürzer, *Wormtongue* 34f. Da HdR und HP in Bezug auf Genre, Erzählhaltung und Handlungsstruktur wenig gemein haben, werden sie in der Regel als ›nicht vergleichbar‹ eingeschätzt.

5 Wie Lévi-Strauss, Campbell, Propp oder Bremond gezeigt haben, können unterschiedliche Text-Oberflächenformen häufig auf gemeinsame Strukturprinzipien wie Handlungsfunktionen, Archetypen oder Oppositionen zurückgeführt werden.

Oppositionen, die sich in der jeweiligen Figurenkonstellation zeigen. Eine solche Analyse der »konfigurationskonstitutive[n] Oppositionen« (Link 257) ermöglicht einen genaueren Vergleich auch oberflächlich verschiedener Texte wie HdR und HP, vor allem vor dem Hintergrund gemeinsamer Themen und Motive wie Mitleid, Freundschaft/Loyalität, Selbstaufopferung, des Problems des Todes sowie der Frage nach der Möglichkeit ›richtiger‹ Entscheidungen angesichts des Bösen.

Obwohl Tolkien die strukturalistische Sektion von Texten bekanntlich ablehnte und der Meinung war, es käme nicht auf eventuelle gemeinsame Motive, sondern auf die individuellen Details einer Geschichte sowie die allgemeine Aussage an, »... the colouring, the atmosphere ... and above all the general purport that informs with life the undissected bones of the plot« (FS 24), so ist das Freilegen des Text-Skelettes doch im Rahmen der Frage nach Tolkiens Einfluss auf die Fantasy notwendig. Um beim naturwissenschaftlichen Vergleich zu bleiben: Auch wenn ähnliche Knochen bei verschiedenen Tieren unterschiedliche Funktionen haben können und sich z.B. zu Flügeln, Fluken, Armen oder Beinen entwickelt haben, so erlaubt eine Analyse des Skeletts doch Rückschlüsse auf die Verwandtschaft und Weiterentwicklung der verschiedenen Arten.

Allerdings kommt es auch vor, dass sich unterschiedliche Organe bei nicht miteinander verwandten Arten analog entwickeln. Auf den Text übertragen stellt sich damit zweitens die Frage, ob die Häufung oberflächlicher Ähnlichkeiten bei Tolkien und Rowling nicht vielleicht analoger Natur ist, ob Rowling also lediglich ähnliche Motive und Themen völlig unabhängig von Tolkien behandelt. Diese Frage abschließend zu klären würde den Rahmen dieses Beitrags übersteigen, da es notwendig wäre, jedes einzelne parallele Element motivgeschichtlich zu untersuchen. Es ist jedoch offensichtlich, dass viele der aufgelisteten Ähnlichkeiten beider Romane dem von Campbell beschriebenen Kontext des ›Monomythos‹ entstammen. So entsprechen die Protagonisten dem Archetypus des Helden, wie er sich auch in der *Artus*-Sage oder Hollywood-Erzeugnissen wie der *Star-Wars*-Saga oder den *Matrix*-Filmen findet. Sie sind Auserwählte, die gegen das übermächtige Böse kämpfen müssen, ›kleine Leute‹ – Hobbits bzw. Kinder –, die von einem weisen Mentor geleitet und initiiert werden. Begleitet werden sie auf ihrer Reise in das unbekannte Land von mehr oder weniger vertrauenswürdigen Freunden, die sich als Aspekte ihrer Psyche interpretieren lassen. Im Verlauf der Handlung müssen die Helden in diversen Abenteuern ihre Stärken kennen und gebrauchen lernen, bösartige bzw. verräterische Feinde bekämpfen und ihren ›Schatten‹ überwinden, um die Queste vollenden und sich dem Dunklen Herrscher stellen zu können. Frodos Schatten bzw. die Verkörperung seiner unterdrückten, negativen Seiten und unbewussten Eigenschaften ist Gollum; Harrys Schatten ist Tom Riddle, der junge Voldemort, dem er in HP II begegnet. Auch die mächtigen weißen Zauberer, die in den Romanen die Rolle des Mentors übernehmen, müssen sich ihrem Schatten bzw. Antagonisten stellen: Gandalf misst sich mit Saruman; Dumbledore muss sich mit Gellert Grindelwald auseinandersetzen.

Die Achse der Moral

All diese Figuren lassen sich in beiden Romanen schematisch entlang einer Achse einordnen, die vertikal von *gut* nach *böse* stratifiziert ist (Tab. 2, S. 103). Diese Achse der Moral ist keineswegs gleichbedeutend mit einer dualistischen oder manichäischen Grundstruktur der Texte, sondern stellt die Endpunkte eines Kontinuums dar. Im HdR erstreckt sich dieses Kontinuum vom Ideal der Loyalität bzw. des Erhabenseins über die Versuchung bis zum negativen Pol von todbringender Korruption und Machtlust. In HP erscheint das positive Ideal der Freundschaft und selbstlosen Liebe als Gegenteil der grundsätzlich negativ bewerteten, mit Machtlust gekoppelten Angst vor dem Tod. Sowohl das Ideal der Loyalität bzw. der selbstlosen, sich aufopfernden Liebe als auch das Töten als ultimativer Dominanzakt sind dabei einander entgegengesetzte Quellen ›tiefer Magie‹, um C.S. Lewis' Begriff zu borgen (*Lion* 122), deren Interaktion Ausgangs- und Endpunkt des HP-Plots ist.[6]

Die in der Figurenkonstellation erkennbaren moralischen Gegensätze werden durch die Ordnung der Räume in den Romanen sowie durch die Symbolik unterstützt. So ist der Gegensatz (Auen-)Land ≠ Turm im HdR nicht nur mit demjenigen von Kosmos und Chaos verknüpft (Stürzer, *Desakralisierung* 302ff), sondern zeigt sich auch in den Oppositionen Licht ≠ Dunkelheit und Natur ≠ *machine* (L 178) sowie in dem Bild des Adlers auf der positiven und denjenigen des Ringes und der Schlange (bzw. des Drachen) als Sinnbilder des Bösen[7] auf der negativen Seite. Die neun Gefährten als Repräsentanten der Völker Mittelerdes und Vertreter von Ordnung, Vertrautheit, Reinheit und Licht stehen den neun Nazgûl und der militärisch-invasiven Macht der zwei Türme gegenüber, die mit

6 Harrys Mutter rettet ihn vor dem Todesfluch Voldemorts, indem sie sich für ihn opfert; Harry überwindet Voldemort, indem er sich für seine Freunde opfert und so den durch einen Mord erschaffenen Horcrux zerstört.

7 Im HdR wird praktisch jede negative Figur mit der Schlange assoziiert: Saurons Bote (»his breath came like the hiss of snakes«, HdR I 242), der Wächter im See (»a host of snakes«, 309), der große Ork in Moria (»with the speed of a striking snake«, 326), der Balrog (»stronger than a strangling snake«, HdR II 505), Gríma (»Down snake! ... Down on your belly«, 524), Saruman (»suddenly it seemed that they saw a snake coiling itself to strike«, 585), der Hexenkönig (»This way and that turned the dark head ... Frodo waited, like a bird at the approach of a snake«, 713), Gollum (»Quick as a snake Gollum slithered aside«, HdR III 734) und Shagrat (»Quick as a snake Shagrat slipped aside«, 917). Vgl. auch Tolkiens Charakterisierung des »Steed of the Witch-King« als »pterodactylic« (L 282); Drachen- und Schlangensymbolik sind »oft ... austauschbar« (Cooper 160).

Auflösung, Fremdheit, Korruption und Dunkelheit assoziiert sind. Entsprechendes gilt für HP, wo Kosmos und Chaos mit den Gegensätzen Hogwarts ≠ Ministerium sowie Gryffindor ≠ Slytherin assoziiert sind. Diese räumlich-inhaltliche Opposition wird durch die christlichen Symbole Hippogreif und Phönix auf der positiven bzw. den Elderstab und die Horcruxe auf der negativen Seite unterstrichen. Letztere sind wiederum eng mit den Symbolen Schlange und Ring verbunden (Tab. 3, S. 104).

Die in beiden Romanen negativen Bilder des Rings und der Schlange sind komplexe und vielschichtige Symbole. Traditionell steht der Ring für Ewigkeit, Beständigkeit, Göttlichkeit und Leben, aber auch – z.B. im Schlangenring Barahirs – für Unumschränkte Herrschaft, Autorität, Kraft, Schutz, Bindung und die Übertragung von Macht (Cooper 150). Zudem kann er als Übergangssymbol die ›enge Pforte‹ von Geburt und Tod symbolisieren. Die Schlange ist nicht nur ein christliches Symbol für »die Macht des Bösen, die der Mensch in sich überwinden muss« (163), sondern auch ein Bild für Leben, Auferstehung und Unsterblichkeit, »in allen Kulturkreisen ein Initiator und Verjünger ... und steht für die dunklen Kräfte der Menschheit« (160), für den Schatten bzw. das, wofür wir in uns in uns selbst fürchten. Im Uroboros verbinden sich die beiden Symbole des Rings und der Schlange zum Gleichnis des ewigen Kreislaufs von Leben und Sterben, zum Sinnbild der Ewigkeit, Unendlichkeit, Wiedergeburt und der Überwindung von Gegensätzen im Tod.

Die Grundopposition Selbstlosigkeit/Altruismus ≠ Selbstsucht/Egoismus

Vergleicht man die genannten Symbole und Oppositionen in beiden Texten, so lassen sie sich auf eine nahezu identische Grundopposition der Werte *Selbstlosigkeit/Altruismus* und *Selbstsucht/Egoismus* zurückführen.[8] Diese Opposition liegt auch dem in beiden Texten zentralen Motiv des Freien Willens zugrunde, das sich als (explizit thematisierte) Wahlmöglichkeit des Helden wie auch der Nebenfiguren zwischen *gut* und *böse* darstellt: *Gut* ist es, *altruistisch* zu sein, sein Licht unter den Scheffel zu stellen, de facto unsichtbar zu sein, sich selbst ›auszulöschen‹ – nicht umsonst besitzen die Helden jeweils einen magischen Mantel, der sie für ihre Feinde bzw. den Tod unsichtbar macht. *Böse* dagegen ist es, *egoistisch* zu sein, nach Macht über andere zu streben, andere auszulöschen. Für die ›positiven‹ Figuren, d.h. diejenigen, die sich für das Gute entscheiden, zählt die Tugend mehr als das eigene Leben; für die ›negativen‹ Figuren ist es umgekehrt. Daher zeichnen sich die Helden durch Opferbereitschaft aus, die Leben spendet und mit dem Thema der Wiedergeburt assoziiert

8 Vgl. Tab. 7, S. 107. Zur Kompatibilität dieser Opposition mit dem christlichen Wertesystem vgl. z.B. Honegger 15, Weinreich 126f sowie Granger, *Looking* 77f.

ist. Die negativen Figuren dagegen, die nach irdischer Unsterblichkeit streben oder mit ihr assoziiert sind, fristen ihr Dasein als Untote, als körperlose oder verlorene Seelen. Die positiven Figuren vertreten Werte wie Ehre, Mut, Loyalität und Freundschaft; die negativen Figuren streben nach Macht und wollen andere beherrschen (auch mithilfe von unguter oder verbotener Technik bzw. schwarzer Magie). Dank der Opferbereitschaft der positiven Figuren können die übernatürlichen Mächte des Guten – die Adler, der Stein der Auferstehung – ihre Wirkung entfalten; der Egoismus der negativen Figuren dagegen bewirkt ihre Vernichtung. Die positiven Figuren arbeiten zusammen und stehen für die im Uroboros und dem Motiv der Hochzeit symbolisierte Auflösung der Gegensätze – die Einheit von Körper und Seele, von Mann und Frau, Elben und Menschen, Zauberern und Muggeln, Mensch und Umwelt, Leben und Tod. Die negativen Figuren dagegen, deren Anliegen es ist, den Erdkreis zu binden und buchstäblich zu um*ring*en, stehen für Ungleichgewicht, Uneinigkeit und Zwist, die sich zu einer gesellschaftlichen Krise auswachsen – kurz, für die gefallene Welt, die vom Helden erneuert und geeint werden muss.

Tolkien selbst war sich der Grundopposition von *Gut* und *Böse* bzw. *Selbstlosigkeit/Altruismus* und *Selbstsucht/Egoismus* in seinem Werk natürlich bewusst. In einem Brief schrieb er über Tom Bombadil:

> [H]e represents something that I feel important... I would not ... have left him in, if he did not have some kind of function. I might put it this way. The story is cast in terms of a good side, and a bad side, beauty against ruthless ugliness, tyranny against kingship, moderated freedom with consent against compulsion...; but both sides in some degree, conservative or destructive, want a measure of control. But if you have ... taken 'a vow of poverty', renounced control, and take delight in things for themselves *without reference to yourself* ... then the question of the rights and wrongs of power and control might become utterly meaningless to you... It is a natural pacifistic view. (L 178, Herv. AS)

So wie der Ring *Selbstsucht* bzw. das Ego symbolisiert, das sich selbst über alles und über andere stellt, so symbolisiert die pazifistische Figur des Tom Bombadil, über den der Ring und damit das Böse keinerlei Macht haben, *Selbstlosigkeit* bzw. im psychoanalytischen Jargon das *Über-Ich* – die weltfremde Instanz des Ideals.[9] Tom Bombadil verkörpert die positiven Wertvorstellungen im Universum

9 Vgl. L. Campbells Interpretation Bombadils als »Green Man« (90f) und Gegenspieler Sarumans sowie Martinez 177: »It is Bombadil who shows the Ring cannot master everyone«. Tom selbst sagt von sich: »Tom must teach the right road and keep your feet

des HdR in einer absoluten und reinen Form, die unvereinbar mit den Problemen der komplexen Gesellschaft und der Wirklichkeit der Welt ist und in ihr nicht umfassend realisiert werden kann. Aus diesem Grund ist Bombadil trotz seiner beträchtlichen magischen Fähigkeiten als Hüter des Rings ungeeignet; sein ideales Reich und Dasein erscheinen als der Welt enthoben, als Teil einer zeitlosen, jenseitigen Wirklichkeit.

Diese Möglichkeit einer Transzendenz der weltlichen, ich-bezogenen Existenz wird durch Frodos Traumvision in Bombadils Haus unterstrichen, die auf seine spätere Reise in die unsterblichen Lande verweist.[10] Frodo erlebt einen Moment der Zeitlosigkeit[11] und wird eins mit der Welt, der Geschichte und der Natur. Er *versteht* die Welt auf eine tiefere Weise, wird sich ihrer Vergänglichkeit bewusst und empfindet sich selbst als »[the stranger] where all other things are at home« (HdR I 141). Diese Erkenntnis seiner Beziehung zur (und schließlich seiner Rolle in der) Welt ist kennzeichnend für den monomythischen Helden, dessen Wissen um das Prinzip der Transzendenz ihn »self-denying« und damit »divine« werden lässt, denn »the divine thunderbolt of the knowledge of the transcendent principle ... is beyond the phenomenal realm of names and forms« (Campbell 89). »Tell me, who are you, alone, yourself, and nameless?« (HdR I 142), fragt Tom Bombadil, als Frodo seinen Namen wissen will, und verweist damit sowohl auf die Unwichtigkeit des weltlichen Egos als auch auf die entscheidende Bedeutung von Beziehungen in unserer weltlichen Existenz.

Auch in den HP-Romanen gibt es eine Figur, die das Ideal der Selbstlosigkeit und den Wert der Freundschaft verkörpert und die dem Helden zur Erkenntnis des Prinzips der Transzendenz verhilft. Es ist der Hauself Dobby, dem es aufgrund seiner aufopferungsvollen Liebe zu Harry gelingt, die Fesseln seines irdischen Sklaven-Daseins abzustreifen. »Who are you?« fragen sowohl Frodo als auch Harry ihr merkwürdiges Gegenüber – und in beiden Fällen ist die Antwort enigmatisch, denn Namen sind auch ein Symbol für die Fesseln, die uns an die Welt binden. Darum wandelt sich Dobby im Verlauf der Romane

from wandering« (HdR I 144) – wobei Letzeres natürlich genau das ist, was die Helden sowohl im wörtlichen als auch im übertragenen Sinn auf ihrem *Lebens*weg tun. (Vgl. zur Metapher der Straße im HdR Stürzer, *Wormtongue* 35)

10 Vgl. HdR I 146: »... Frodo heard a sweet singing running in his mind: a song that seemed to come like a pale light behind a grey rain-curtain, and growing stronger to turn the veil all to glass and silver, until at last it was rolled back, and a far green country opened before him under a swift sunrise«. Das Motiv wiederholt sich in HdR III 310: »... as in his dream in the house of Bombadil, the grey rain-curtain turned all to silver glass and was rolled back, and he beheld white shores and beyond them a far green country under a swift sunrise.«

11 Vgl. HdR I 130: »Frodo and Sam stood as if enchanted« und 142: »Whether the morning and evening of one day or of many days had passed Frodo could not tell«.

von »Just Dobby. Dobby the house-elf« (HP I 15) zu »Dobby, a Free Elf« (die Inschrift auf Dobbys Grabstein, HP VII 389). In bester platonischer Manier stellt Dobby seinen Höhlenbewohner-Status und die Schatten an der Wand in Frage, was ihm prompt die Verachtung seiner Artgenossen einträgt und ihn als ›freien Elfen‹ zum Außenseiter macht. Auch hier ist das Ideal – Hermiones als »S.P.E.W.« verlachter Gleichstellungsverein »Society for the Promotion of Elfish Welfare« – nicht mit der weltlichen Wirklichkeit kompatibel.

Es gibt viele Aspekte, die Dobby und Tom Bombadil gemeinsam haben: die hemmungslose Unbekümmertheit beispielsweise, die Eigenschaft, zugleich »comical and alarming« (HdR I 378) zu sein, sowie die Eigenart, in der dritten Person von sich zu sprechen – bezeichnenderweise vermeiden beide Figuren konsequent das Wort »ich«. Wie Tom Bombadil verfügt die Märchenfigur Dobby über außergewöhnliche magische Fähigkeiten, die jedoch auf ihre eigene Sphäre beschränkt bleiben;[12] wie dieser rettet er den Helden mehrfach aus unmittelbarer Lebensgefahr, woraufhin sie gemeinsam ihren Freunden helfen.[13] Beide repräsentieren die positiven Eigenschaften der Achse der Moral in hohem Maße und sind daher immun gegen das Böse; beide befreien den Helden aus einem Kerker; in beiden Situationen spielt eine bösartige körperlose Hand eine unheimliche Rolle.[14] Im letzten Band überwindet Dobby schließlich aus selbstloser Liebe zu Harry seine Angst vor dem Tod, und sein aufopferungsvolles Ende wird für den Helden zum Katalysator: »[Harry] had learned control at last... Grief, it seemed, drove Voldemort out ... though Dumbledore, of course, would have said that it was love«. Wie Frodo in Tom Bombadils Haus verliert Harry in dieser Situation jedes Gefühl für Zeit und erlangt Erkenntnis:

> [U]nderstanding blossomed in the darkness ... Harry lost track of time (HP VII 387)... he felt closer ... than ever before, closer to the heart of it all... Harry understood, and yet did not understand. His instinct was telling him one thing and his brain quite another. (391)[15]

---

12 da Dobby trotz seiner Befreiung seiner Natur nach ein Hauself bleibt.

13 Tom Bombadil befreit Frodo aus der Klemme des Weidenmanns und aus dem Hügelgrab, wobei er den Grabunhold als Repräsentanten des Hexenkönigs verbannt; Dobby warnt Harry in Band V vor Umbridge und befreit ihn im letzten Band aus dem Kerker der Malfoys, wobei er Voldemorts fanatische Anhänger Bellatrix und Lucius Malfoy besiegt.

14 Dass beide Helden in diesem Kontext magische Waffen erlangen, die später eine entscheidende Rolle spielen, mag Zufall sein, ebenso die Tatsache, dass beide Figuren mit dem Motiv eines allsehenden, ›leuchtend blauen Auges‹ verknüpft sind – vgl. HdR I: »his eyes were blue and bright« (131); »For a second the hobbits had a vision, both comical and alarming, of his bright blue eye gleaming through a circle of gold« (144) und HP VII: »he saw a gleam of brightest blue – Dumbledore's eye was gazing at him out of the mirror« (378; tatsächlich Dumbledores Bruder).

15 Vgl. Tolle 117f: »When that shift happens, which is the shift from thinking to awareness, an intelligence far greater than the ego's cleverness begins to operate in your life«.

Ohne seine Freunde zu konsultieren und gegen jede rationale Erwägung entscheidet sich der Protagonist in diesem Moment »*not* to act«, sondern zu glauben und zu vertrauen – und »[t]he enormity of his decision ... scared Harry« (HP VII 406). Genau wie Frodo hängt Harry seine Hoffnung fortan nicht an die Suche nach Macht, sondern hegt »a fool's hope« (HdR III 824): »[H]e wondered whether it had been outright madness not to try to prevent Voldemort« (HP VII, 406). Aufgrund von Dobbys Vorbild und Beispiel stellt der Held die macht- und ego-orientierten Maßstäbe der Welt in Frage und vertraut letztlich der Weisheit seines Mentors Dumbledore, der ihm – wie sich am Ende herausstellt – den ultimativ altruistischen Weg der Selbstaufopferung vorgezeichnet hat.

Der von Voldemort besessene Quirrell dagegen vertritt in HP I explizit die Ansicht des bösen Egoisten: »There is no good and evil; only power and those too weak to seek it« (211). Das entspricht Tolkiens ›One Ring to rule them all‹: »The Ruling Ring? If we could command that, then the Power would pass to us«, sagt Saruman (HdR I 273), nachdem er klar gemacht hat, dass er keine Rücksicht auf Schwäche zu nehmen gedenkt: »Knowledge, Rule, Order; all the things that we have so far striven in vain to accomplish, hindered rather than helped by our *weak or idle* friends« (272, Herv. AS).

Es gibt einen schönen Eintrag von 2003 auf der Website *harry-potter-lexicon*, in dem der anonyme Autor diesen ›bösen‹ Standpunkt näher erläutert:

> Evil is when you say '*My* will be done'. The great I, or ego and it is obviously no coincidence that Voldemort survived for the longest time as pure ego. ...And the ultimate in self-centeredness is of course the quest for unbridled and total power, specifically, power for its own sake. Tom Riddle as Voldemort wants it because he wants the world, which so cruelly handled him, to finally bend to *his* will... You could even say that he had no faith in cosmic justice or even just cosmic balance. It also explains why Dumbledore is so unafraid of him. It isn't because of Dumbledore's power... Certainly, Dumbledore is 'powerful' objectively. But his true strength is that Dumbledore *cares*. Dumbledore doesn't care much for power for its own sake and always does his best to empower others. (Anon)

Die Ironie dieses Textes liegt darin, dass er die Parallelen zum HdR nicht nur nicht sieht, sondern Tolkiens Werk ausdrücklich als Gegenbeispiel darstellt: »Quite unlike, say JRRT with his Sauron or other equivalent stories, evil is not a distinct entity to defeat and after which everything will be back to normal« (ebd.). Kennt man den Roman und nicht nur die Filme, und denkt man zurück an Tom Bombadil und den von Tolkien intendierten Gegensatz von Machtlust und 'natürlichem Pazifismus', so erscheint diese Aussage geradezu absurd.

Das Motiv der Hochzeit

Ein für die Figurenkonstellation besonders relevantes Motiv ist die Hochzeit bzw. die Trennung von Liebenden. Das literarische Motiv der Hochzeit steht für gesellschaftliche Erneuerung nach der Krise, für Heilung, Ganzheit und Harmonie und die Auflösung der Gegensätze, Ungleichgewichte und Disharmonien im Plot sowie in der erzählten Welt. Symbole dieser negativen Disharmonien in den Romanen sind der Ring, das allwissende Böse Auge als Zeichen einer voyeuristischen, nur der utilitaristischen ›Vernunft‹ verpflichteten Tyrannei der dämonischen Elite,[16] die Horcruxe, die Schlange und schließlich Harrys schmerzende Narbe, die die Nicht-Einheit von Körper und Seele symbolisiert. Auf der positiven Seite finden sich neben der Hochzeit das Symbol der Krone bzw. des Königtums und dasjenige der Rose, die für Vollkommenheit, Vollendung und Auferstehung steht und zugleich ein alchemistisches Bild für den ›Stein der Weisen‹ ist (Cooper 150f, Granger, *Deathly* 162). Nicht zufällig heiratet Sam eine ›Rosie‹, genau so wie es kein Zufall ist, dass das erstgeborene Kind von Ron und Hermione ›Rose‹ heißt.

Sieht man sich die Paarungen in den Romanen genauer an, so fallen auch hier deutliche strukturelle Parallelen auf. Was für Tolkien der Gegensatz von Elben und Menschen ist, der von Aragorn und Arwen sowie ihrem Erben Eldarion überbrückt wird – ein Gegensatz, der u.a. für die Existenz des Menschen in einer doppelten Dimension von Mythos und Logos, Ewigkeit und Zeitlichkeit, magischer Jenseitigkeit und profaner Diesseitigkeit steht –, das ist für Rowling die grundlegende Opposition zwischen der fantastischen Zaubererwelt und der tristen Alltagswelt der Muggel, die von Harry endgültig überwunden wird, indem er am Ende Ginny heiratet.

Eingebettet in diese große Dualität findet sich jeweils eine weitere handlungskonstituierende Opposition, die mit dem Gegensatzpaar *Gut* und *Böse* der vertikalen Achse assoziiert ist. Im HdR ist dies der Konflikt zwischen dem kulturtechnischen Konzept der *machine* (L 145f) und dem Begriff der Natur, des Lebens als »community of living things« (L 399; vgl. Campbell 153f), im HP-Universum die feindselige Opposition der magischen Häuser Gryffindor und Slytherin. Diese Opposition verweist in Rowlings Romanen sowohl auf das

16 Im HdR ist das Böse Auge nicht nur mit Sauron assoziiert, sondern über die Palantíri auch mit Denethor; bei HP erscheint dieses Symbol in Form von Umbridges Zweckentfremdung von Moodys magischem Auge sowie des bösartigen Auges im Medaillon-Horcrux.

Motiv der Doppelnatur der Helden Harry und Snape als auch auf die dem Roman zugrundeliegende alchemistische Symbolik der Vier-Elemente-Lehre: Der Zwist zwischen den Häusern, zwischen Feuer und Wasser, der – wie der sprechende Hut immer wieder betont – dem ganzen Unheil zugrundeliegt, wird am Ende des Romans (bzw. des Erkenntnisprozesses des Helden) im Namen von Harrys Sohn Albus Severus aufgelöst. Die Vereinigung der Gegensätze ermöglicht eine Erneuerung der Magischen Welt und den Beginn einer ›neuen‹ Zeit. Der Kreis schließt sich, eine neue Generation ist an der Reihe, die die alten Gegensätze überwunden hat (vgl. Stürzer, *Desakralisierung* sowie Granger, *Unlocking* 82ff).

Zuvor jedoch muss es die Vereinigung des ›Streitenden Paares‹ Hermione und Ron geben. Das Streitende Paar symbolisiert in der alchemistischen Bildsprache die gegensätzlichen Elemente Quecksilber und Schwefel, die als Katalysatoren für die Entwicklung des Helden zum goldenen, Leben spendenden ›Stein der Weisen‹ dienen, der den Tod überwindet (Granger, *Unlocking* 61f). Im HdR wird das Streitende Paar von den rivalisierenden Freunden Legolas und Gimli verkörpert. Als Gefährten von Aragorn verhelfen der Elb und der Zwerg dem König im Exil und buchstäblichen Heilsbringer Aragorn zu Krone und Herrschaft, ebenso wie Hermione und Ron Harry bei seiner Suche nach den Horcruxen helfen.

Die Vereinigung der topografischen Gegensätze der erzählten Welt wird im HdR mit der Hochzeit von Faramir aus Gondor und Éowyn aus Rohan sowie in den HP-Romanen mit derjenigen des feurigen englischen Bill und der phlegmatischen französischen Fleur beschworen. Beide Paare lassen sich zugleich als Symbole der Harmonie von Geist und Körper lesen. Sam und Rosie bzw. Harry und Ginny schließlich verkörpern die Rückkehr des Helden aus dem Reich des Chaos in den heimatlichen Kosmos, die in den Schlusssätzen der Romane zum Ausdruck kommt: ›Well, I'm back‹ bzw. ›All was well‹. Mit diesem Happy End schließt sich jeweils der Kreis der Handlung, denn Sams Tochter Elanor besitzt eine elbische Schönheit, und Sam gelingt es dank Galadriels Geschenk, den Mallorn aus Lothlorien im Auenland anzupflanzen. Damit wirkt die Synthese der zentralen HdR-Gegensätze Elben ≠ Menschen und Natur ≠ *machine*/Kultur nicht nur in Gondor, sondern auch im Auenland fort. Entsprechendes gilt für Harrys Hochzeit mit Ginny: Ihm gelingt es im Gegensatz zum ›Halbblut-Prinzen‹ Snape, die am eigenen Leib erfahrenen Gegensätze von Gut und Böse, von Slytherin und Gryffindor und zugleich diejenigen der Muggel- und Zauberer-Welt zu überbrücken. Während Snape seine große Liebe verliert,[17] darf Harry

17 Das Kontrastmotiv des Verlustes bzw. der gescheiterten Beziehung findet sich auch im HdR: in der Geschichte der verlorenen Entfrauen. Die Beziehung von Ents und Entfrauen spiegelt die Unvereinbarkeit des Gegensatzes von Natur und *machine* bzw. Kultur auf einer wertneutraleren Ebene wider und ist damit der bittersüßen Liebesgeschichte von Snape und Lily vergleichbar.

am Ende seine Ginny heiraten und ein bei aller magischen Selbstverständlichkeit geradezu bürgerliches Familienleben führen.[18]

Es fällt an dieser Stelle auf, dass der Protagonist Harry im Vergleich zum HdR eine Doppelrolle spielt: In Bezug auf das Hochzeitsmotiv und die Synthese der wesentlichen Oppositionen entspricht er strukturell sowohl der Figur des heimlichen Königs Aragorn, der am Ende zur Belohnung das lang ersehnte Mädchen bekommt, als auch derjenigen des aufopferungsvollen und treuen, in Liebesdingen eher unbedarften Freundes Sam, der nach all den aufregenden Abenteuern schließlich ins Alltagsleben zurückkehrt und eine Familie gründet.[19] Frodo dagegen, der ›kleine‹ Protagonist des HdR, bleibt Junggeselle. Allerdings zeichnet er sich durch sein zunehmend ›elbisches Wesen‹ aus (HdR II 675), das darin gipfelt, dass er am Ende diese Welt verlässt und in die unsterblichen Lande reisen darf. Wie Harry vor dem Epilog überwindet der bis zur Selbstaufopferung altruistisch handelnde, einsame Held Frodo damit die großen Gegensätze des Plots in seiner Person.

Die Achse des sozialen Status

Überträgt man die im vorigen Abschnitt vorgestellten Gegensatzpaare auf eine horizontale Achse der Figurenkonstellation, die die soziale Schichtung bzw. den gesellschaftlichen Status der Figuren widerspiegelt, so zeigt sich ein in beiden Romanen sehr ähnliches Bild (Tab. 4, S. 104): Es gibt jeweils

- zwei ›ideale‹ Paare, die mit dem Thema Zeitlichkeit/Vergänglichkeit assoziiert sind
- die ›heilige‹, die Welt erneuernde Hochzeit des Helden, aus der ein neuer Erbe hervorgeht
- die Vereinigung des Streitenden Paares
- eine ›politische‹ Liebesverbindung, die gegensätzliche Länder vereint
- die »rosige« Märchenhochzeit des Happy Ends
- das Motiv der verlorenen Liebe

In beiden Romanen lässt sich zudem die klassische Dreierkonstellation des von John Granger in *Christianity Today* beschriebenen ›Seelen-Triptychons‹ erkennen, das sich in der Tradition von Platos *Phaidros* und Dostojewskijs *Die Brüder Karamasow* in vielen populären Texten findet und sich auch psychoanalytisch

18 Das Motiv wird noch durch die parallele Hochzeit von Ron und Hermione verstärkt.

19 Diese Doppelrolle mag mit verantwortlich sein für die Enttäuschung mancher Fans über den HP-Epilog.

interpretieren lässt.[20] Während eine solche Dreierkonstellation im HdR der parallelen Handlungsstruktur entsprechend gedoppelt vorkommt (Aragorn/Legolas/Gimli und Frodo/Sam/Gollum), findet sie sich in den HP-Romanen nur einmal: Harry, die Seele des Trios, vereint in sich Eigenschaften Frodos, Sams und Aragorns. Einerseits ist Harry wie Frodo und Sam der ›kleine‹, auserwählte Held, der als Identifikationsfigur für den Leser dient,[21] andererseits wie Aragorn der Nachfahre eines Zivilisationsstifters (die Könige Gondors bzw. Godric Gryffindor) und Erbe seines Hauses, der auf die geliebte Frau verzichten muss und dem in der Tradition des Artus-Mythos das magische Schwert ebenso wie die Aufgabe zufällt, sich dem Bösen unmittelbar zu stellen.[22]

Was die sozialen Kategorien in den beiden Romanen insgesamt betrifft, so sind auch diese vergleichbar (Tab. 5, S. 105). Die großen Zaubererfiguren – die Maiar Gandalf, Saruman und Sauron bzw. Rowlings Dumbledore, Grindelwald und Voldemort – haben neben den diversen magischen Kreaturen jeweils die meiste Macht und als Anführer zugleich auch den höchsten sozialen Status in der erzählten Welt. Der gesellschaftliche Status der magischen Kreaturen in beiden Romanen variiert dagegen: Tolkiens Valar, Tom Bombadil, die Ents, Shelob oder die Nazgûl agieren weitgehend autark und sind völlig unabhängig vom sozialen Gefüge der menschlichen Gesellschaften. Die Kobolde, Hauselfen, Dementoren, Riesenspinnen und die Peitschende Weide in den HP-Romanen erscheinen dagegen zwar nicht als gleichberechtigt, aber doch als Teil der magischen Gemeinschaft. Ihre Rolle ist daher insgesamt weniger statisch als bei den entsprechenden magischen Kreaturen im HdR (vgl. Stürzer, *Wormtongue* 37).

Neben den Zauberern stehen bei Tolkien die Kategorien der Elben, Menschen und Zwerge, wobei diejenige der Menschen in die Gruppen um ‘Gondor’ und ‘Rohan’ geteilt ist; dazwischen rangieren die Könige bzw. die mit diesen assoziierten Figuren. Rechts finden sich die Hobbits und ganz rechts die übrigen Auenland- und Bree-Nebenfiguren. Insgesamt ist Tolkiens Gesellschaft vorwiegend rassespezifisch organisiert, wobei den einzelnen Völkern, dem Nationalstaatentum seiner Zeit entsprechend, geographische, soziale und auch sprachlich-stilistische Unterscheidungsmerkmale zugeordnet sind.

20 Der Held entspricht der suchenden, sich transformierenden Seele des Trios bzw. dem Ego; die beiden anderen Figuren stehen für Geist und Körper bzw. Über-Ich und Es. Beispiele unter: http://tvtropes.org/pmwiki/pmwiki.php/FreudianTrio/Literature (15.8.2012)

21 Es ließe sich auch argumentieren, dass nicht Frodo, sondern Sam die ›Seele‹ des Trios (und damit der eigentliche Held der Geschichte) ist.

22 Allerdings gibt es etliche sekundäre Dreierkonstellationen, darunter die Marauder James, Sirius und Lupin sowie Ginny, Luna und Neville, die im letzten Band in Hogwarts anstelle des Haupttrios agieren. Zudem rahmen die klassischen ›Sacred Marriages‹ der Freunde James/Lily und Lupin/Tonks (beide Paare sterben; aus ihrem Tod entsteht neues Leben) die Handlung um Harry ein.

Den diversen Völkern Mittelerdes entsprechen im HP-Universum die politischen und privaten Gruppierungen innerhalb der magischen Welt.[23] Rowlings modernere Gesellschaft und ihre Oberkategorien der Zauberer und der Muggel sind, verglichen mit Tolkiens Welt, insgesamt durchlässiger; ihre Figuren unterscheiden sich nicht absolut in Bezug auf ihre Art, sondern relativ in Bezug auf Alter, Erfahrung und magischen Status.

Eine besondere inhaltliche Bedeutung hat die Gruppe der ›Defense Against the Dark Arts‹-Lehrer, deren Protagonisten strukturell mit Tolkiens Königsfiguren vergleichbar sind (s. Tab. 6, S. 106). Eingerahmt werden diese DADA-Lehrer von den Politikern bzw. den Zauberern des öffentlichen Lebens und von Harrys Familie bzw. seinen Freunden und Verwandten. Diese können jeweils Engländer oder Ausländer, Schlammblüter oder Reinblüter sein. Hier finden sich Tolkiens geographische (Gondor/Rohan) und rassische (Elben/Zwerge) Oppositionen wieder, die sich allerdings in HP mit den anderen Kategorien vermischen: So sind die Zahnarzttochter Hermione und Ron, der jüngste Spross einer verarmten Zaubererfamilie, zugleich wesentliche Vertreter der Schlamm- bzw. Reinblüter, die zudem jeweils eine Affäre mit einem ausländischen Schüler haben.[24] Dies wiederum entspricht Merrys und Pippins Assoziation mit Gondor und Rohan im HdR.

Die Figurenkonstellation

In die Konfiguration aus vertikaler Achse der Moral und horizontaler Achse des sozialen Status lassen sich nun die Figuren der Romane einordnen (Tab. 6, S. 106). Dabei fällt auf, dass sich viele Figuren(gruppen) strukturell entsprechen. So stehen die magischen Luftwesen Adler und Phönix für die göttliche Vorsehung, die den Helden vor dem sicheren Tod bewahrt, nachdem er im Kampf gegen den Dunklen Herrscher den figurativen Tod in einer Höhle gestorben ist. Ihnen gegenüber stehen die Monster, die in der Vergangenheit einem früheren Dunklen Herrscher gedient haben und im Verlauf der Handlung wieder auferstehen (Balrog/Basilisk), sowie die dämonischen Diener des Dunklen Herrschers, die Verzweiflung bringen (Nazgûl/Dementoren) und mit den Motiven des Aussaugens und der Dunkelheit (Shelob/Dementoren) sowie mit Schlangen (Watcher in the Water u.a./Nagini) assoziiert sind. Den eigentlich unparteiischen baumartigen Wesen, die sich durch ihre Gefährlichkeit auszeichnen und letztlich der guten Sache dienen (Treebeard/Whomping Willow), entsprechen die mörderischen ›bösen‹ Riesenspinnen, die nur ihre eigenen Interessen verfolgen.

---

23 Dass diese sozialen Gruppierungen als Aspekte menschlicher Eigenschaften bzw. Gesellschaften interpretierbar sind, versteht sich von selbst.

24 Hermione geht mit Victor Krum auf den Ball, Ron schwärmt für Fleur Delacour.

Auch die gegensätzlichen politischen Organisationen in den Romanen haben vergleichbare Positionen inne. In beiden Texten gibt es übergeordnete oppositionelle Gruppierungen, die jeweils für Gut und Böse stehen – die Gemeinschaft des Rings und die Nazgûl im HdR bzw. der Orden des Phönix und die Todesser in HP. Zusätzlich wird der moralische Konflikt in beiden Romanen anhand von kontrastierenden Figuren innerhalb der einzelnen sozialen Gruppen verhandelt. Diese Figuren(gruppen) entsprechen einander nicht nur strukturell, sondern es bestehen auch inhaltliche Parallelen. Die mächtigen Zauberer etwa kommen jeweils in zwei verschiedenen Stadien vor (Gandalf der Graue/Gandalf der Weiße bzw. der junge und der alte Dumbledore). Der Übergang zwischen diesen Stadien ist in beiden Romanen auf der narrativen Ebene durch einen Sturz in die Tiefe sowie auf der Ebene der Story durch die Überwindung eines ehemaligen Alliierten oder Freundes (Saruman bzw. Grindelwald) gekennzeichnet. Zudem stehen den mächtigen Zauberern die ihnen gleichrangigen Dunklen Herrscher als Antagonisten gegenüber, die zu erledigen allerdings jeweils Sache der ›kleinen‹ Helden ist.

Diese ›kleinen‹ Helden – neben Frodo und Harry auch Sam, Merry und Pippin sowie Neville, Cedric und Ginny – müssen sich zunächst ebenfalls mit Antagonisten ihres eigenen Standes auseinandersetzen. Gollum im HdR bzw. Draco und Tom Riddle in HP fungieren dabei nicht nur als Schatten- bzw. Kontrastfiguren des Helden, sondern zugleich als Stellvertreter des Dunklen Herrschers, in dessen Auftrag sie handeln. Insbesondere Gollum ist eine sehr originelle und komplexe Figur, deren unterschiedliche Rollen als unzuverlässiger Helfer, Alter Ego des Helden, Verräter und schließlich Werkzeug des Schicksals in HP von etlichen anderen Figuren übernommen werden (vgl. Stürzer, *Wormtongue* 40) – z.B. von Dracos Kumpan Vincent Crabbe, der wie Gollum im Zuge des dramatischen Finales unfreiwillig dafür sorgt, dass das Diadem-Horcrux im Feuer zerstört wird, und dabei sein Leben verliert.

Noch offensichtlicher sind die Parallelen zwischen Gollum und Tom Riddle: Beide fungieren als Alter Ego des Helden, dem sie in gewisser Hinsicht ähneln; beide entwaffnen und verletzen den Helden beim Showdown in einer Höhle; beide sind Außenseiter, die dysfunktionalen Familien entstammen und Verwandte ermordet haben (Deagol bzw. Tom Riddle sen.); dieser Mord steht jeweils im Zusammenhang mit einem magischen Ring, der die Grundlage für ihr unnatürlich langes Leben darstellt; beider Geschichten werden rückblickend vom mächtigen weißen Zauberer erzählt.

Harrys Mitschüler und direkter Gegenspieler Draco wiederum ist wie Gollum ein Verräter auf der Ebene der ›kleinen‹ Protagonisten, der der dunklen Macht verfallen ist und sie zugleich fürchtet. Anders als Gollum lernt er jedoch am

Ende aus seinen Fehlern. Damit ist er in der Konfiguration strukturell zwischen Gollum und Frodos Freund Pippin anzusiedeln. Obwohl Draco als Charakter keinerlei Ähnlichkeit mit Peregrin Tuk hat, so ist doch seine Situation als widerstrebendes Junior-Mitglied der Todesser[25] vergleichbar mit derjenigen Pippins am Hof Denethors: Beide erfahren die Konsequenzen ihres voreiligen Handelns am eigenen Leib und werden Zeuge des vom Dunklen Herrscher verursachten Leids; beide sind angesichts ihrer konkreten Kriegserfahrung ernüchtert; beide müssen sich im Zuge der finalen Auseinandersetzung mit einem Gegner messen, der ihnen weit überlegen ist.[26]

Pippins Jugend, Unerfahrenheit und unbedarfte Neugierde, die ihm in der Episode mit dem Palantír zum Verhängnis werden, spiegeln sich dagegen in der Rolle Ginnys in HP II, die in Tom Riddles verhextem Tagebuch liest und so ein Opfer des Dunklen Herrschers wird.

In der Kategorie der ›kleinen‹ Protagonisten finden sich schließlich die Figuren Merry und Neville, beides eher unterschätzte Freunde des Helden aus angesehener Familie, die jeweils die heroische Rolle des Drachentöters übernehmen: Merry attackiert den Hexenkönig von Angmar, Neville erschlägt Voldemorts Riesenschlange (und letzten Horcrux) Nagini.

Auf einer moralischen Ebene mit Merry und Neville rangieren in den Romanen die großen Frauenfiguren Éowyn und Lily, die auf den ersten Blick nicht viel miteinander gemein zu haben scheinen. Éowyn spielt als eine der wenigen Frauenfiguren und aktiv handelnde Heldin eine besondere Rolle im HdR: Sie verzweifelt an der ihr aufgezwungenen Passivität und ihrer nicht erwiderten Liebe zu Aragorn und sucht den Tod auf dem Schlachtfeld. Um König Théoden, ihren geliebten Onkel, zu schützen, den sie jahrelang gepflegt hat, stellt sie sich todesmutig dem übermächtigen Hexenkönig in den Weg und tötet diesen. Interessanterweise finden sich dieselben Motive bei Lily Potter: Auch sie lehnt sich angesichts des sicheren Todes gegen das übermächtige Böse auf, um ihren geliebten Sohn zu schützen; auch sie ist mit dem Motiv der nur mit Freundschaft erwiderten großen Liebe assoziiert, nämlich der vergeblichen Liebe des jungen Snape zu ihr. Während Éowyn nach ihrer Heilung durch Aragorn, der sich inzwischen als König offenbart hat, eine Beziehung zu Faramir aufbaut, tut Lily sich mit James Potter zusammen, nachdem Snape sich als Todesser offenbart hat. Nimmt man noch die Tatsache hinzu, dass beide Frauen als begabte, aber isolierte Außenseiterinnen in ihrer Familie aufwachsen – Éowyn ist eine

25 Vgl. HP VII 372: »Draco's expression was full of reluctance, even fear«.

26 Während Pippin Gandalf den Palantír stiehlt und später versucht, den wahnsinnigen Denethor davon abzuhalten, seinen Sohn Faramir umzubringen, erhält Draco die Aufgabe, Dumbledore zu ermorden.

Schildmaid unter Männern, Lily eine Zauberin in einer Muggelfamilie – und dass beide von den Verrätern Schlangenzunge bzw. Wurmschwanz bespitzelt werden, so erscheint ihre strukturelle Vergleichbarkeit plausibel.

Mit den Verrätern *Wormtongue* und *Wormtail* sind wir bei den interessantesten Figuren in der Tabelle 6 angekommen. Hier werden die Konflikte zwischen Selbstlosigkeit und Selbstsucht, Versuchung und Angst direkt verhandelt. Dies geschieht in beiden Romanen unter Betonung des freien Willens bzw. der freiwilligen Wahl des Guten und wird vor allem anhand von kontrastierenden Verräterfiguren durchgespielt. Dabei lassen sich deutliche Parallelen zeigen nicht nur zwischen Schlangenzunge und Wurmschwanz, sondern auch zwischen Éomer und Sirius Black sowie zwischen Boromir und dem jungen Snape (vgl. hierzu und im Folgenden Stürzer, *Wormtongue* 40ff). Dass gerade die Figurengruppen um *Wormtongue* und *Wormtail* tatsächlich strukturell vergleichbar sind, sieht man an einer langen Reihe von Äquivalenzen:

- *Wormtongue* verrät seinen Lehnsherrn Théoden an den bösen Zauberer Saruman; *Wormtail* verrät seinen Freund James Potter an den bösen Zauberer Voldemort
- Als Folge wird Théodens Sohn getötet und James und seine Frau werden ermordet
- *Wormtongues* Gegenspieler ist Théodens Neffe Éomer; *Wormtails* Gegenspieler ist James' Freund Sirius
- *Wormtongue* lebt verkleidet in Théodens Haus Meduseld, während Théodens loyaler Neffe Éomer des Verrats beschuldigt und verfolgt wird; *Wormtail* lebt verkleidet in Rons Haus, dem Fuchsbau, während James loyaler Freund Sirius des Verrats beschuldigt und verfolgt wird
- *Wormtongue* wird von Gandalf im Beisein von Aragorn, Legolas und Gimli enttarnt; *Wormtail* wird von Sirius im Beisein von Harry, Ron und Hermione enttarnt
- *Wormtongue* wird von Éomer mit dem Tod bedroht, doch Gandalf stellt sich dazwischen, später erweist Frodo ihm Gnade; *Wormtail* wird von Sirius mit dem Tod bedroht, doch Harry stellt sich dazwischen und erweist ihm Gnade
- *Wormtongue* flieht zu Saruman/›Sharkey‹, hilft ihm dabei, das Auenland zu zerstören, und tötet Frodos ›bösen‹ Verwandten Lotho; *Wormtail* flieht zu Voldemort, hilft bei dessen Auferstehung und tötet Harrys ›guten‹ Freund Cedric

Als abschließendes Beispiel sei die Äquivalenz der ambivalenten Helden Boromir und Severus Snape erwähnt. Beide sind hin und her gerissen zwischen gegensätzlichen Impulsen: Pflichtgefühl und Versuchung, Egoismus und

Altruismus, dem Wert der Freundschaft und der Faszination des Bösen, die mit Ehrgeiz, Dünkel, Rassismus und Machtlust einhergeht. Beide treffen eine falsche Entscheidung mit fatalen Konsequenzen, die sie bitter bereuen; beide bedrohen den Helden, auf dessen Seite sie eigentlich stehen; beide büßen für ihren Verrat und bezahlen ihn am Ende mit ihrem Leben. Doch die Parallelen gehen noch weiter:

> Genau wie Boromir [im HdR] mit Gríma Wormtongue, dem anderen menschlichen Verräter, kontrastiert wird, so wird Snape als (vermeintlicher) Verräter [in HP] mit Wurmschwanz kontrastiert. Wäre Snape am Ende tatsächlich ein Verräter gewesen, hätte man ihn strukturell mit Saruman vergleichen müssen, der ebenfalls vom Verbündeten zum Verräter mutiert, und es hätte hervorragend gepasst, dass er mit dem von ihm verachteten Wurmschwanz zusammenhaust, ebenso wie Saruman mit Gríma Wormtongue zusammenlebt. Diese narrative Struktur ist als *Red Herring* im Plot angelegt. Da Snape sich aber am Ende als Held herausstellt, entspricht er strukturell eher Boromir. Snape und Boromir sind in den Romanen jeweils diejenigen [Verräter]-Figuren, bei denen das positive Ideal [der Selbstlosigkeit] über die Versuchung [der Selbstsucht] triumphiert. (Stürzer, *Wormtongue* 52)

Zugleich entspricht Snape, der sich am Ende als todesmutiger Held darstellt, auch Streicher/Aragorn, dem zweiten Helden im HdR: »Aragorn wirkt sein Leben lang im Verborgenen, verteidigt das Auenland und wartet auf die richtige Zeit, um seine Rolle im Kampf gegen das Böse zu spielen – genauso wie Snape lange Zeit als Doppelagent lebt und Hogwarts im Geheimen verteidigt« (53). Beide sind treue Verbündete und Helfer des mächtigen Zauberers; beide profilieren sich als Heiler; beide sind am Ende bereit, sich zu opfern, damit der ›kleine‹ Held seine Aufgabe erfüllen und den Dunklen Herrscher endgültig besiegen kann.

Schluss: Außertextuelle Verweise

Sieht man die Vielzahl struktureller Parallelen vor dem Hintergrund der eingangs erwähnten inhaltlichen Ähnlichkeiten sowie der beiden Romanen gemeinsamen Themen und Motive, so scheint es legitim, einen prägenden Einfluss Tolkiens auf HP zu konstatieren. Allerdings hat J.K. Rowling einen derartigen Einfluss in Interviews heruntergespielt. Ob Tolkien sie beeinflusst habe, sei »hard to say« (*Scholastic*). Sie habe HdR zwar als Teenager gelesen, wolle sich aber nicht mit Tolkien vergleichen, der immerhin eine ganz neue Mythologie erschaffen habe. Andererseits glaube sie, die besseren Witze zu

haben. Insgesamt seien die Werke »very different, especially in tone« (*AOL Live*) und die Ähnlichkeiten »fairly superficial« (*Scholastic*).
Dass Rowling sich in Bezug auf Letzteres vielleicht täuscht, belegt die Analyse der Figurenkonstellation. Vermutlich gilt auch für sie C.S. Lewis' Diktum, wonach ein tiefgreifender literarischer Einfluss in der Regel unbemerkt bleibt: »An influence which cannot evade our consciousness will not go very deep« (*Essays* 142). Dies bedeutet natürlich nicht, dass Rowling Tolkien kopiert. Eher trifft es Shippey mit seiner Bemerkung: »I do not think any modern writer of epic fantasy has managed to escape the mark of Tolkien, no matter how hard many of them have tried« (326).[27] Die gehäufte Übereinstimmung struktureller und oberflächlicher Merkmale in beiden Werken lässt sich jedenfalls kaum allein mit einer gemeinsamen literarischen Tradition erklären, mit »the obvious fact that we both use myth and legend« (*Scholastic*) oder »the fact that the books overlap in terms of dragons & wands & wizards« (*AOL Live*). Wie anhand der Konfiguration deutlich wird, sind das Figuren- und das Wertesystem in beiden Texten vergleichbar, d.h. Rowling behandelt beiden Romanen gemeinsame Themenkomplexe – Freundschaft, Loyalität, Mitleid, Versuchung, Selbstaufopferung und Tod – anhand strukturell ähnlicher Figurengruppen.

Rowling entwickelt diese Themenkomplexe allerdings weiter; ihre Antworten auf die von Tolkien gestellten Fragen entsprechen der veränderten Problematik ihrer bzw. unserer Zeit. Der wesentliche Unterschied zwischen beiden Romanen besteht vielleicht in der Art und Weise, wie sie das gemeinsame Thema behandeln: die Möglichkeit, sich angesichts des Bösen richtig zu entscheiden (vgl. Stürzer, *Wormtongue*). Dieser Unterschied wird vor allem anhand der ›kleinen‹ Helden sowie der Oberflächenstruktur der Romane deutlich. Im linear und parallelisierend konstruierten HdR geht es vorrangig um die Konsequenzen, die moralisch richtige (oder falsche) Entscheidungen haben; im iterativ-mehrschichtigen HP werden dagegen die Voraussetzungen thematisiert, unter denen man sich überhaupt erst richtig entscheiden kann. Frodo entscheidet sich am Anfang richtig, d.h. altruistisch, und geht auf seine epische Queste, scheitert jedoch am Ende, als er den Ring der Macht mit den Worten »I do not choose now to do what I came to do« (HdR III 956) für sich beansprucht. Harry entscheidet sich im Verlauf der sieben Geschichten immer wieder falsch, d.h. egoistisch und ohne Rücksicht auf die Standpunkte und Interessen anderer, kann jedoch am Ende des Bildungsromans HP altruistisch handeln und die magischen Objekte wegwerfen, die Unsterblichkeit und unendliche Macht verleihen.

27 Ein Symptom für Tolkiens Allgegenwart ist Rowlings Antwort auf die Interview-Frage, ob Dumbledore im letzten Band zurückkommen werde. Dies verneinte sie mit der Formulierung »he won't do a Gandalf« (*Radio City Music Hall Event*).

Dennoch ist auch bei Rowling der endgültige Sieg über den Dunklen Herrscher nicht allein Sache des auserwählten Helden, sondern – wie bei Tolkien – abhängig von einer Kombination des Altruismus vieler mit dem Egoismus einer Figur: Ohne die Selbstaufopferung Frodos und Aragorns und den Angriff Gollums auf Frodo hätte der Ring nicht vernichtet werden können; ohne die Selbstaufopferung Harrys und Snapes und den Angriff Voldemorts auf Harry hätte der Narben-Horcrux nicht vernichtet werden können. Damit entspricht sich nicht nur das Wertesystem beider Romane, sondern letztlich auch die Art und Weise, wie Ideal und Realität interagieren, wie selbstloses und selbstsüchtiges Handeln im Angesicht des Bösen im Plot miteinander verknüpft werden und zum guten Ende führen.

Bibliographie

Anon. »The Ethics of Rowling«. *Harry-Potter-Lexicon.* www.hp-lexicon.org/essays/essay-ethics-of-rowling.html (10.8.2012)

Campbell, Joseph. *The Hero with a Thousand Faces.* Novado: New World Lib, 2008

Campbell, Liam. *The Ecological Augury in the Works of J.R.R. Tolkien.* Zürich und Jena: Walking Tree Publishers, 2011

Carpenter, Humphrey (Hg.). *The Letters of J.R.R. Tolkien.* London: Unwin Paperbacks, 1995

Cooper, J.C. *Illustriertes Lexikon der Symbole.* Wiesbaden: Drei Lilien, 1986

Lewis, C.S.: »The Literary Impact of the Authorised Version«. *Selected Literary Essays.* Cambridge: University Press, 1980

---. *The Lion, the Witch & the Wardrobe.* London: Puffin, 1974

Granger, John. *Looking for God in Harry Potter.* Saltriver: Tyndale, 2006

---. *Unlocking Harry Potter: Five Keys for the Serious Reader.* Wayne: Zossima, 2007

---. *The Deathly Hallows Lectures.* Wayne: Zossima, 2008

---. »Harry Potter is Here to Stay«. *Christianity Today* 7 (2012) www.christianitytoday.com/ct/2011/july/harryherestay.html?start=2 (10.8.2012)

Honegger, Thomas und Weinreich, Frank. *Eine Grammatik der Ethik.* Saarbrücken: Villa Fledermaus, 2005

Link, Jürgen. *Literaturwissenschaftliche Grundbegriffe. Eine programmierte Einführung auf strukturalistischer Basis.* München: Fink, 1979

Martinez, Michael. »If I Only Had a Bombadil…«. *Understanding Middle-earth: Essays on Tolkien's Middle-earth.* New York: ViviSphere Publishing, 2003, 169-180

Monroe, Caroline. »How Much Was Rowling Inspired by Tolkien?«. *Greenbooks* 2002: http://greenbooks.theonering.net/guest/files/050102.html (19.4.2011)

Rowling, Joanne K. *Harry Potter and the Philosopher's Stone.* London: Bloomsbury, 1997 (HP I)

---. *Harry Potter and the Chamber of Secrets.* London: Bloomsbury, 1998 (HP II)

---. *AOL Live Chat,* 4.5.2000. www.accio-quote.org/articles/2000/0500-aol-umkc.html (3.4.2011)

---. *Scholastic Chat,* 16.10.2000. www. scifi-forum.de/filme-tv-serien-co/filme/harry-potter/16690-chat-thread-2-scholastic-chat-j-k-rowling-16-10-2000-a.html (15.8.2012)

---. *J.K. Rowling at Radio City Music Hall,* New York, 2.8.2006. www.beyondhogwarts.com/ harry-potter/articles/new-revelations.html (28.8.2012)

---. *Harry Potter and the Deathly Hallows.* London: Bloomsbury, 2007 (HP VII)

Shippey, Tom. *J.R.R. Tolkien: Author of the Century.* London: HarperCollins Publishers, 2000

Stürzer, Anja. »Die Desakralisierung der Welt«. *Fremde Welten. Wege und Räume der Fantastik im 21. Jahrhundert.* Hg. Lars Schmeink und Hans-Harald Müller. Berlin: De Gruyter, 2012, 299-318

---. »*Wormtongue* und *Wormtail: Der Herr der Ringe* und *Harry Potter* im Vergleich«. *Zwischen den Spiegeln. Neue Perspektiven auf die Phantastik.* Hg. Oliver Bidlo et al. Essen: Oldib, 2011, 32-61

Tolkien, J.R.R. »On Fairy-Stories«. *Tree and Leaf. Smith of Wootton Major. The Homecoming of Beorthnoth.* London: Unwin, 1975, 11-79

---. *The Lord of the Rings.* Boston: Houghton Mifflin, 2002

Tolle, Eckhart. *A New Earth.* New York: Dutton/Penguin, 2005

Tabelle 1: Die Erzählstrukturen

	HdR	**HP**
Erzählhaltung	auktorial	personal
Realismus	Manuskript-Fiktion, episch	szenisch
Handlungsstruktur	linear, parallelisierend	iterativ, mehrschichtig
Zentrales Bild	die Straße: „there and back again“	das Labyrinth: „There and back again, and again, and again ...“
„Reise“	Shire – Mordor	Privet Drive – Hogwarts
Handlungsmotivation	teleologisch	kausal

Tabelle 2: Die Achse der Moral / Zauberer und ‘kleine’ Helden

HdR					**HP**
Bombadil	**Zauberer**	Hobbits	Schüler	**Zauberer**	Dobby
POSITIV: Loyalität, über die Versuchung erhaben					**POSITIV**: Selbstlose Liebe, keine Angst vor Tod
	Gandalf	Frodo	Harry	Dumbledore	
	Saruman	Lotho S.-Beutlin	Draco Malfoy	Grindelwald	
	Sauron	Gollum	Tom Riddle	Voldemort	
NEGATIV: Korruption, Machtlust					**NEGATIV**: Angst vor dem Tod, Machtlust
HdR					**HP**

Tabelle 3: Die Achse der Moral / Orte und Symbole

HdR	HP
Der Adler, der König	Phönix, Hippogreif
KOSMOS: gut, weiß Ordnung, Vertrautheit, Reinheit, Licht	**KOSMOS:** gut, weiß Ordnung, Vertrautheit, Reinheit, Licht
DAS LAND Middle-Earth, The West, The Fellowship, The Shire, Gondor **NATUR**	**HOGWARTS** Harmonie, Mut, Freundschaft **GRYFFINDOR**
+	+
Absolute Loyalität – über die Versuchung erhaben sein	Selbstlose, aufopferungsvolle Liebe – keine Angst vor Tod
Loyalität – der Versuchung widerstehen	Selbstlose Liebe – Freundschaft, Solidarität
Korrumpiert – der Versuchung erliegen, Reue empfinden	Problematische Loyalität – Reue, keine Angst vor dem Tod
Korrupt – der Versuchung erliegen ohne Reue zu empfinden	Fanatische Loyalität – Machtlust, Verrat, Angst vor dem Tod
Absolut korrupt – Gefallen, korrumpiert andere	Untot – tötet, Machtlust, Angst vor dem Tod
DER TURM Ehrgeiz, Machtlust, das Schwert, der Stachel **THE 'MACHINE'**	**MINISTERIUM** Ehrgeiz, Machtlust, Elderstab **SLYTHERIN**
CHAOS: böse, schwarz Auflösung, Fremdheit, Korruption, Dunkelheit	**CHAOS**: böse, schwarz Auflösung, Fremdheit, Korruption, Dunkelheit
Der Ring (Herrschaft, Unbesiegbarkeit, Leben, Ewigkeit, Bindung) **Die Schlange** (Gríma 'Worm'tongue, „Sauron")	**Horcruxe** ('Leben', Ewigkeit, Bindung, Ring) **Elderstab** (Herrschaft, Unbesiegbarkeit) **Die Schlange** (Slytherin, Voldemort)

Tabelle 4: Die Hochzeit /Achse des sozialen Status

HdR	**Zauberer/ Magische Wesen**	**Gondor**	**Waldelben**	**‚Helden'**	**Zwerge**	**Rohan**	**Hobbits**
Ideal Marriage: Zeitlichkeit/Ewigkeit, Einheit, Ganzheit, Harmonie, Leben/Tod	Bombadil/Goldberry Elrond/Galadriel						
Sacred Marriage Geschlosssener Kreis, Verzichts-Motiv, 'Erbe'				**Aragorn/Arwen** *(Frodo/Sam)*			
Alchemical Marriage das „streitende Paar"	*Gollum*		**Legolas**	*(Gollum – Sam/Frodo)*	**Gimli**		*Sam/Frodo*
Political Marriage Mind/Body		**Faramir**				**Éowyn**	
Fairy-Tale Marriage							**Sam/Rosie** „Elanor the Fair"
Lost Marriage	Treebeard/ (Entwives)						

HP	**Zauberer**	**England**	**Mudboods**	**‚Helden'**	**Purebloods**	**France**	**Schüler**
Ideal Marriage: Zeitlichkeit/Ewigkeit, Einheit, Ganzheit, Harmonie, Leben/Tod	Nicholas/Perenelle Flamel Arthur/Molly Weasley James/Lily						
Sacred Marriage Geschlosssener Kreis, Verzichts-Motiv, Erbe				**Harry/Ginny** *James/Lily* *Lupin/Tonks*			
Alchemical Marriage das „streitende Paar"	*Lupin – Sirius*		**Hermine** *(Luna)* *(Lupin)*		**Ron** *(Neville)* *(Sirius)*		*Luna – Neville*
Political Marriage Mind/Body		**Bill**				**Fleur**	
Fairy-Tale Marriage							**Harry/Ginny** „Albus Severus" **Ron/Hermine** „Rose"
Lost Marriage	Snape/ (Lily)						

Tabelle 5: Die Achse des sozialen Status

HdR	***Magische Wesen***	**Wizards/ Maiar**	**(Wald-) Elben etc.**		**Menschen**		**Zwerge etc.**	**Hobbits**	Andere Hobbits/ Breeländer
				Gondor	*Könige*	*Rohan*			

HP	***Magische Kreaturen***				**Zauberer**				Muggel, Squibs
		Berühmte Zauberer		*Politiker/ England*	*DADA-Lehrer*	*Familie/ Frankreich*		**Schüler**	
			Schlamm-blüter				**Rein-blüter**		

Tabelle 6: Figurenkonstellation / Parallele Figuren(gruppen) im Vergleich

Magische Wesen	**Maiar** **Zauberer**	**Elben** **'Mudbloods'**	**Gondor** **Politiker/ England**	**Könige** **DADA-Lehrer**	**Rohan** **Familie/ Frankreich**	**Zwerge etc.** **'Purebloods'**	**Hobbits** **Schüler**	**Andere Hobbits** **Muggel/ Squibs**
SELBSTLOSIGKEIT: Fellowship / Order of the Phoenix, Dumbledore's Army								
Adler **Phönix**	Valar Godric Gryffindor							
Bombadil **Dobby**			*Minas Tirith*	*Fellowship* *Order of the Phoenix*			*Dumbledore's Army*	
Treebeard Hippogreif?	**Gandalf the White** **Dumbledore Schulleiter**	**Legolas** **(Hermine)**		**Aragorn** **Severus Snape**	**Éowyn** **Lily Potter**	**Gimli** **(Ron)**	**Merry** **Neville** (Cedric)	Farmer Maggot
Huorns **Whomping Willow**	**Gandalf the Grey**	Galadriel, Elrond Lily Potter? Die Tonks	Faramir Hagrid	**Streicher** *(Ragged helper against Undead)* **Remus Lupin**	**Éomer** **Sirius Black**	Ghan-buri-Ghan *(diskriminiert)* Die Weasleys	**Sam (Frodo)** **(Cedric) Harry**	**Gaffer** **Mrs. Figgs**
Old Man Willow Winky, Kobolde?	**Der junge Dumbledore**		**Boromir** **Der junge Snape** Scrimgeour	Easterlings, Southrons Gilderoy Lockhart	**Théoden** **James Potter**		(Frodo) **Pippin** **(Ginny)** (Draco)	Butterbur, Lobelia, **Dudley**
Giants Kreacher, **Aragog**	**Saruman** **Grindelwald**	Orcs? ('corrupted elves') Mundungus Fletcher?	**Denethor** CorneliusFudge, **Bellatrix**	**9 Kings of Men,** **Quirrell, Umbridge, Barty Crouch**	**Wormtongue** **Wormtail**	Trolle? Uruk Hai? Todesser, **Die Malfoys**	Lotho, (Gollum) (Vincent Crabbe) **Draco**	**Sackville B.s.,** Bill Ferny **Die Dursleys,** Filch
Shelob, Nazgûl (Fell Beast) **Dementoren, Nagini**	**Sauron** **Voldemort**		*Minas Morgul*	Mouth of Sauron? *(Nazgûl)* *Ministry of Magic, Death-Eaters (Dementoren)*			**Gollum** **Tom Riddle**	
Balrog **Basilisk**	**Morgoth** **Salazar Slytherin**							
SELBSTSUCHT: Nazgûl / Todesser								

Tabelle 7: Die Grundopposition Selbstlosigkeit – Selbstsucht

HdR		**HP**
ELBENMANTEL	Self-effacement, Licht unter den Scheffel stellen, unsichtbar sein, sich selbst „auslöschen“	**TARNUMHANG**
„Vow of Poverty“, Pflichterfüllung	Weisheit, Alterslosigkeit, Transzendenz *Daemon:* immortal Higher self, Seele	„Saving People Thing“, Freundschaft
Positiv: Loyalität, Pflichtbewusstsein	**SUPER-EGO**, Gewissen: Andere > Ich	**Positiv:** (Erfahrung von) Liebe, Freundschaft, Solidarität
	+	
	KRONE, ROSE **Gesellschaftliche Erneuerung, Harmonie** **HOCHZEIT**	
	Einheit Body/Soul, m/f, Mensch/Umwelt im Einklang, Ouroboros, der Weltkreis	
ADLER	**Opferbereitschaft**: übernatürliche Mächte können wirken „Denn wer sein Leben erhalten will, der wird es verlieren; wer aber sein Leben verliert um meinetwillen, der wird's erhalten.“ (Lukas 9.24)	**STEIN DER AUFERSTEHUNG,** **PHÖNIX**
	Tugend als Maßstab aller Dinge – **WIEDERGEBURT**	
	Tugend > Leben (Heldentum, Ehre, Mut, Freundschaft, idealistisches Weltbild)	
CHOICE	**SELBSTLOSIGKEIT (Liebe)** **VS.** **SELBSTSUCHT (Ego-ismus)**	**CHOICE**
	(Macht, Technik, Herrschaft, positivistisches Weltbild) **Leben > Tugend**	
	Leben als Maßstab aller Dinge – **UNTOT sein**	
NAZGUL	„„... aber von dem Baum der Erkenntnis des Guten und des Bösen sollst du nicht essen; denn welches Tages du davon ißt, wirst du des Todes sterben.“ (1. Mose 2.17) „„... nun soll er nicht auch noch seine Hand ausstrecken und vom Baum des Lebens nehmen und essen und ewiglich leben!“ (1. Mose 2.17) **Verlorene Seelen**	**DEMENTOREN**
	mind/matter-split, m>f, head>heart, Turm/Schwert>Land, „den Erdkreis umringen = binden“: „gefallene Welt“ **Uneinigkeit, Zwist**	
	TRENNUNG **Verlust, Ungleichgewicht, gesellschaftliche Krise** RING, AUGE, HORCRUXE, SCHLANGE, NARBE	
	–	
Negativ: Machtlust, Korrumpierbarkeit	**EGO**: Ich >Andere	**Negativ**: Feigheit, Angst vor dem Tod
Suche nach Macht (über andere)	mortal, embodied self *eidolon*: „spirit-image of a dead person	Suche nach Macht (über den Tod, über andere)
RING, AUGE Globale Macht und Kontrolle assoziiert mit Tod: Mount Doom, „Mor(t)-Do(o)r“ enthält einen Teil von Saurons MACHT (Power)	self-awareness, Suche nach Macht Andere „auslöschen“ Ewige Jugend	STEIN DER WEISEN, Vorlosts RING, ELDERSTAB, **HORCRUXE, AUGE**: enthalten einen Teil von Voldemorts LEBENSKRAFT (Life-Force)

»Das war zu leicht«. Zu den Rätseln in J.R.R. Tolkiens *The Hobbit* und Walter Moers' *Rumo und die Wunder im Dunkeln*

Antje Rügamer (Bensheim)

Zur Tradition literarischer Rätsel

Wenn man die heute vorherrschende Auffassung von Rätseln betrachtet, so sind sie vor allem Mittel der Zerstreuung und Entspannung. Einen tiefgründigeren Gehalt traut man ihnen meist nicht zu. Dagegen liefert die Weltliteratur viele Belege dafür, dass das Stellen von Rätseln in der Vergangenheit auch einen ernsteren Hintergrund hatte. Bei diesen Rätseln geht es oft um Wissen und Verstehen, um das Teilen von Erkenntnis über die Welt. So heißt es bereits in der *Bibel*, dass die Königin von Saba Salomon mit Rätselfragen prüfte (1. Könige 10), und wie der Fall von Ödipus zeigt, kann auch das eigene Überleben vom Lösen eines Rätsels abhängen.

Anders als heute wurde der Gattung Rätsel auch im Mittelalter große Wertschätzung entgegengebracht. Dies drückt sich u.a. darin aus, dass Rätsel in Manuskripten gesammelt und im Schulbetrieb zu Unterrichtszwecken verwendet wurden. Auch die Tatsache, dass viele mittelalterliche Rätsel Gedichte mit hohem ästhetischem Anspruch sind, zeugt von dieser Wertschätzung. Herausragende Beispiele hierfür sind die altenglischen Rätsel des *Exeter Book*, die Tolkien als Inspiration für die Rätsel im *Hobbit* dienten.[1]

Aus meiner Sicht ist es zu einem großen Teil Tolkien zu verdanken, dass dieser tiefgründigere Gehalt von Rätseln, ihre geheimnisvolle Verschlossenheit, die Vorstellung von »dunkler Rede« in der modernen Fantasy-Literatur wieder greifbar werden.

Im Folgenden möchte ich aufzeigen, inwiefern zwischen dem *Hobbit* und dem Roman von Walter Moers *Rumo und die Wunder im Dunkeln* Parallelen hinsichtlich der strukturellen Funktion von Rätseln bestehen, insbesondere hinsichtlich der Wechselwirkung zwischen den Inhalten und Motiven der Rätsel und der Rahmenhandlung, in die sie eingebettet sind. Es soll allerdings auch gezeigt werden, inwiefern Moers mit dem Rätselmotiv als Schlüsselelement der

1 Zwar findet sich unter den Rätseln des *Exeter Book* kein direktes Vorbild für die Rätsel im *Hobbit* (vgl. auch die Analogien, auf die Anderson hinweist, H 121-128), doch erinnern sie in Stil und Methode stark an die altenglischen literarischen Rätsel (vgl. auch Nelson 68).

Fantasy-Literatur eigenständig verfährt und eine Erzählung erschafft, die mit dem *Hobbit* als einem ihrer Prätexte zwar deutlich in Verbindung steht, ihn aber keineswegs imitiert.

Rumo und die Wunder im Dunkeln

Rumo und die Wunder im Dunkeln ist der dritte Roman von Walter Moers, der auf dem fiktiven Kontinent Zamonien spielt, einer mit einer überbordenden Detailfülle ausgestatteten phantastischen Welt. Walter Moers' Romane zählen in mehrfacher Hinsicht zur Crossover-Literatur (vgl. Fiedler). Sie werden meist dem Jugendbuch zugeordnet, aber die zahlreichen intertextuellen Verweise, selbstreferentiellen, ironischen und parodistischen Elemente erschließen sich oft eher dem erwachsenen – insbesondere dem belesenen – Rezipienten. Damit überbrücken Moers' Romane zugleich die Lücke zwischen spannender Unterhaltungsliteratur, die zudem noch großen Publikumserfolg vorweisen kann, und sogenannter E-Kunst. Mit ihrer Mehrfachcodierung, der Intertextualität, dem Rückzug des Autors, der sich in z.T. recht komplexen Übersetzer- und Herausgeberfiktionen zeigt, dem Stilpluralismus, der auch vor Elementen der Trivialliteratur nicht zurückschreckt, dem Vergnügen an der Handlung und am Erzählen und dem vorherrschenden Modus der Ironie seien einige postmoderne Merkmale genannt, die die Zamonien-Romane aufweisen (vgl. Lembke 18-26). All diese Merkmale verdienen eigene vertiefende Untersuchungen bzw. haben sie zum Teil bereits erfahren (vgl. v.a. Lembke).

Rumo ist ein Wolpertinger. Ein Wolpertinger trägt das »Erbgut von [zwei ganz] unterschiedlichen Daseinsformen« in sich, nämlich Reh und Wolf (Moers 208). Daraus entstand ein Wesen, das sich flink und geschmeidig bewegt und über eine außergewöhnliche Kampfbegabung verfügt.[2] Zu Beginn des Romans weiß Rumo jedoch noch nicht, dass er ein Wolpertinger ist. Er lebt als Welpe sorgenfrei und umhätschelt bei einer Familie von Fhernhachenzwergen. Zwar heißt es gleich im ersten Satz »Rumo konnte gut kämpfen« (Moers 16), doch macht er als niedlicher Welpe zunächst gar nicht den Eindruck des Helden, zu dem er seiner Bestimmung gemäß werden wird.[3] Rumos idyllische Kindheit auf dem Bauernhof ist jäh zu Ende, als er an ein und demselben Tag spürt, wie ihm sein erster Zahn wächst, er zum ersten Mal auf zwei Beinen läuft und

2 Moers' Legende über den Ursprung der Wolpertinger – auch dies eine ironische Reminiszenz an Tolkien, den Schöpfer (bzw. Rekonstrukteur) der Mythen (vgl. Shippey). Auch Moers gibt Fabelwesen eine mythische Vergangenheit. Allerdings reflektiert und ironisiert die Legende von der Liebe der in ein Reh verzauberten Prinzessin Silbermilch zu dem in einen Wolf verwandelten Prinz Kaltbluth vor allem die Gattungskonventionen des Märchens und des Horrorfilms (vgl. Moers 209-213).

3 Zur Erinnerung: Auch Bilbo erscheint anfangs als ein ziemlich biederer, das Abenteuer scheuender Hobbit, der sich im Verlauf des Romans zum Anführer mausert, der in gefährlichen Abenteuern für seine Freunde eintritt.

zum ersten Mal die Witterung eines weit entfernten weiblichen Wolpertingers aufnimmt, die er als Silbernen Faden empfindet. An ebendiesem Tag wird er von Teufelszyklopen auf eine schwimmende Insel, die Wandernden Teufelsfelsen, entführt. Damit hat ihn das Schicksal ereilt, das in Zamonien am meisten gefürchtet wird, denn die Teufelszyklopen verspeisen ihre Beute lebendig und auf besonders grausame Weise. Am liebsten mögen sie es, wenn sie vor Todesangst möglichst lange zappelt und schreit.

Aber die Speisekammer der Teufelszyklopen wird auch zu einem wichtigen Ort für Rumos weitere Entwicklung und Bildung. Hier trifft er die Haifischmade Volzotan Smeik. Smeik sagt ihm, wer er ist, gibt ihm einen Namen, bringt ihm das Sprechen und neben viel Wissenswertem über Zamonien auch vieles über das Kämpfen bei. Außerdem weckt Smeik in Rumo die Begeisterung für Geschichten, die Rumo als »einen mächtigen Zauber gegen die Furcht« (Moers 76) empfindet. Schließlich kämpft Rumo gegen die Teufelszyklopen und befreit seine Mitgefangenen. Aber er muss sich auf die Suche nach seinem Silbernen Faden, der ihm vorbestimmten Liebe seines Lebens, machen. Dazu wandert er durch Zamonien, bis er schließlich in Wolperting ankommt, wo seine Ausbildung zum Kämpfer fortgeführt wird[4] und wo er Rala, seinen Silbernen Faden, findet. Er beschließt, sich als Liebesbeweis für Rala in den gefährlichen Nurnenwald zu wagen, um aus dem Holz der Nurnenwaldeiche eine Schatulle für sie zu schnitzen. Als er – nach einem Kampf gegen eine Nurne, das ist eine Art Riesenspinne, nur schlimmer, und einem Gespräch mit der weisen Nurnenwaldeiche – wieder nach Wolperting zurückkommt, sind alle Wolpertinger auf zunächst unerklärliche Weise aus der stark befestigten und sehr wehrhaften Stadt verschwunden. Wo früher die sogenannte Schwarze Kuppel war, klafft jetzt ein Loch im Boden.[5] Durch dieses Loch steigt Rumo im zweiten Teil des Romans hinab, um Rala

4 In einem – wiederum ironisch gebrochenen – Initiationsritual darf er sich seine Waffe fürs Leben aussuchen. Er wählt ein Schwert, das – nur für Rumo hörbar – zu ihm spricht. Sein Ursprung geht auf eine mythische Schlacht in der Dämonenklamm zurück. Hier wird in deutlich parodistischer Absicht auf diverse Sagen über besondere Schwerter und Schlachten angespielt, z.B. auf die Artus-Sage, wenn die um einen hohen heldenepischen Sprachstil bemühte und doch immer wieder in ihren flapsigen Ton zurückfallende Stimme des Schwertes sich in einer Art übertriebener Werbesprache anpreist (Moers 311). Aber auch auf Tolkiens *Hobbit* und *The Lord of the Rings* wird verwiesen. So hallt in Moers' Dämonenklamm ein Echo von Helms Klamm (aus der deutschen Übersetzung) wider. Wie die berühmten Waffen von Helden wie Artus, Beowulf, Siegfried, aber auch von Aragorn und Bilbo Baggins hat Rumos Waffe einen Namen. Gleichwohl wird bei Moers der erhabene Stil wieder gebrochen, denn Rumos Schwert ist nicht nur telepathisch begabt, sondern hat darüber hinaus eine gespaltene Persönlichkeit: Mal spricht es mit der Stimme des frechen Stollentrolls Löwenzahn, mal mit der des blutdurstigen Dämonenkriegers Grinzold.

5 Die Schwarze Kuppel symbolisiert für die Wolpertinger »das *Rätsel* an sich«; sie mahnt daran, dass »das Denken, der Drang nach Erkenntnis, nach dem Lösen von Rätseln« (Moers 222) niemals enden darf.

zu retten. Dies ist sein zweiter Gang in die Unterwelt, nachdem bereits der Kampf auf den Teufelsfelsen in dessen unterirdischem Höhlensystem stattgefunden hatte.[6] Diesmal wählt Rumo seinen Weg mutig und bewusst, und er führt ihn noch tiefer, bis hinein in die Stadt Hel, wo er Rala und die anderen Wolpertinger in einer spektakulären Schlacht befreit, durch die er zum ersten Wolpertinger-Held von Zamonien wird.[7]

Die Rätsel in *Rumo* und im *Hobbit* in ihrem narrativen Kontext

Grenzüberschreitungen: Die Begegnung mit dem Bösen

Ich vergleiche im Folgenden zunächst die Situation, in der sich die jeweiligen Protagonisten befinden, als ihnen Rätsel gestellt werden. Die Untersuchung des *Hobbit* konzentriert sich daher auf die Erlebnisse Bilbos im Inneren der Misty Mountains, also auf die Kapitel 4 und 5. Bei der Betrachtung von *Rumo* liegt der Schwerpunkt auf den Erlebnissen des Protagonisten auf den Wandernden Teufelsfelsen.

Es ist aufschlussreich, genauer zu betrachten, wie Bilbo und Rumo in die jeweilige Situation geraten, in der sie mit Rätseln konfrontiert werden. Beide überschreiten hierzu erst einmal eine Schwelle. Übergänge und Entgrenzungen gehören natürlich zu den zentralen Bestandteilen phantastischer Literatur (vgl. Ivanović 10).

Bilbo wird von den Goblins überfallen und durch einen Spalt in der Rückwand der Höhle, in der er mit Gandalf und den Zwergen Schutz gesucht hatte, ins Innere der Misty Mountains entführt. Dies geschieht bezeichnenderweise, während er schläft. Für Bilbo verschwimmen Traum und Realität, auch dies ein in der phantastischen Literatur wiederkehrendes Verfahren der Subversion von Grenzen. Er träumt, dass sich der Boden der Höhle bewegt und er hinabstürzt. Dann wacht er auf und stellt fest, dass ein Teil seines Traums wahr ist. Der Moment der Grenzüberschreitung wird sehr anschaulich verbildlicht: »The crack closed with a snap, and Bilbo and the dwarves were on the wrong side of it« (H 107). Die Grenze, die Bilbo und die Zwerge hier überschreiten, führt sie von – zumindest relativer – Sicherheit in äußerste Lebensgefahr. So ist die Grenzüberschreitung Bilbos auch ein Verlassen seiner bisher eher geborgenen Existenz und eine Begegnung mit dem Bösen – denn die grausamen, sadisti-

6 Auch Bilbo überschreitet auf dem Weg in Smaugs Höhle zum zweiten Mal eine Schwelle, die ihn ins Innere der Erde und in eine Gefahr führt, deren Ausmaß das bisher Erlebte übertrifft und der er sich allein stellen muss.

7 Conrad setzt die gedoppelte narrative Struktur von *Rumo* in Bezug zum doppelten Kursus der Artusepik (vgl. Conrad).

schen Goblins verkörpern viel stärker das Böse als die einfältigen Trolle, denen Bilbo zuvor begegnet ist.[8]

Auch Rumos Übergang von der friedvollen, harmonischen Existenz seiner Kindheit hin zu seiner Bekanntschaft mit den Schrecken und der Grausamkeit der Welt ist deutlich als Überschreiten einer Grenze markiert. Hier ist es ein roter Vorhang, durch den Rumo geht. Dass dies eine wichtige Schwelle ist, macht der Erzähler deutlich: »Rumo wusste nicht, dass der Vorhang einen neuen Abschnitt in seinem Leben markierte« (Moers 21). Auch er begegnet dem Bösen, das ihm bis dahin unbekannt war.[9] Wie sich herausstellt, befinden sich hinter dem Vorhang die Zyklopen, die die Zwerge – und nun auch Rumo – in Säcke stecken und verschleppen. Dies geschieht ausgerechnet an dem Tag, an dem Rumo die ersten Anzeichen seines Erwachsenwerdens spürt. Wie sich herausstellen wird, sind die Erlebnisse auf den Teufelsfelsen ein wichtiger Schritt für die Entwicklung Rumos und seine Entfaltung zu seiner eigentlichen Bestimmung als Wolpertinger.

Dunkle Räume : Unterirdische Labyrinthe und ihre Monster

Auch der Vergleich der Orte, an denen Bilbo und Rumo mit Rätseln konfrontiert werden, lässt viele Parallelen erkennen. Das Überschreiten der Schwelle führt sowohl Bilbo als auch Rumo in unübersichtliche unterirdische Räume. Moers' Zyklopeninsel und ihre Bewohner erinnern in vielerlei Hinsicht an Tolkiens Goblins und die unterirdische Welt der Misty Mountains. Wie im *Hobbit* handelt es sich um eine sehr düstere, bedrohliche Umgebung voll dunkler Gänge und Höhlen. Bei Moers wird diese schaurige Atmosphäre noch gesteigert durch die Furcht und Hilflosigkeit der Gefangenen, die ansehen müssen, wie ihre Mitgefangenen Opfer werden, und die gleichzeitig wissen, dass ihnen dasselbe bevorsteht.

Beide Labyrinthe werden von gefährlichen Kreaturen bewohnt, und sowohl Bilbo als auch Rumo sind davon bedroht, von ihnen gefressen zu werden: Rumo von den Teufelszyklopen[10] und Bilbo zunächst von den Goblins und dann von

8 Die Trolle sind geistig eher beschränkt und hauptsächlich auf Nahrungsbeschaffung aus. William zeigt sogar so etwas wie Mitleid mit Bilbo (H 76). Die Goblins dagegen verkörpern viel stärker das Böse, mit dem sie ja auch im *Herrn der Ringe* durch ihre Verbindung zu Saruman und Sauron assoziiert sind. Im *Hobbit* werden sie als grausam-sadistisch und raffiniert dargestellt, raffiniert zum Beispiel in der Erfindung von Folterinstrumenten, die sie perfiderweise von ihren Gefangenen herstellen lassen (vgl. H 109).

9 So kann er das »Funkeln« der Bosheit in den Augen der Zyklopen nicht deuten, »denn dazu fehlte ihm die Erfahrung« (Moers 22).

10 Das widerwärtige, monströse Fressverhalten der Zyklopen erinnert an Grendel aus dem altenglischen *Beowulf*-Epos, das seine Opfer bei lebendigem Leibe aufschlitzt, ihr Blut trinkt und ihre Körper in großen Bissen ganz und gar verschlingt (vgl. *Beowulf* 741b-745). Moers treibt diese Splatter-Qualitäten auf die Spitze. Besonders sadistisch wirkt, dass die Zyklopen sprechende Nahrung bevorzugen, da die Schmerzensschreie ihren Genuss an der Mahlzeit erhöhen (vgl. Moers 26).

Gollum.[11] Beide befinden sich also in einer lebensbedrohlichen Ausnahmesituation, deren Bestehen einen großen Einfluss auf ihre Entwicklung und den weiteren Verlauf der Handlung haben wird. Hier ist es natürlich aufschlussreich, dass Rätsel von ihrem kulturgeschichtlichen Ursprung her oft in einen Kontext der Initiation gestellt werden (vgl. Jolles 640). Die Rätsel haben also einen passenden Platz innerhalb von Schlüsselszenen auf dem Entwicklungsweg der beiden Protagonisten. Sie sind auch angemessen verortet im unterirdischen Labyrinth, das zum einen als Metapher für eine schwierige, unübersichtliche Lage steht (Kern 13), zum anderen eng mit Übergangsriten verbunden ist, wobei derjenige, der in der Unterwelt besteht, zum Helden wird.[12] Sowohl Bilbo als auch Rumo sind auf sich allein gestellt und zeitweise orientierungslos, da ihre Sinne beeinträchtigt sind. Bilbo kann nichts sehen, nichts hören und sein Tastsinn beschränkt sich auf das Fühlen des steinernen Bodens. Auch Rumo sieht in den dunklen Gängen nichts, zeitweise ist auch der für Wolpertinger so wichtige Geruchssinn ausgeschaltet. Letztlich meistern beide ihre erste Prüfung und sind somit vorbereitet auf ihre nächsten Abenteuer, in denen sie ihren Freunden zu Hilfe kommen.

Die Rätsel auf dem Weg des Helden: vom Umgang mit einem alten Ritual

The Hobbit

Bereits der Titel des fünften Kapitels »Riddles in the Dark« trägt eine gewisse Ambiguität in sich. Zum einen findet der Rätselwettbewerb zwischen Gollum und Bilbo tatsächlich im Dunkeln statt, nämlich in Gollums finsterer Höhle. Zum anderen führen Rätsel mit ihren verschiedenen Taktiken der Verschleierung und bewussten Irreführung oft dazu, dass der Ratende »im Dunkeln tappt«. Bilbos Weg durch den Tunnel kann mit dem Lösen eines Rätsels verglichen werden. Der Gang führt in eine bestimmte Richtung, obwohl er immer wieder eine Biegung macht (»[It was] keeping in the same direction in spite of a twist and a turn or two«, H 117). Ebenso führt ein Rätsel über diverse sprachliche Windungen und Täuschungen letztlich zu einer vorher schon feststehenden Lösung. Die Seitengänge, an denen Bilbo vorbeieilt, ohne von ihnen Notiz zu nehmen (vgl. H 117), entsprechen in diesem Bild den falschen Lösungen bzw. Fährten, auf die uns die im Rätsel gegebenen mehrdeutigen Hinweise führen.

11 Die Gefangenen werden in einer großen Höhle zusammengetrieben, die voller immer hungriger Goblins ist, auf deren Speiseplan allerhand Lebewesen stehen – Pferde, Ponys, Esel »and much more dreadful things« (H 108). Diese Andeutung lässt vermuten, dass sie auch Zwerge und Hobbits nicht verschmähen. Auch die Betonung ihrer Bösartigkeit erinnert an die Zyklopen: »Now goblins are cruel, wicked and bad-hearted« (108).

12 »Die Katabasis erscheint als Privileg für die größten Helden und für den Meister der erlesenen Kunst. Sie fungiert als Zeichen ihrer Erwählung zu einem Schicksal jenseits alles Gewöhnlichen« (Wyss 45). Rumo erfüllt beide Voraussetzungen: Er ist ein außergewöhnlicher Held und – wie beispielsweise Orpheus – Künstler.

Wie sich herausstellt, ist Bilbo als Hobbit sowohl auf die wörtliche als auch auf die metaphorische Bedeutungsebene dieser Umgebung gut vorbereitet. Wie uns der Erzähler erinnert, sind Hobbits es natürlich gewohnt, unter der Erde zu leben. Sie besitzen einige Fertigkeiten, die sie für ein Entkommen aus schwierigen Situationen und unterirdischen Gängen geradezu prädestinieren:

> Also they can move very quietly, and hide easily, and recover wonderfully from falls and bruises, and they have a fund of wisdom and wise sayings that men have mostly never heard or have forgotten long ago. (H 117)

Die Aufzählung geht quasi in einem Atemzug über von der körperlichen Geschicklichkeit der Hobbits zu ihrem Fundus kultureller Erinnerung. Es wird sich zeigen, dass der Rückgriff darauf Bilbo – allerdings auch Gollum – nicht nur dabei hilft, sich in den verschlungenen Gängen zurechtzufinden, sondern auch dabei, den sprachlichen Windungen der Rätsel zu folgen.

Gollum ist derjenige, der vorschlägt, einander Rätsel zu stellen. Zunächst ist dies noch nicht als Wettkampf gedacht. Gollum versucht sich in sozialem Kontakt und will, zumindest für den Moment, freundlich erscheinen, bis er herausgefunden hat, ob Bilbo gefährlich ist und ob er sich zum Fressen eignet (H 120). Die beiden wollen einander erst einmal näher in Augenschein nehmen. Dafür scheinen Rätsel eine relativ sichere Plattform abzugeben, denn auch Gollum kennt Rätsel. Sie gehören zu den wenigen Erinnerungen, die ihm aus seiner Kindheit bleiben.

Das erste Rätsel mit der Lösung *Mountain* wird von Bilbo als einfach empfunden, was er auch triumphierend herausruft. Dadurch wird offenbar Gollums Ehrgeiz angestachelt, denn er schlägt einen Rätselwettbewerb mit verschärften Konsequenzen vor. Die richtige Beantwortung der folgenden Rätsel wird für Bilbo überlebensnotwendig. Damit steht die Konfrontation in der Tradition der Halslöserätsel, denn Bilbo droht das Schicksal, gefressen zu werden, sofern Gollum als Sieger aus dem Wettstreit hervorgeht.[13] Gewinnt dagegen Bilbo, so verspricht Gollum, ihm den Weg ins Freie zu zeigen. Der Inhalt der Rätsel passt sich dem immer bedrohlicher werdenden Rahmen an. Das »Testrätsel« ist noch harmlos. Es ist aus Gollums Lebenswelt entnommen, aber auch für einen höhlenbewohnenden Hobbit leicht zu lösen, zumal sich die beiden gerade im

13 Beim Halslöserätsel kann ein Verurteilter sich vor dem Tod retten, indem er seinem Richter ein Rätsel stellt, das dieser nicht zu lösen vermag. Die umgekehrte Rahmensituation entsteht, wenn der Verurteilte selbst ein augenscheinlich unlösbares Rätsel entschlüsselt (vgl. Meyer 24). Ein bekanntes Beispiel ist das Rätsel, das die Sphinx Ödipus stellt. Weil Ödipus die Lösung errät, verschont ihn das Monster und stürzt sich stattdessen selbst in den Tod, wodurch die existentielle Bedeutung des Halslöserätsels unterstrichen wird.

Inneren eines Berges befinden.[14] Nun ist Bilbo an der Reihe. Das zweite Rätsel mit der Lösung *Teeth* gewinnt vor der für Bilbo allzu realen Gefahr des Gefressenwerdens eine düstere Note. Da seine Gedanken so sehr darum kreisen, verspeist zu werden, fallen ihm nur die Verse über ein kauendes Gebiss ein. Gollum kann dieses Rätsel leicht lösen, da es »rather an old one« (H 121) ist. Es wird also erneut darauf verwiesen, dass Gollum über denselben Wissensfundus verfügt wie die Hobbits.

Das Erraten der nächsten Lösung (*Wind*) ist schon etwas schwieriger für Bilbo. Aber er wird dadurch gerettet, dass er früher einmal ein ähnliches Rätsel gehört hat. Gollums Verse schildern ein unheimliches Geschöpf und passen zu der sich zuspitzenden Gefahr in der Rahmenhandlung. Dieses Wesen wird anhand einer Reihe scheinbarer Paradoxa beschrieben:

> Voiceless it cries,
> Wingless flutters,
> Toothless bites,
> Mouthless mutters. (H 121f)

Ein unbehagliches Gefühl erzeugen vor allem die geisterhafte Körperlosigkeit des Wesens sowie sein stimmloser Schrei und das mundlose Gemurmel. Dies ist eine Art negativer Körperteilkatalog, wie er sich auch im Korpus altenglischer Rätsel findet. Ebenfalls mit Gollums Rätsel verwandt sind jene *Exeter Book Riddles*, die groteske Körper beschreiben, bei denen einzelne Körperteile gar nicht oder nicht in der erwarteten Anzahl vorhanden sind bzw. nicht die erwartete Funktion erfüllen.[15]

Jetzt möchte Bilbo seinen vermeintlichen Erfahrungsvorsprung gegen Gollum ausspielen, indem er ein Thema wählt (›sun on the daisies‹), von dem er annimmt, dass es einem Wesen, das im Inneren eines Berges lebt, völlig fremd sein muss, entsprechend denkt er bei sich: »This'll puzzle the nasty little underground creature« (H 122). Wieder zeigt sich jedoch, dass Gollum, der ursprünglich ein Hobbit war, über den gleichen Hintergrund an Erfahrungen verfügt wie Bilbo. Zwar hat er fast alles während seines einsamen Lebens im Dunkeln vergessen, jetzt aber ist er in der Lage, diesen Teil seiner Vergangenheit wieder hervorzuholen und Bilbos Rätsel zu lösen: »Gollum brought up memories of ages and ages and ages before« (122).

Gollum wird zunehmend ungeduldig und hungrig. Er möchte nun nicht nur etwas Schwierigeres fragen, sondern auch inhaltlich von den »ordinary above ground everyday sort of riddles« abweichen und »something ... more

14 Zum Bezug zwischen den Rätselinhalten und der Umgebung, in der der Wettstreit stattfindet, bzw. zur Befindlichkeit der Wettstreitenden vgl. auch Nelson.

15 Zu grotesken Körpern in altenglischen Rätseln vgl. Rügamer 281-295.

unpleasant« (122) versuchen. Nicht nur die Motive seiner Rätsel werden immer düsterer, sondern auch ihr Gegenstand. So hat sein nächstes Rätsel die Dunkelheit selbst zur Lösung. Sie wird wie zuvor der Wind als eine Art Monsterwesen beschrieben, eine unheimliche Kreatur, die nicht greifbar ist, überall lauert und die nicht nur die Fröhlichkeit vernichtet, sondern sogar das Leben bedroht:

It cannot be seen, cannot be felt,
Cannot be heard, cannot be smelt.
It lies behind stars and under hills,
And empty holes it fills.
It comes first and follows after,
Ends life, kills laughter. (H 122)

Dies ist das – wie ich finde – anspruchsvollste und poetischste Rätsel des Wettstreits. Auch für dieses Rätsel gibt es keine direkte mittelalterliche Analogie,[16] doch erinnert es stilistisch und motivisch an die altenglischen Rätsel, insofern es uns ein eindrucksvolles Bild mit wenigen Worten unmittelbar vor Augen stellt und dabei fast beiläufig ein Gefühl der Beklemmung erzeugt. So entsteht hier der Eindruck, dass uns dieses Wesen umgibt, ohne dass wir es mit unseren Sinnen erfassen können, dass es gewissermaßen überall ist, denn es erstreckt sich unermesslich in die Höhe (»behind stars«) und in die Tiefe (»under hills«). Das Rätselwesen hat zudem einen überzeitlichen, unvergänglichen Charakter, denn »It comes first«, was sich sowohl auf den Zustand vor der Schöpfung beziehen kann als auch auf die Dunkelheit, die der Geburt eines jeden Einzelnen vorausgeht. Ebenso verweist »follows after« sowohl auf die dunkle Ungewissheit, die nach dem Tod auf uns wartet, als auch auf das Ende der Welt. Bilbo hat keinerlei Schwierigkeiten, die Lösung zu finden, denn wieder sind ihm ähnliche Rätsel bekannt. Außerdem ist die Antwort geradezu greifbar, denn er ist in der Höhle von Dunkelheit umgeben.

Nach drei weiteren Rätseln verliert Gollum in seiner wachsenden Gier die Geduld und will den Wettstreit zu Ende bringen. Er findet, nun sei die Zeit gekommen, »something hard and horrible« (H 124) zu fragen. Kein Wunder, dass ein weiteres Monsterrätsel dabei herauskommt. Es beschreibt ein Wesen, das alles Leben verschlingt (»This thing all things devours: / Birds, beasts, trees, flowers«) und härtestes Material zermürbt (»Gnaws iron, bites steel; / Grinds hard stones to meal«). Es verschont die Mächtigen nicht (»Slays king«) und lässt sowohl menschliche Werke zugrundegehen (»ruins town«) als auch die Giganten der Natur (»And beats high mountain down«, 124). Auch die

16 Anderson zitiert ein thematisch analoges isländisches Rätsel aus der Sammlung Árnasons aus dem 19. Jh. (H 123). Der Vergleich zeigt, dass bei Tolkien die Antithesen und die Bedrohlichkeit des Rätselgegenstands pointierter herausgearbeitet sind.

Motive dieses Rätsels passen sehr gut zur Entwicklung der Rahmenhandlung, denn mittlerweile ist Gollums Ansinnen ganz darauf konzentriert, selbst zu verschlingen und zu zermalmen (»Is it scrumptiously crunchable?«, 124). Natürlich denkt Bilbo zunächst an Geschichten von Riesen und Monstern, will wieder auf seinen Fundus an erinnerten Überlieferungen zurückgreifen, der ihm jedoch im Augenblick nicht hilft. Er kann auch nicht in Ruhe überlegen, da er von einem echten Monster und der realen Gefahr des Verschlungenwerdens bedroht ist: Gollum rückt immer näher. Diesmal rettet ihn reines Glück. Als er um mehr Zeit zur Beantwortung flehen will, krächzt er nur »Time! Time!« (125) und hat damit das Rätsel gelöst.

Die Einhaltung der Regeln des Wettstreits wird immer fragwürdiger. Bilbo ist jetzt wieder an der Reihe, aber ihm fällt unter Druck nichts ein (Gollum sitzt jetzt neben ihm und befingert ihn). In dieser Situation schaltet sich der Ring ein. Bilbo fühlt ihn in seiner Tasche und fragt verwundert: »What have I got in my pocket?« (125), da er seinen Fund mittlerweile schon wieder vergessen hatte. Zwar war diese Frage nicht als Rätsel gedacht, aber Gollum fasst sie als solches auf, obwohl er einwendet, dass sie nicht fair sei.

Bilbo nutzt das Missverständnis aus und besteht nun auf seiner Frage, die er noch einmal lauter und selbstsicherer wiederholt. Mit den drei Rateversuchen, die er Gollum zugesteht, weichen sie noch weiter von den ursprünglichen Regeln ab. Nun ist Bilbo derjenige, der zur Eile drängt. Gollum versucht eine weitere Neugestaltung der Regeln, indem er nach zwei gescheiterten Rateversuchen die doppelte Antwort »string, or nothing« (H 126) gibt. Mit dem ersten Rätsel, das vom Gegner nicht gelöst werden kann, ist der Rätselwettstreit beendet. Bilbo springt sofort auf und macht sich bereit zur Verteidigung, denn er traut Gollum nicht:

> He knew, of course, that the riddle-game was sacred and of immense antiquity, and even wicked creatures were afraid to cheat when they played at it. But he felt he could not trust this slimy thing to keep any promise at a pinch. Any excuse would do for him to slide out of it. And after all that last question had not been a genuine riddle according to the ancient laws. (H 126f)

Bilbo ist sich also bewusst, dass die Regeln nicht eingehalten wurden und dass auch er daran Schuld hat, weshalb nun auch kein Verlass mehr auf Einlösung der zuvor gegebenen Versprechen ist. Die zitierte Passage macht noch einmal deutlich, dass ein Rätselwettstreit keineswegs eine rein spielerische Handlung ist. Er verfügt über genau festgelegte, tradierte Regeln. Sogar böse Kreaturen haben davor Respekt: Die Sphinx greift Ödipus nicht an, nachdem dieser das Rätsel gelöst hat, sondern stürzt sich in den Tod. Es stellt sich die Frage, inwiefern der Ring daran beteiligt ist, dass ein solches nach altem Brauch durchgeführtes

Ritual scheitert. In *The Lord of the Rings* wird – stärker noch als im *Hobbit* – der eigene Wille des Rings betont, der zu seinem Schöpfer zurückkehren will und sich deshalb von Bilbo finden lässt. Dementsprechend schaltet sich der Ring während des Rätselwettstreits gerade dann ein, als Bilbo nicht mehr weiter weiß und zu verlieren droht, denn nur der Hobbit kann ihn aus dem Berg befreien und letztlich wieder in Saurons Reichweite bringen.

Rumo und die Wunder im Dunkeln

Im Gegensatz zu Gollum im *Hobbit* ist Smeik, der Rumo Rätsel stellt, kein potentieller Gegner. Stattdessen sollen die Rätsel den Helden von »[d]üsteren Fragen« (Moers 76) ablenken. Smeik stellt fest, dass Rumo »in finsterer Stimmung« ist (77) und schlägt mit den Rätseln sozusagen heitere Fragen vor, die auch der Geistesübung (77) dienen sollen. Die erste Frage lautet »Was dringt durch die Wand und ist doch kein Nagel?« (77). Rumo kann diese Frage nicht beantworten, denkt wohl auch nicht ernsthaft darüber nach und antwortet nur »Keine Ahnung« (Moers 77). Smeik drängt ihn nicht, sondern fordert Rumo nur auf, es herauszufinden, also durch eigene Erfahrung auf die Lösung zu kommen.

Diese Aufforderung zeigt, dass das Rätselstellen doch nicht nur harmlos-heiterer Zeitvertreib ist. Denn wie Rumo später herausfindet, ist die Lösung des Rätsels: das Geräusch, das durch die Wand dringt. Und gerade die Geräusche, die zu den Gefangenen in der Grotte durchdringen, versetzen diese in Furcht und Verzweiflung, denn die Todesschreie der Opfer sind in der Grotte allgegenwärtig (Moers 28-30). Diese akustische Kulisse ist zentral für die beklemmende Atmosphäre in der Grotte. Dazu passt auch, dass die Gefangenen immer schon hören, wenn sich wieder ein Zyklop der Speisekammer nähert. Dann »rappelt« es nämlich schön onomatopoetisch am »Grottengitter« (77).

Es bedarf einer Situation extremer Bedrohung, damit Rumo auf die Lösung von Smeiks Rätsel kommt. Die Zyklopen haben ihn aus seinem Gefängnis geholt, um ihn zu verspeisen, doch Rumo beißt einigen von ihnen die Kehlen durch und entkommt. Wie Bilbo befindet er sich in einem unterirdischen Gewirr aus Höhlen und Gängen. Wie Bilbo kann auch Rumo nicht mehr auf all seine Sinne vertrauen. Bisher hatte sich Rumo hauptsächlich auf seinen Geruchssinn verlassen, dieser ist jedoch durch einen Schlag auf seine Nase lahm gelegt und in der dunklen Höhle ist er »nahezu blind« (102). Erst jetzt kann er einem weiteren Sinn, der bei einem Wolpertinger besonders ausgeprägt ist, mehr Beachtung schenken:

> Aber in jenem Augenblick, in dem die Zyklopen ihren Kreis um ihn immer enger zogen, in der Absicht ihn zu fressen, da erschloß sich Rumo eine andere Welt: die der Geräusche. (Moers 102)

Jetzt, da ihm nur noch sein Gehör helfen kann, ist Rumo in der Lage, das Rätsel zu lösen. So erweist sich Smeiks »harmlose« Rätselfrage letztlich als eine Art Halslöserätsel im weiteren Sinne, denn indem Rumo auf sein Gehör vertraut, kann er die Bewegungen der Zyklopen wahrnehmen und sie im Kampf besiegen. Wie Bilbo entgeht er so dem Gefressenwerden. Gleichzeitig stellt das Lösen des Rätsels für Rumo eine Art Initiation dar, es ist ein weiterer Schritt auf dem Weg zu seiner eigentlichen Bestimmung und ein Erkenntnisgewinn: Er hat etwas über sich selbst gelernt.

Als Smeik sich von seinem Schüler verabschiedet, fasst er die Substanz der Entwicklung zusammen, die Rumo mit Smeiks Hilfe genommen hat:

> Einen Rat kann ich dir noch mit auf den Weg geben: Wenn dich jemand fragt, wer du bist, dann sag: *Ich bin Rumo, der Wolpertinger.* (Moers 172)

Rumo ist zu neuem Selbstbewusstsein gelangt und wird von Smeik in ein Leben voll weiterer Abenteuer entlassen. Passend dazu schlägt Smeik ihm ein »letzte[s] Rätsel« vor: »Was wird immer kürzer, je länger es wird?« (Moers 172). Die Lösung ist natürlich: das Leben. Aber wieder antwortet Rumo lapidar »Keine Ahnung« (172). Es ist nicht seine Art, über philosophische Fragen nachzudenken.[17] Auch verfügt er nicht wie Bilbo über einen »fund of wisdom and wise sayings« (H 117). Stattdessen muss er – wie bei Smeiks erstem Rätsel – darauf warten, durch eigene Erfahrung auf die Lösung zu kommen. Smeik ist sich sicher, dass Rumo auf seinem Weg die Antwort finden wird. Er verabschiedet ihn mit den Worten »Ich verlasse mich darauf, daß du diese Frage beantworten kannst, wenn wir uns wieder begegnen« (Moers 172). Da Smeik zuvor bezweifelt hat, dass die beiden sich je wiedersehen werden, könnte es sein, dass Smeik auf ein Wiedersehen nach dem Tod anspielt. Spätestens dann hätte Rumo die Antwort auf das Rätsel sozusagen an seinem eigenen sterblichen Leib erfahren.

Als Rumo in Wolperting angekommen ist, der Stadt, in der seine Ausbildung fortgeführt wird, und in der er seine Bestimmung und Liebe findet, denkt er gelegentlich noch an seinen ehemaligen Weggefährten. Einmal fällt ihm spätabends noch »Smeiks letztes Rätsel« ein, und es kommt ihm der Gedanke, dass es sich möglicherweise gar nicht um eine konkret greifbare Lösung handelt (»War überhaupt etwas Sichtbares gemeint?«, Moers 251). Doch er schläft ein, bevor er weiter nachdenken kann: »Rumo glitt sanft in den Schlaf vor diesem schier unlösbaren Rätsel« (251). Die Betonung der Schwierigkeit der Rätsellösung wirkt

17 Conrad vergleicht diese mangelnde Reflexionsfähigkeit Rumos mit dem Heldenbild der höfischen Artusepik (Conrad 246).

übertrieben, die meisten Leser werden die Antwort wohl schon erraten haben. Die Situation charakterisiert Rumo als jemanden, der eher ein Wolpertinger der Tat als einer der philosophischen Überlegungen ist.

Schließlich erfährt Rumo die Lösung von der weisen Nurnenwaldeiche, die den Namen Yggdra Sil trägt, es handelt sich also um einen tief in der Mythologie verwurzelten Baum. Dieser alte Baum, der über das Wissen und die Beobachtungen vieler Generationen verfügt, bietet Rumo an, all seine Fragen zu beantworten (375). Rumo, der nicht sonderlich an Wissen interessiert ist, lehnt dieses einzigartige Angebot zunächst ab. Dann fällt ihm doch noch Smeiks letztes Rätsel ein. Die Eiche antwortet prompt durch den Mund eines der Tiere, die sie bevölkern: »Das Leben, mein Junge, das Leben! ... Das war zu leicht« (375). Jetzt ist Rumo seine Begriffsstutzigkeit peinlich: »Rumo kam sich unsäglich dämlich vor. Natürlich! Da hätte er wirklich selber drauf kommen können« (375).

Es wirkt so, als würde die Tradition des Rätselstellens, die im *Hobbit* als »sacred and of immense antiquity« (H 126) bezeichnet wird, hier parodiert, zum einen dadurch, dass die Rätsel nicht wie überwiegend im *Hobbit* in poetische Form gefasst sind, und zum anderen durch die Entlarvung ihrer Lösung als vermeintlich banal-einfach. Die parodistische Wirkung entsteht durch die große Fallhöhe, die dadurch aufgebaut wird, dass Rumo das vermeintlich schwierige und bedeutsame Rätsel so lange auf seinem Weg begleitet hat – wodurch man den Gattungserwartungen des phantastischen Abenteuerromans entsprechend davon ausgehen müsste, dass es eine tiefere Bedeutung für seine Entwicklung annimmt. Verstärkt wird dieser Eindruck dadurch, dass die Nurnenwaldeiche als so immens weise dargestellt wird, ein Baum aus mythischen Zeiten, der über das Wissen der Welt verfügt, und dann mit einer so banalen Frage unterfordert wird. Hier liegt also ein Auseinanderfallen von Form und Aussageanspruch vor, dem auf den ersten Blick eine satirische Absicht zugrundeliegt. Das Rätselstellen als ehrwürdiges Ritual zur Prüfung des Helden wird scheinbar lächerlich gemacht. Indem Moers auf die Tradition anspielt, dass dem Stellen von Rätseln eine tiefere Bedeutung innewohnt, wird eine bestimmte Erwartungshaltung aufgebaut. Mit der offenbar simplen Lösung des letzten Rätsels fällt diese Tradition auf den ersten Blick in sich zusammen. Aber in gewisser Weise enthält die Lösung von Smeiks letztem Rätsel in einem Roman, in dem es so prominent und oft so drastisch um das Sterben und den Tod geht, ein besonderes Gewicht, vielleicht als eine Art Mahnung, sich der eigenen Sterblichkeit bewusst zu sein. So ist auch bedeutsam, in welcher Situation Smeik Rumo erneut nach der Lösung seines Rätsels fragt, nämlich vor der großen Schlacht. Rumo ist in Untenwelt, hat die Stadt Hel erreicht und will nun zum Theater der Schönen Tode eilen, um seine Freunde zu befreien. Ausgerechnet jetzt hält Smeik ihn auf:

> »Eins noch!« Smeik hielt Rumo mit einem seiner Ärmchen fest. »Hast du die Antwort auf meine Frage gefunden? *Was wird immer kürzer, je länger es wird?*«
> »Oh«, antwortete Rumo, »das war leicht. Die Antwort ist natürlich *Das Leben.*«
> »Natürlich«, grinste Smeik. (Moers 574)

Rumo hat die Prüfung bestanden und ist bereit für die Schlacht.

Fazit

Im *Hobbit* wird das Spiel mit den Rätseln noch nahe an seine Ursprünge geführt, indem die ehrwürdige Tradition und die existenzielle Bedeutung des Rätselwettstreits hervorgehoben werden. Außerdem wird diese Wirkung dadurch erreicht, dass die Rätsel – vor allem jene Gollums – ästhetisch anspruchsvolle Gedichte sind, die stilistisch und motivisch an mittelalterliche Vorbilder erinnern. Aber auch hier sind – insbesondere durch den fragwürdigen Umgang mit den Regeln – schon Tendenzen des Zerfalls des alten Rituals thematisiert.

Moers grenzt sich spielerisch von dieser Tradition ab. In *Rumo* wird die Funktion von Rätseln für den Weg des Helden ironisiert und zunächst trivialisiert, indem Smeiks Rätsel – auch vom Fragestil her – zunächst eher an »harmlose« Kinderspiele erinnern. Dennoch werden sie im Kontext der Handlung bedeutsam, indem sie dazu beitragen, dass der Held, der philosophische Überlegungen scheut und nicht nach Erkenntnis strebt, mit ihrer Hilfe etwas über sich selbst und das Leben lernt.

Bibliographie

Conrad, Maren J. »›Blut! Blut! Blut!‹ Die Artusepik als heroisches Erbgut wortkarger Wolpertinger.« *Walter Moers' Zamonien-Romane. Vermessungen eines fiktionalen Kontinents.* Hg. Gerrit Lembke. Göttingen: V & R Unipress, 2011, 235-258

Fiedler, Leslie. *Cross the Border – Close the Gap.* New York: Stein & Day, 1972

Ivanović, Christine et al. (Hg.). *Phantastik – Kult oder Kultur? Aspekte eines Phänomens in Kunst, Literatur und Film.* Stuttgart und Weimar: Metzler, 2003

Jolles, André. »Rätsel und Mythos«. *Germanica: Festschrift für Eduard Sievers.* Halle: Niemeyer, 1925, 632-645

Kern, Hermann. *Labyrinthe. Erscheinungsformen und Deutungen. 5000 Jahre Gegenwart eines Urbilds.* München: Prestel, [2]1983

Lembke, Gerrit, Hg. *Walter Moers' Zamonien-Romane. Vermessungen eines fiktionalen Kontinents.* Göttingen: V & R Unipress, 2011

Meyer, Hansjörg. *Das Halslösungsrätsel.* Diss. Universität Würzburg, 1967

Moers, Walter. *Rumo & Die Wunder im Dunkeln.* München: Piper, 2003

Nelson, Marie. »Time and J.R.R. Tolkien's ›Riddles in the Dark‹«. *Mythlore* 27 (2008): 67-82

Rügamer, Antje. *Die Poetizität der altenglischen Rätsel des* Exeter Book. Hamburg: Dr. Kovac, 2008

Shippey, Tom A. *The Road to Middle-Earth.* London: Allen and Unwin, 1982

Tolkien, John Ronald Reuel. *The Annotated Hobbit.* Hg. Douglas A. Anderson. London: HarperCollins, 2003

Wyss, Ulrich. »Jenseits der Schwelle. Die Phantastik der anderen Welt«. *Phantastik – Kult oder Kultur? Aspekte eines Phänomens in Kunst, Literatur und Film.* Hg. Christine Ivanović et al. Stuttgart und Weimar: Metzler, 2003, 25-39

The Lord of the Rings & *Memorias de Idhún* – from a Masculine to a Feminine Imaginary

Natalia González de la Llana (Aachen)

Introduction

It has often been noted that the few feminine characters in Tolkien's *The Lord of the Rings* have a secondary role in the story. Even if there are some more or less important "women" in his trilogy (Arwen, Galadriel, Éowyn), it is obvious that there are many more masculine characters and they are without a doubt the main figures of the book (Frodo, Aragorn, Gandalf etc.).

As some critics have argued, Middle-earth is a masculine world where the feminine characters can be auxiliary elements, but they are never the heroes themselves. The setting of war and conflict is for many also a sign of a masculine atmosphere, and the friendship among men is at the basis of the narrative (Albero 1-3).

In *Memorias de Idhún* by the Spanish author Laura Gallego, we find a very different situation. Gallego creates a story that takes place between two worlds: Earth as we know it and a secondary world called Idhún. As it could be expected in a modern text, there are many more feminine characters and they adopt a more active role in the development of the events. Some of them are good (e.g. Allegra) and some fight for the dark side (e.g. Gerde), but they all take part in the battle for the future of Idhún.

Even if the trio that supports a great part of the plot is composed of two boys and a girl (Jack, Christian, Victoria), it is the latter who stays at the centre of the triangle. She serves as a nexus between the three and thwarts the destruction of the two young enemies who bear each other only for the love of her. Her role as unifying element is not of little importance, as it is essential that they all work together to fulfil a prophecy and save Idhún.

But it is not only the number of feminine characters nor the relevance of their actions that lets *Memorias de Idhún* differ from *The Lord of the Rings*. It is also the symbolic meaning of the works as a whole that sets them apart. Tolkien's trilogy shows a masculine world that goes far beyond the surface. Following the theories of imagination proposed by Gilbert Durand in *The Anthropological Structures of the Imaginary*, we could include his novels in the "diurnal regime", characterized by antithesis (good-bad, light-darkness etc.) and related to masculine symbolic values, while Gallego's saga would belong to the "nocturnal regime", where the opposites can be conciliated and which is considered the imaginary regime of the feminine.

The difference in the importance of the feminine characters in both works is then just one aspect of a much greater difference in the symbolic view of their respective mythologies. It is this contrast of symbolic structures that I would like to analyze in this paper.

The Lord of the Rings: A Masculine Imaginary

Diurnal Symbols

As I have just said, Gilbert Durand distinguishes two categories of the imaginary, the diurnal and the nocturnal regimes, respectively associated to a universe of masculine and feminine values. The diurnal regime is loaded with vertical figurations and it is the regime of the antithesis, constantly polarized between antagonistic images of elevation and fall, light and darkness etc., whereas the nocturnal regime (subdivided in two) is one of wholeness and is characterized by the inversion of values and the synthesis of contraries.

The diurnal regime is concerned with the postural dominant, the technology of arms, the sociology of the magus-warrior-sovereign, and the rituals of elevation and purification, while the nocturnal regime is subdivided into digestive and cyclical dominants: the digestive dominant subsumes the techniques of the container and habitat, alimentary and digestive values, matriarchal and nurturing sociology; and the cyclical dominant groups together the techniques of the cycle, of the agricultural calendar and the fabrication of textiles, natural or artificial symbols of return and myths and astrobiological dramas (Durand 52).

From my point of view, it is quite clear, as Verlyn Flieger puts it, that Tolkien's work is based on contrasts (Humphrey Carpenter even describes Tolkien as "a man of antithesis")—between good and evil, between hope and despair—and these contrasts are embodied in the polarities of light and dark that are the creative outgrowth of his contrary moods[1] (Flieger 1f). This would include then *The Lord of the Rings* in the masculine order of the imaginary as we shall see.

In Durand's book, the analysis of the diurnal regime is divided in two parts ("The Faces of Time" and "The Sceptre and the Sword") with three categories of

1 "The loss of his mother," Carpenter tells us, "had a profound effect on his personality. It made him into a pessimist. Or rather, it made him two people". Carpenter goes on to characterize Tolkien's two sides: "He was by nature a cheerful almost irrepressible person with a great zest for life… But from now onwards there was to be a second side, more private but predominant in his diaries and letters. This side of him was capable of bouts of profound despair." (Flieger 3)

symbols that are opposed to each other (theriomorphic-diaeretic, nyctomorphic-spectacular and catamorphic-ascensional).

In "The Faces of Time", Durand starts by exploring the theriomorphic symbols, that is, the symbology of animal archetypology. He associates the animal with movement and agitation, with sudden changes, and there is a negative valorization of it. The animal acquires also the symbolism of aggressiveness and cruelty. Jaws are what get to symbolize every animality that transforms into the devouring archetype.

In *The Lord of the Rings*, it is easy to see in the Orcs these animalistic characters, demons with pointed teeth that represent a threat and symbolize the horror of a devouring death.

Against the savage nature of the theriomorphic symbols, Durand places the devices and weapons of the hero. Stabbing and cutting weapons, like the sword, are tightly linked to this imaginary, phallic instruments that reinforce the male sexual allusion and help the hero (the Charming Prince in popular tales) to kill the monster. Aragorn is the figure that most obviously plays this role in Tolkien's work, fighting against the Orcs and other evil creatures. In his case, killing is not murder, but purification.[2]

When dealing with the nyctomorphic symbols, Durand affirms that symbols like blackness, shadows or the night are usually valued in a negative way indicating the unconscious, the dark side in ourselves. Another important aspect according to Durand is the symbology of water, and especially the image of hair in the constellation of black water, which will lead to the feminization of these negative symbols, feminization reinforced by woman's most awful water: menstruation. In opposition to the nyctomorphic symbols are the spectacular symbols related to the light, the strongest image being the sun. The opposition between light and darkness is quite evident in *The Lord of the Rings* in many different ways. I will comment here on some of them.

---

2 Significantly Éowyn as a woman, and by Aragorn himself, is denied the possibility to use the sword, to fight like a man. See LotR III 57f:
'Your duty is with your people', he answered.
'Too often have I heard of duty', she cried. 'But am I not of the House of Eorl, a shield-maiden and not a dry-nurse? I have waited on faltering feet long enough. Since they falter no longer, it seems, may I not now spend my life as I will?'
'Few may do that with honour', he answered. 'But as for you, lady: did you not accept the charge to govern the people until their lord's return? If you had not been chosen, then some marshal or captain would have been set in the same place, and he could not ride away from his charge, were he weary of it or no.' …
And she answered: 'All your words are but to say: you are a woman, and your part is in the house. But when the men have died in battle and honour, you have leave to be burned in the house, for the men will need it no more. But I am of the House of Eorl and not a serving-woman. I can ride and wield blade, and I do not fear either pain or death.'

In the first place, "shadow" is a word that Tolkien uses repeatedly, sometimes even as a personification of Sauron, as when Frodo tells Sam that "the Shadow can only mock, it cannot make...not real new things of its own" (Shippey 128f). Talking about the Ringwraiths, Gandalf says that they were once men who were given rings by Sauron, and so "Long ago they fell under the dominion of the one [Ring], and they became Ringwraiths, shadows under his great Shadow, his most terrible servants" (123).

In another sense shadows can also be seen inside the characters, as an interior double. This is clearly the case with Frodo, and of course especially with Gollum, whose obsession with the Ring has transformed him into a schizophrenic character with a good and an evil side. Frodo's fight against his own shadow is also one of the great meaningful themes of the trilogy.

As Flieger affirms, Tolkien's version of the Fall is a story of humanity's separation from the Light. The story of the Silmarils ends with the disposition of the three jewels, one each in the earth, sea and air. Only the last one remains visible, the last splinter of unsullied light that becomes the morning star—Eärendil (Flieger 148).

And here we find the first of the last binaries set into opposition by Durand. The catamorphic symbols are the third main imaginary expression of human anguish towards time and they come with images of the fall, the existential quintessence of the dynamics of darkness, and are strongly linked to the feminine in many traditions, as is the case, for example, of the story of Adam and Eve in the *Bible*. The ascensional symbols, on the contrary, refer to the upward movement, the flight and to high places.

In Tolkien's fallen world, the process of fragmentation and diminution continues to lead to more separation—of the individual from society and of the individual from himself. Frodo's nature splits gradually into the components of light and dark and, at the same time, begins to fade when entering the world of the Ring, where only the shadows are clear. Frodo is a microcosm where the whole drama of splintering and diminution will be re-enacted (Flieger 149f).

From the darkness that threatens Middle-earth, Frodo starts a journey that will take him to the Cracks of Doom, that is, an ascending journey to a mountain, another one of the symbols mentioned by Durand.[3] The upward movement is intrinsically linked to the wing, and so we can see a final ascension in *The Lord of the Rings* when, after destroying the Ring, the eagles come

3 "Le symbolisme de la montagne est multiple : il tient de la hauteur et du centre. En tant que'elle est haute, verticale, élevée, rapprochée du ciel, elle participe du symbolisme de la transcendance; en tant qu'elle est le centre des hiérophanies atmosphériques et de nombreuses théophanies, elle participe du symbolisme de la manifestation. Elle est ainsi rencontre du ciel et de la terre, demeure des dieux et terme de l'ascension humaine." (Chevalier/Gheerbrant 645)

to save Frodo and Sam from a more than sure death. Physical and metaphorical elevation go hand in hand.

As we have realized then with this brief analysis of the three categories of opposing symbols, Tolkien's trilogy can be said to fit Durand's diurnal regime of the imagination. The fall of Middle-earth, the menace of the evil shadows of Mordor represented by animalistic creatures like the Orcs, have to be at least partially overcome by a masculine hero who through elevating himself brings back the light to the world.

Good vs. Evil

The antithesis that characterizes the symbolic structure of *The Lord of the Rings* can also be seen in the meaning of the novels as a whole. This is a work where good characters and bad characters are opposing powers that fight for the control of Middle-earth. Like in any mythology or religion, the problem of evil is a central one in Tolkien's creation, but there is no doubt about where it lies: there are righteous behaviours and wicked behaviours, and the reader knows very well which is which.

The concept of evil in this trilogy is both interior and exterior at the same time: sometimes, evil is seen as an absence and sometimes as a force. As Tom Shippey explains to us, there are two old basic opinions about the nature of evil in Tolkien's characteristically twentieth-century position. One of them is that of orthodox Christianity. The most famous statement of this view of evil was made in the sixth century by the Roman senator Boethius who, in spite of being Christian, tries to reach his conclusion through reason alone. He affirms that there is no such thing as evil, what people identify as such is only the absence of good. An alternative tradition in Western thought says, on the contrary, that evil does exist and it has to be fought. (Shippey 128-135)

Maybe the best example of this dual aspect of evil in Middle-earth is the Ring itself that seems to be at the same time a sort of psychic amplifier, magnifying the unconscious fears or the selfishness of its owners, and also a creature with urges and powers of its own. The most dramatic scene where we can see these two sides of the Ring is when Frodo, standing at the very edge of the Crack of Doom, decides to keep it for himself. The question here is whether Frodo has fallen into temptation or if he has been made to take this step. What he says suggests the first, for he seems to be claiming responsibility ("But I do not choose to do now what I came to do. I will not do this deed. The Ring is mine"). Against that, there has been the increasing sense of reaching a centre of power, where all other powers are repressed (135-143).

In our opinion, it is both at the same time. There is an evil force that comes from the outside, that cannot be controlled, and there is a weakness inside that tends to be seduced by egoistic impulses. But, in any case, there is always the freedom to decide how to act and a responsibility towards ones' own choices.

"Nothing is evil in the beginning," Elrond tells Frodo, "even Sauron was not so" (LotR I 281). The case of Saruman is also an example of the fall, of the bad use of free will, when he decides to betray his friends for the sake of his hunger for power.

The contrast between Gollum and Frodo shows clearly the nature of a character who is dominated by his desires, who has succumbed to the evil power of the Ring, and the courage of the hero who decides freely to do what he must, come what may.

Therefore, this clear difference between good and evil does not mean at all that Tolkien's is a simplistic work. There is a deep thinking about evil, free will and responsibility, and not even the ending allows the reader to believe that they will live happily ever after.

First of all, the final triumph is not a complete one. Frodo has failed. He is not the perfect hero who endures until the end and fulfils his task. He wants to keep the Ring for himself and it is only the intervention of Gollum that brings the destruction of the wicked object.

In a letter, Tolkien described this situation as "grace", the unforeseeable result of free actions by Sam, Frodo and Gollum: "[Gollum] did rob and injure [Frodo] in the end, but by a 'grace', that last betrayal was at a precise juncture when the final evil deed was the most beneficial thing anyone cd. have done for Frodo!" Fate and free will have come together to produce the necessary end. (Flieger 154)

Frodo's "success" is in following his path, in embarking upon a journey that he has not looked for, but has come to him, in not giving up. Real heroism requires to struggle with hope, without the assurance of victory (Wood 147). Or as Sam expresses it:

> And we shouldn't be here at all, if we'd known more about it before we started. But I suppose it's often that way. The brave things in the old tales and songs, Mr. Frodo: adventures, as I used to call them. I used to think that they were things the wonderful folk of the stories went out and looked for, because they wanted them, because they were exciting and life was a bit dull, a kind of a sport, as you might say. But that's not the way of it with the tales that really mattered, or the ones that stay in the mind. Folk seem to have been just landed in them, usually—their paths were laid that way, as you put it. But I expect they had lots of chances, like us, of turning back, only they didn't. And if they had, we shouldn't know, because they'd have been forgotten. We hear about those

> as just went on—and not all to a good end, mind you; at least not to what folk inside a story and not outside it call a good end. You know, coming home, and finding things all right, though not quite the same—like old Mr. Bilbo. But those aren't always the best tales to hear, though they may be the best tales to get landed in! I wonder what sort of a tale we've fallen into.
>
> (LotR II 320f)

The outcome of the story is truly in doubt in the hearts of the characters. They often think that there is not much hope left. They only keep going about with their tasks because it is the right thing to do. And their sacrifice is indeed not rewarded as it should be. Frodo does not seem to be curable, at least in this world, and there is a bittersweet atmosphere in the last pages of the book: "I tried to save the Shire [he says], and it has been saved, but not for me. It must often be so, Sam, when things are in danger: someone has to give them up, lose them, so that others may keep them" (LotR III 309).

In *The Lord of the Rings* there is, therefore, a very clear opposition between good and evil, but it is not a facile one, and the work develops profound thoughts on basic human matters like the problem of evil's nature or the role that each one of us has to choose in the great adventure of our lives.

Memorias de Idhún: A Feminine Imaginary

Nocturnal Symbols

The nocturnal regime of the imaginary refuses the antithesis proposed in the diurnal regime and the opposition of values is euphemized or minimized. This regime is subdivided in two parts. In the first part, under the heading "The Descent and the Cup" Durand discusses the same images as in the diurnal order, but now they have been re-evaluated. Among these symbols of inversion, as he calls them, we can see, for example, that the fall is euphemized into descent, preventing the shock that the fall provokes. On the other hand, in the symbols of intimacy the complex of return to the mother leads to a more positive valorization of death and the grave. The feminine loses its negative aspects and is rehabilitated in the nocturnal interpretation.

But it is the second group of chapters dedicated to this new regime that interests us more with regard to the analysis of *Memorias de Idhún*. Under the heading "From the Denary to the Baton", we find the cyclical symbols that are associated with time in order to be able to defeat it.

The moon is one of these symbols. It is related to the feminine principle and to periodicity and renewal (Chevalier/Gheerbrant 590). Trinity has always a lunar essence, but these triads can condense also into diads or even into a sole divinity that assumes this antagonistic nature by showing this ambivalence in its iconography (half human-half animal divinities, bicolour divinities etc.). All these theophanies are inspired by the bipolarity of their symbolism, by an effort to reach a *coincidentia oppositorum* (Durand 274-276).

The second book of Laura Gallego's trilogy is significantly called *Tríada*. The main characters of her novels are Victoria, Jack and Christian, one girl and two boys who live a special love triangle and who are destined to fulfil a prophecy that will save Idhún. All three characters have a double nature: apart from being human, Victoria is a unicorn, Jack is a dragon, and Christian is a shek (a kind of huge flying serpent), and each of these second natures also has a name: Lunnaris, Yandrak and Kirtash.

In the Idhunite language "Lunnaris" means "magic bearer", because that is what unicorns do. They canalize the energy of the world and transmit its magic with their horn to the future magician. That is why they have to live in forests full of life, or they would weaken and die. Even if the name "Lunnaris" is therefore explained with regard to the main characteristic of unicorns, it is obvious that it also has a reference to the Spanish word for moon ("luna"), an idea supported by a legend about the origin of these creatures:

> Un día apareció en los bosques del oeste una extraña criatura. Las hadas repararon en su presencia y la comentaron ampliamente, pues nunca habían visto nada semejante. La criatura poseía una belleza delicada y salvaje y parecía haber sido creada con la luz de la luna mayor. Lucía sobre su frente un largo cuerno en espiral. Por esta razón lo llamaron «unicornio». (Gallego, *Resistencia* 242)[4]

Victoria-Lunnaris is a feminine figure with a double nature linked to the moon[5] and the vegetation (another cyclical symbol for Durand), and she is also part of a triad in which her love will serve to reconcile the opposites, the eternal enemies represented by Jack and Christian.

Dragons and sheks hate each other from the beginning of time. Dragons were created by the six creator gods, while sheks were brought into life by the Seventh, the shadow of the other six. All of them have been born to struggle in a never-ending war in which each species represents its divinities, possessed by an incontrollable hatred for the other.

4 The English translation of the quotes from *Memorias de Idhún* is mine: "One day, a strange creature appeared in the forests of the west. The fairies noticed its presence and commented on it extensively, as they had never seen anything similar. The creature possessed a delicate and wild beauty, and it seemed to have been created with the light of the greater moon. She showed on her forehead a long spiral horn. For this reason they called it unicorn."

5 Her daughter is also called Lune (and Eve), like the first Idhunite woman. (Gallego, *Panteón* 942)

During an important part of the story outlined in Gallego's books, the dragons are presented as "the good ones", as the victims of the sheks' cruelty. They are noble and magnificent beings that fight on behalf of the creator gods defending their creatures from the Seventh's tyranny. Due to their ability to fly and their superiority in comparison to all other inhabitants of Idhún, they could be considered as ascensional symbols in Durand's diurnal regime, as opposed to their contraries, the serpents, traditionally an earthly symbol, a symbol of the fall. The only problem is, however, on the one hand, that dragons and serpents are symbolically closely linked, and, on the other hand, that sheks are also flying serpents, so they are celestial creatures as well (González de la Llana 116).

As Durand points out, the dragon, polymorphous as it is, is the lunar animal par excellence, (Durand 298) while the serpent's symbolism is euphemized, and the coiled snake (the *ouroboros*) represents the cyclical union of contraries (301ff).

This merging of symbolic values is explicit in Gallego's novels that begin with a traditional antithetic scheme, typical of the diurnal regime of the imagination, opposing two factions in a fairly Manichean way. However, this scheme then evolves into a more complex view of things in which the official version of the story is questioned, as we shall see in the next chapter.

In any case, Victoria-Lunnaris plays an important role in the reconciliation, in the balance of the triad, preventing with her love the confrontation between Jack and Christian:

> Pareció que saltaban chispas entre los dos, pero finalmente, el shek sonrió también. Ninguno de los dos podía pasar por alto los siglos de odio y enfrentamiento entre sus respectivas razas y, sin embargo, había algo que ellos tenían en común y que servía de puente entre ambos: su amor por Victoria, un amor que podía enfrentarlos, pero también unirlos en una insólita alianza.
>
> (Gallego, *Resistencia* 537)[6]

This lunar character serves as a mediator between the two boys, between the two factions of Idhún. The triad is a microcosm of their whole world, and these dual characters, half human, half something other represent the effort to reach the *coincidentia oppositorum*.

At the end of the trilogy this co-existence is almost perfect. All three share a house and take care of Erik, Victoria's son by Jack, until Christian decides

6 "It seemed that sparks flew between the two, but in the end the shek also smiled. None of them could ignore the centuries of hatred and confrontation between their respective races, however there was something that they had in common and that served as a bridge between them: their love for Victoria, a love that could confront them, but also bring them together in an unusual alliance."

to go to the Earth, where they are supposed to join again, this time also with Eva, Christian's child.

Good vs. Evil?

In contrast to what we have seen in the case of *The Lord of the Rings*, *Memorias de Idhún* questions deeply the opposition between good and evil, between good characters and bad characters.

The ambivalence of Christian's figure is a very good example of this. If Jack suits the traditional profile that we expect in a mythical hero, Christian is presented as a murderer who fights against the "Resistance". He has been created with black magic to destroy the last dragon (Yandrak) and the last unicorn (Lunnaris), until he discovers his love for Victoria that will make him risk everything and put his life in danger. This love, however, will not transform him into a "good character" in the typical sense, but he will show precisely that things are not so easy, and that it is not possible to divide the world in two in a simplistic way (González de la Llana 113-115).

The initial impression that creatures like the dragons are righteous, while others like the sheks are wicked is deconstructed in the development of the story. In the second book, Jack is told that, after the old war where the flying serpents were defeated, the dragons, unable to control their instincts of killing sheks, used to hunt them trying to destroy their nests and so becoming the baby sheks' worst nightmare (Gallego, *Tríada* 407).

Things are not what they seem, but there is also a battle between the diurnal and the nocturnal regime of the imagination in Gallego's work, because some of the characters do not want to believe that good and evil are not so different from each other:

> No me cabe duda de que tu amigo Alsan cree que hace lo correcto, luchando contra el mal, encarnado en el Séptimo y en sus serpientes. Él es un caballero de Nurgon, fue educado para pelear, no conoce otra cosa. Tienes que darle un enemigo físico contra el cual dirigir su espada justiciera. Si le dices que las serpientes no son tan malas, no te escuchará, porque creerte supondría para él asumir que su vida, tal como le han enseñado a vivirla, no tiene sentido. (Gallego, *Panteón* 786)[7]

7 "I don't doubt that your friend Alsan believes that what he does is the correct thing to do, fighting evil, incarnated in the Seventh and his serpents. He is a knight of Nurgon, he was educated to fight, he doesn't know anything else. You have to give him a physical enemy against whom he can point his strict sword. If you tell him that the serpents are not so bad, he won't listen to you, because believing you would mean for him to assume that his life, as he has been taught to live it, has no sense."

The behaviour of the gods, however, finally ends by bringing out the truth and leaving no room for doubt. The creator gods are often deaf in the face of their creatures and can provoke huge destruction, while the Seventh, even if he was born as the shadow of the other six, turned to be creative as well:

> -No existen dioses creadores y dioses destructores –les había contado Christian, en la soledad de la cabaña semiderruida de Alis Lithban–, porque todos los dioses proceden del mismo caos creador, de una voluntad creadora y destructora al mismo tiempo. Porque el orden y el caos, la luz y la oscuridad, el día y la noche, son una sola cosa y no se pueden separar. Están en la esencia de todas las cosas y todas las criaturas.
> -Pero los Seis lo hicieron –había objetado Jack–. Extrajeron de ellos esa parte destructora y la encerraron en una especie de cápsula indestructible.
> -Y por eso el Séptimo fue oscuro, caótico y destructor al principio –asintió Christian–, y las primeras generaciones de hombres-serpiente fueron monstruos crueles y destructivos. Pero no se puede separar para siempre ambas esencias. Si los dioses se hubiesen liberado del caos, no destruirían las cosas a su paso. No habrían podido crear dragones capaces de odiar.
> >>Y si el Séptimo fuese solamente caos y destrucción –añadió–, jamás habría sido capaz de dar vida a una nueva especie.
> (Gallego, *Panteón* 864)[8]

If there is any singular clear statement that shows how Gallego's trilogy differs from the diurnal regime and its antithesis, it is here: "Because order and chaos, light and darkness, day and night, are but one thing and cannot be parted". This conclusion is reached little by little in her novels, it is not obvious from the beginning, but it is undeniable in the end.

8 -There are no creative and no destructive gods –Christian had told them in the loneliness of the half-dilapidated hut in Alis Lithban–, because all gods come from the same creative chaos, from a creative and destructive will at the same time. Because order and chaos, light and darkness, day and night, are but one thing and cannot be parted. They are in the essence of all things and all creatures.
-But the Six did it –Jack had objected–. They extracted that destructing part of themselves and locked it in a kind of indestructible capsule.
-And that is why the Seventh was dark, chaotic and destructive in the beginning –Christian agreed–, and the first generations of serpent-men were cruel and destructive monsters. But both essences cannot be separated forever. If the gods had gotten rid of the chaos, they wouldn't destroy things on their way. They couldn't have created dragons that are able to hate.
>>And if the Seventh were only chaos and destruction –he added–, he would have never been able to give life to a new species.

Conclusions

In this paper we have seen how *The Lord of the Rings* and *Memorias de Idhún* differ from each other from a symbolic point of view. Their worlds are based in diverse imaginary structures, allowing us to include them respectively in the diurnal and the nocturnal regimes proposed by the French academic Gilbert Durand.

Tolkien's work offers us an antithetical universe in which there is a profound preoccupation with evil's nature, in which good and evil, ascension and fall, light and darkness are irreconcilable enemies. These oppositions are presented in three categories of symbols, symbols related to a masculine imaginary that tries to separate, to divide. Sharply armed heroes attempting to "elevate" their world from a negative valorized darkness is what we find here.

Memorias de Idhún shows a very similar scenario during many of its pages, with good and bad characters fighting for the control of Idhún, a prophecy, courageous heroes, pointy swords and cruel monsters. But later on, the reader realizes that this reality is more complicated than he thought in the beginning, that it is not always easy to distinguish who is right and who is wrong. A feminine imaginary represented by lunar, vegetal symbols allows a reconciliation of contraries that displays its best image in the triad in which a girl's love permits the final *coincidentia oppositorum*.

Bibliography

Albero Poveda, Jaume. "El tratamiento de los personajes femeninos en *El Señor de los Anillos*". *Actas del II Congreso Internacional de la Sociedad Española de Estudios Literarios de Cultura Popular* (SELICUP) *Literatura y Cultura Popular en el Nuevo Milenio.* Manuel Cousillas et al. (eds.). A Coruña: SELICUP/Universidade da Coruña, 2006, 1-14: www.udc.es/congresos/traduccion/selicup/ActasII.pdf

Chevalier, Jean, and Alain Gheerbrant. *Dictionnaire des symboles.* Paris: Robert Laffont/Jupiter, 1982

Durand, Gilbert. *Las estructuras antropológicas de lo imaginario.* Madrid: Taurus, 1981

Flieger, Verlyn. *Splintered Light. Logos and Language in Tolkien's World.* Kent/London: The Kent State University Press, 2002

Gallego García, Laura. *Memorias de Idhún I. La Resistencia.* Madrid: SM, 2004

---. *Memorias de Idhún II. Tríada.* Madrid: SM, 2005

---. *Memorias de Idhún III. Panteón.* Madrid: SM, 2006

González de la Llana Fernández, Natalia. "Las estructuras antropológicas de lo imaginario y la *high fantasy*. Análisis de *Memorias de Idhún* de Laura Gallego desde las propuestas teóricas de Gilbert Durand". *Anuario de Investigación en Literatura Infantil y Juvenil* 9 (2011): 107-120

Shippey, Tom. *J.R.R. Tolkien. Author of the Century.* London: HarperCollins, 2001

Tolkien, John Ronald Reuen. *The Lord of the Rings I. The Fellowship of the Ring.* London: George Allen & Unwin, 1966

---. *The Lord of the Rings II. The Two Towers.* London: George Allen & Unwin, 1966

---. *The Lord of the Rings III. The Return of the King.* London: George Allen & Unwin, 1966

Wood, Ralph C. *The Gospel According to Tolkien. Visions of the Kingdom in Middle-earth.* Louisville/London: Westminster John Knox Press, 2003

Tanzen auf den Schultern des Riesen

Frank Weinreich (Bochum)

Danke, Großpapa. Ohne dich hätte ich es nicht geschafft.
(Feist, *Großvater* 39)

John Ronald Reuel Tolkien ist der einflussreichste Autor des Genres Fantasyliteratur. Auch wenn das erst einmal nur ein gefühlter Eindruck ist, wird dieser Eindruck ganz schnell zur untermauerten Tatsache, wenn man einen Blick auf die Geschichte des Genres wirft. Ganz gleich, von welcher Seite aus man sich dem Phänomen nähert.

Eine Näherungsweise ist die wissenschaftliche, und die ist schon sehr breit gefächert. Thomas Honegger und ich haben jüngst in der *Zeitschrift für Fantastikforschung* die Bandbreite der Tolkienforschung dargelegt, und da ergibt sich ein buntes Bild der wissenschaftlichen Beschäftigung mit Tolkiens Fiktionen über eine Vielzahl von akademischen Fächern hinweg: von der reinen Literaturwissenschaft über andere Geisteswissenschaften, insbesondere natürlich Religion und Philosophie, hinein in empirische Fächer wie die Psychologie oder Medienforschung bis hin zu spielerischen und weniger spielerischen Ansätzen aus den Naturwissenschaften (Weinreich/Honegger, *Tolkienforschung*). Keinem anderen Autor der Phantastik wurde eine ähnliche Quantität wissenschaftlicher Aufmerksamkeit zuteil; und das gilt in noch höherem Maße, wenn man die Beschäftigung mit den nichtfiktionalen Schriften hinzunimmt, in denen Tolkien sich selbst über Phantastisches äußert, allen voran die Sekundärliteratur zu *On Fairy-Stories.*

Aus der Sicht der Schriftstellerkollegen nimmt Tolkien eine noch überragendere Rolle ein, die stellvertretend für hundert andere Raymond Feist ebenso schlicht wie zutreffend auf den Punkt bringt, wenn er sagt, dass sein eigener Erfolg als Fantasyautor sich daraus ergab, dass tolkienbegeisterte Leser ihn (und andere Autoren) auf der Suche nach mehr vom Gleichen entdeckten (vgl. Feist, *Großvater* 38) – was ihn zu der Danksagung führte, die ich als Motto für die vorliegende Arbeit wählte. Diesem Dank und der darin enthaltenen Anerkennung schließen sich viele, teils selbst sehr berühmte Schriftsteller an, die in einem kleinen Heyne-Buch mit teils anrührenden persönlichen Einschätzungen Tolkiens versammelt sind (Haber).

Wiederum Feist hat den Einfluss, den Tolkien auch auf der materiellen Ebene auf ihn hatte, sehr schön auf den Punkt gebracht: »Für mich als professionellen Schriftsteller besteht der Haupteinfluss, den J.R.R. Tolkien auf mein Werk ausgeübt hat, in der Auswirkung, die er auf den Buchmarkt hatte und hat. Er ist die Quelle allen Reichtums, an dem auch ich ein wenig teilhabe« (Feist, *Großvater* 37). An dieser erfrischenden Ehrlichkeit ist etwas dran – die typischen Fantasymotive finden Autorinnen und Autoren zu ihrer Inspiration an allen möglichen Orten, dass sie aber überhaupt verlegt werden, liegt zu großen Teilen an dem Erfolg, den Tolkien hatte und der die Verlage anzieht.

Deshalb ist der Buchmarkt auch als der dritte Ort zu nennen, auf dem Tolkien wie bis dato kein anderer Autor in vergleichbarer Weise Spuren hinterlassen hat. Damit meine ich nicht einmal die exorbitanten Verkaufszahlen der Mittelerde-Storys – *Harry Potter* beispielsweise mag Tolkien da irgendwann überholen, und es könnte jederzeit ein neuer überragender Verkaufserfolg erscheinen. Auch mit Blick auf den Buchmarkt denke ich vor allem an Tolkiens Wirkung als Genrebildner. Tolkien hat die Fantasy nicht erfunden, aber er beherrscht das Genre als thematischer Mentor wie kein zweiter. Und in dieser Funktion ist er von allergrößtem Einfluss für Verleger und andere Bucharbeiter, auch die Lektoren beispielsweise. Verlage sind Wirtschaftsunternehmen und müssen auf den Ertrag schauen. Und da ist Tolkien wiederum der wichtigste Autor, weil er selbst und mehr noch die hunderte Autoren, die Fantasy in der Tradition Tolkiens schreiben, nach wie vor den größten Teil der Erträge erbringen, die das Genre abwirft.

Trotzdem denken Verlage nicht nur ans Geld, sie haben schon auch literarische Qualität und die Weiterentwicklung von Genres, Themen und Motiven im Sinn. Und auch da hat Tolkien Maßstäbe in punkto Stil, Themen, Erzähltiefe und Themenbandbreite gesetzt, an denen Lektoren das messen, was ihnen an Manuskripten angeboten wird.

Und in erster Linie aus Lektorensicht und den Erfahrungen der Arbeit als Literaturscout schreibe ich in der vorliegenden Arbeit über Tolkiens Einfluss auf die Fantasy. Das bedeutet auch, dass ich mir erlaube, explorativ vorzugehen, ohne wissenschaftliche, also falsifizierbare Hypothese und nicht auf Basis eines ausmodellierten theoretischen Hintergrunds. Stattdessen beschreibe ich einige meiner Beobachtungen aus den letzten Jahren – einmal bei der Arbeit als freier Lektor für mehrere große deutsche Publikumsverlage und zum anderen als Literaturscout, der Jungautoren und ausländische Autoren auf ihre Markteignung hin beurteilt. Dabei wird es auch zu manchem ästhetischen Urteil kommen, dem es als solchem natürlich in besonderem Maße an Objektivität ermangelt. Ich denke jedoch, dass der erste heuristische Ertrag dieser Überlegungen es rechtfertigt, so vorzugehen.

Tanzen auf den Schultern des Riesen – der Titel drückt schon genau aus, wie ich die Arbeit von Fantasyautorinnen und -autoren sehe, wobei man das mit anderen Namen versehen auch auf andere Genres und weit über die Literatur hinaus anwenden kann. Einige der auf die Fantasy und ihr übergeordnetes Gebiet, die Phantastik, bezogenen Aussagen lassen sich verallgemeinern.

Die »Schultern des Riesen« sind ein altbekanntes, fälschlicherweise oft allein Isaac Newton zugeschriebenes Motiv. Immer wieder wird zitiert, dass der britische Gelehrte mit diesem Bild in aller Bescheidenheit habe ausdrücken wollen, dass er bei seiner Arbeit von den Erkenntnissen seiner Vorgänger gelebt habe. Das Motiv ist allerdings älter als Newton und lässt sich bis ins 12. Jahrhundert zu Bernhard von Chartres zurückverfolgen, dem Johannes von Salisbury es in seinem *Metalogicon* zuschreibt.

Der Gedanke eines sozusagen evolutionären Wissensfortschritts ist aber nicht auf die so offensichtlich aufeinander aufbauenden Erkenntnisse der Naturwissenschaften beschränkt. Auch in den Geisteswissenschaften steigt man einander auf die Schultern. Die gesamte Dialektik bei Hegel und Marx etwa funktioniert nur, indem Erkenntnisse aneinandergereiht werden und auch die am Beginn des wissenschaftlichen Denkens schon entwickelte Schlussfolge These, Antithese, Synthese stammt von der Idee ab, das Wissen einer Evolution unterliegt. Also spricht nichts dagegen, ihn auch auf die Literatur zu übertragen. Und das auch unter den strengen Augen der literarischen Klassikliebhaber und -forscher, die moderner Unterhaltungsliteratur einen ›Fortschritt‹ wahrscheinlich eher absprechen würden, aber dankenswerterweise das Instrument der Komparatistik entwickelt haben, dass auch außerhalb der Hochliteratur zur Anwendung gebracht werden darf. Evolution hat ja bekanntermaßen nichts mit Qualität, sondern alles mit Anpassung und Diversifikation zu tun, und zumindest diese Aspekte kann man keiner literarischen Gattung absprechen, und kann sie dann auch untersuchen. Und in diesem Sinne war Tolkiens fiktionales Werk allein eine Parentalgeneration für sich, die eine reichliche Nachkommenschaft hatte und immer noch hervorbringt.

Damit stellt sich dann im weitesten Sinn eine Qualitätsfrage, nämlich die nach der künstlerischen Originalität. Künstlerisches Schaffen wird als solches zu Recht nur anerkannt, wenn eine gewisse Schöpfungshöhe erreicht ist: »Werke im Sinne [des Urheberrechtsgesetzes] sind nur persönliche geistige Schöpfungen«, sagt der Gesetzgeber (UrhG § 2, 2). Wie sieht das bei den Epigonen Tolkiens aus? Rechtlich ist in den meisten Fällen nichts zu beanstanden, auch nicht an den im Zuge der ersten Jackson-Verfilmung zuhauf publizierten Völkerromanen.[1] Trotz juristischer Wasserfestigkeit gab und gibt es jedoch oftmals einen mehr oder minder ausgeprägten moralischen haut gôut, wenn die Eleven dem Meister so eng folgen, dass sich der Verdacht mangelnder eigener Phantasie, wenn nicht gar der Trittbrettfahrerei aufdrängt.

1 Erfolgreiches juristisches Vorgehen seitens der Rechteinhaber gegen private Publikationen und solche aus kleinen Verlagen hatte zur Folge, dass Bücher eingestampft oder Geschichten aus dem Netz genommen werden mussten; die hier betrachteten Völkerromane der großen Publikumsverlage waren jedoch nicht betroffen.

Terry Brooks

Über Terry Brooks, den vielleicht bekanntesten dieser Autoren, über den Ende der 1970er, Anfang der 1980er Jahre oftmals die Nase aufgrund eines zu großer Nähe zu Mittelerde geschuldeten schlechten Ruches gerümpft wurde, möchte ich im Folgenden schreiben, auch wenn der Großteil seiner tolkienesken Werke weit vor dem Hype um die Jackson-Verfilmung erschienen ist und er strenggenommen einer anderen Autorengeneration angehört als die Schöpfer der (meisten) Völkerromane, die in den letzten Jahren seit dem Film oft mangelnder Kreativität verdächtigt werden.

Und zwar möchte ich über Brooks schreiben, um ihn vom schlechten Ruch freizusprechen. Der ehemalige Rechtsanwalt hat mit *The Sword of Shannara* 1977 wirklich ein Buch vorgelegt, das hart am moralisch, vielleicht sogar juristisch Erlaubten entlangschrammt. Aber er hat sich dann freigeschwommen und in der Folge ein erstaunliches schriftstellerisches Wachstum bewiesen. Und das führt zu der Erklärung, warum ich meine Überlegungen mit Tanzen auf den Schultern des Riesen überschrieben habe.

Es ist zugegebenermaßen eine poetisch verbrämte Sichtweise, vom Tanz auf den Schultern zu sprechen, doch das mag verziehen werden, wenn erläuternd hinzugefügt wird, dass ich mit dieser Metapher ausdrücken will, dass die Autorinnen und Autoren, die angelehnt an Vorbilder – das gilt nicht nur für Tolkien-Epigonen – kreativ werden, sich, wenn sie gut genug sind, eine künstlerische Eigenständigkeit erkämpfen können. Sie stehen dann nicht nur auf den Schultern ihrer Vorbilder, denen sie immer etwas schuldig bleiben werden, weil sie aus ihnen Inspiration, Ideen und Bilder gewonnen haben. Die besseren unter ihnen lernen zu tanzen, soll heißen, sie bringen es zur künstlerischen Autonomie der Kreation persönlicher geistiger Schöpfungen und reihen sich aus dem Recht eigener kreativer Leistungen in die große Kette der Erzähler ein. Dann sind sie, wenn auch meist mit deutlich geringerem Gewicht, ein Glied in der Kette der Künstler, die beispielsweise die Geschichte eines Genres formen. Und mehr ist auch Tolkien nicht, wenn er auch das dickste Kettenglied der Fantasy darstellt. Auch die literarischen Riesen, auf deren Schultern sich das Gros der Erzähler überhaupt tummelt, also Leute wie Dante, Shakespeare, Goethe oder eben Tolkien, sind abhängig von den Erzählerinnen und Erzählern, die vor ihnen kamen. Doch dazu gleich noch ein paar Sätze.

Ich komme zunächst zu Terry Brooks und seinem *Sword of Shannara*. Es steht im deutschen Sprachraum nicht mehr so sehr im Fokus wie andere Werke und ist ein wenig in Vergessen geraten, auch wenn Blanvalet das Buch unter dem Titel *Shannara I Das Schwert – Der Sohn – Der Erbe* noch immer im Angebot hat und es stetig Leser findet. In den USA war und ist es ein riesiger Erfolg und Terry Brooks einer der bekanntesten Fantasy-Autoren.

Die Handlung lässt sich grob so zusammenfassen: In der Welt herrscht Krieg. Ein übermächtiger Böser, der sogenannte Warlord, erstrebt die Weltherrschaft. Das hat er schon zweimal versucht, doch das erste Mal gelang es den Druiden, ihn zu besiegen. Das zweite Mal hatte er die zwar in einem heimtückischen Anschlag fast alle vorher ausgeschaltet, doch einer kleinen Gruppe von Druiden und Elfen gelang es, die freien Völker zu einem letzten Bund zu vereinigen, der mit dem Warlord fertig wurde. Diese Ereignisse werden in später verfassten Prequels erzählt, aber schon in *Sword of Shannara* skizziert, ganz ähnlich, wie die Ereignisse um den Letzten Bund von Menschen und Elben im Vorbild *Der Herr der Ringe* nacherzählt werden. Zur Zeit des einige hundert Jahre später spielenden *Sword* gibt es jedoch nur noch einen Druiden und der sucht die Brüder Shea und Flick Ohmsford auf; Achtel- oder Sechzehntel-Elfen nur, aber immerhin Nachkommen des Elfenkönigs Jerle Shannara, der den Warlord das letzte Mal besiegte. Den beiden trägt er auf, das Schwert von Shannara zu beschaffen, das als einziges in der Lage ist, den Warlord niederzuwerfen. Es sammelt sich in der Folge eine kleine Gruppe von Gefährten – zeitweise sind es sogar neun –, die den Brüdern helfen. Und nach Verrat und Aufspaltung der Gruppe und manchen Fährnissen inklusive Krieg und Höhlenwanderungen muss sich Shea, nach einem langen Marsch durch das vom Bösen verwüstete Land, dem Warlord stellen und besiegt ihn; aber nicht im Kampf, es war nur nötig, dem Warlord das Schwert zu bringen, denn der nimmt die ultimative Waffe Shea natürlich ab. Das hätte er aber besser nicht getan, denn die Berührung der Waffe krempelt sein psychisches Innerstes nach Außen und er vergeht ob der Bosheit, die er in sich selbst erkennen muss. Ein etwas elaborierteres Ende als die bloße Auflösung Saurons nach Zerstörung des Rings also.

Das ist jedoch insgesamt schon sehr eng am *Herrn der Ringe* entlang geführt. Und der groben Skizze entsprechen viele kleine Details, die man auch bei Tolkien findet. In Gestalt des Flusskönigs gibt es sogar eine Art Tom Bombadil in Shannara. So weit so ... unbefriedigend. Doch, was man schon diesem Erstling zugute halten muss, ist, dass er gut geschrieben ist. Nichts literarisch Herausragendes, aber spannende Unterhaltung. Und, wie erwähnt, von Anfang an ein großer kommerzieller Erfolg. Eine Rezensentin auf amazon.com hat den Erfolg meines Erachtens ganz gut charakterisiert: Brooks verzichtet auf all die Langatmigkeiten, die man bei Tolkien findet und bringt einfach die Action. Das Buch ist trotz der großen Nähe zum *Ring* denn auch längst nicht so umfangreich.

Der Erfolg ist jedenfalls groß und Brooks hat keine Probleme mehr zu veröffentlichen, im Gegenteil. Und so kehrt der Autor nach Shannara zurück.[2] In den 1980ern lässt er zwei weitere Weltenrettungsdramen folgen. Diese Bücher sind

2 Es ist unnötig, hier eine komplette Bibliographie von Brooks' Fantasy-Romanen aufzuführen. Zitierte Werke stehen in den Quellenangaben, komplette Listen (inkl. mittlerweile äußerst hilfreicher Angaben, in welcher Reihenfolge man die Shannara-Bücher lesen sollte) finden sich im Internet, u.a. auf Brooks eigener Website: www.terrybrooks.net/novels/. Insgesamt gibt es im Sommer 2012 acht Trilogien und eine Duologie sowie fünf Einzeltitel und eine

wieder ›fast and gripping‹, doch dann folgt in den 1990ern eine Tetralogie, in der sich andeutet, dass mehr in Brooks steckt als nur das. Es geht wieder um Shannara, aber der Fokus wandelt sich vom Weltuntergang zur Beschreibung von interessanten, endlich menschlich zerrissen wirkenden Charakteren in außergewöhnlichen Belastungssituationen. Außerdem macht er explizit, dass Shannara unsere Welt in ferner Zukunft ist. Und entwickelt dabei auch eine Kosmogonie Shannaras. Die ist zwar nur ein öder Schwarz-Weiß-Gegensatz, aber immerhin; die imaginäre Welt gewinnt jetzt deutlich an Tiefe.

Und vor dem Hintergrund, dass er beim Schreiben offensichtlich einiges über das Schreiben gelernt hat, beginnt Brooks 1997, auf den Schultern des Riesen zu tanzen. Es erscheint der erste Band der *Word & Void*-Trilogie. Das ist die Geschichte eines jungen Mädchens namens Nest Freemark, die das Schicksal um 2050 in den USA dazu ausersehen hat, den Retter der Welt zu gebären. Dummerweise wissen das nur die Dämonen, die natürlich sofort beginnen, ihr nachzustellen. Und das ist jetzt richtig gute Fantasy. In drei Büchern entgeht Nest den Nachstellungen nur knapp und weiß die meiste Zeit überhaupt nicht, worum es geht. Sehr schön zeichnet Brooks hier den Einbruch des Bösen in die normale Welt und was daraufhin an Reaktionen zu erwarten ist. Ende des letzten Buches stirbt Nest, aber das Kind ist geboren und verschwindet spurlos.

2006 erscheint mit *Armageddons Children* der erste Band der *Genesis of Shannara*-Trilogie. Hundert Jahre sind seit den Erlebnissen Nests vergangen und die Dämonen haben begonnen, die Welt endgültig zu zerstören. Es ist ein typisches *Mad-Max*-Endzeitsetting, aber gut gemacht. Nests Kind, Hawk heißt der Junge, ist ein Teenager – denn der Flusskönig hat es hundert Jahre in Schlaf gehalten, bis seine Zeit reif war – und als einziger in der Lage, die wilde Magie zu bändigen, mit der ein kleiner Rest der Zivilisation zu retten wäre. Wie schon Nest hat auch Hawk keine Ahnung von seinem Schicksal und muss in einer sterbenden Welt auf die harte Tour lernen, bis es sich erfüllt und er zum Nukleus von Shannara wird. Die Dämonen veranlassen als letzten Akt der Menschheit die gleichzeitige Detonation aller Nuklearsprengköpfe, doch eine kleine Blase aus wilder Magie irgendwo in den Rocky Mountains lässt die Vorfahren Sheas und Flicks, der Druiden und der Elfen überleben. Mit *Genesis of Shannara* hat Brooks größtmögliche Eigenständigkeit als Fantasyautor errungen. Selbst der Flusskönig emanzipiert sich zu einer interessanten Gestalt, ebenso rätselhaft wie Tom und doch ganz anders.

Nun sind die Werke von Brooks meines Erachtens *nicht* unbedingt mit modernen Genremeilensteinen gleichzusetzen, die die Fantasy in den letzten 20 Jahren weiterentwickelt haben. Etwa mit der Gerald-Saga von Andrzej Sapkowski, der Klingen-Trilogie von Joe Abercrombie oder Terry Pratchett, China Miéville, George R.R. Martin und Patrick Rothfuss. (Und diese Liste ist

Graphic Novel, die in der Welt der Shannaras spielen und sich zu insgesamt 25 Büchern summieren, während zwei weitere in Vorbereitung sind.

natürlich bei Weitem nicht vollständig; auch sind vorher erschienene Bücher, die der Fantasy neue Aspekte mitgaben, etwa Michael Moorcocks *Elric*, Stephen R. Donaldsons *Thomas Covenant* oder Ursula Le Guins *Ged*, nicht berücksichtigt.) Die genannten Bücher und Autoren gaben der Fantasy in den letzten Jahren entscheidende Impulse, während Brooks meist Durchschnitt ist und selbst in den wirklich guten *Word & Void*- und *Genesis*-Trilogien nicht zu einem der unverzichtbaren Genreautoren wird, wie die anderen es sind.

Wobei ich unter unverzichtbar Werke verstehe – das können auch Filme oder (Computer-)Spiele sein –, die bei einer Retrospektive des Genres als so stilbildend anzusehen sind, dass ein Verzicht auf sie die Geschichte des Genres und ihr aktuelles Erscheinungsbild entscheidend verändern würde.[3] Und damit sind wir wieder bei den Schultern des Riesen. Unverzichtbare Werke würden bedeuten, dass die Schultern dieser Autoren nicht mehr vorhanden wären, auf die nachfolgende Künstler sich stellen könnten. Die Schultern von Brooks sind dabei verzichtbar. Für seine Art der High Fantasy reichen inhaltlich die von Tolkien voll aus und auch für Stil und Aufbau gibt es genügend bemerkenswertere Alternativen.

Und gerade deshalb habe ich ihn ausgesucht, um ihn hier vorzustellen. Ein recht guter, unbestritten erfolgreicher Autor, der seinen Ruhm auf der Basis eines relativ ungehemmten Plagiats errichtet. Aber zumindest behandelt Brooks das, anders als mancher jüngst berühmt gewordene Plagiator, ganz offen und man kann den Beginn von *Shannara* auch als Hommage sehen. Ich persönlich neige jedenfalls nicht dazu, ihn zu verurteilen. Stattdessen habe ich ihn mit viel Spaß gelesen; fünfundzwanzig Bücher und einige tausend Seiten lang. Im Übrigen sticht Brooks aufgrund der frappant Tolkien folgenden Storyline von *Sword of Shannara* nur besonders heraus. Andere Autoren und Autorinnen folgen dem Professor mit nicht viel mehr Abstand als Brooks und finden auch ein tolerantes Publikum.

3 Wobei damit kein Qualitätsurteil verbunden ist. Rollenspiele beispielsweise haben das Genre – auch die Bücher! – ganz entscheidend geprägt, da die Art und Weise, Geschichten in deren typischer Manier aufzubauen, zu choreographieren und zu erzählen, weithin übernommen wurde, ohne dass die Geschichten unter den Labels von D&D, AD&D, GURPS oder DSA und anderen selbst im Regelfall innovativ oder literarisch bemerkenswert wären. Das gilt jedoch auf keinen Fall pauschal für deren Autoren, da es unter diesen immer wieder äußerst bemerkenswerte Erzählerinnen und Erzähler, wie etwa den allzu früh verstorbenen Ulrich Kiesow, gegeben hat und immer wieder gibt.

Begrenzte Themen, in unendlicher Vielfalt erzählt

Meine Nachsicht gegenüber Brooks ist nun eine sehr persönliche Ansicht, die ich in dem Rahmen dieser Arbeit überhaupt nur aus dem Grund vertrete, weil die Begründung für meine vielleicht ungerechtfertigte Toleranz die Große Kette der Geschichten beleuchten soll.

Ich borge mir diesen Begriff in aller Bescheidenheit aus der Antike, die die scala naturae als die Hierarchie des Seins begriff. In einem eingeschränkten Sinn, so etwa bei Arthur Onken Lovejoy zu finden, kann man sie auch als die Geschichte des Denkens ansehen (vgl. Lovejoy). So wie sich die Kette des Seins langsam knüpft, indem alles Werden sich zum Sein verknüpft – ein Vorgang recht ähnlich dem Gedanken, dass Erkenntnis durch das Klettern auf Schultern gewonnen wird –, so kann man auch die Entwicklung der Literatur in Form einer Kette beschreiben. Und in dieser Kette nimmt Terry Brooks selbst bezogen auf das kleine Teilgebiet Fantasy einen, aber keinen sehr wichtigen Platz ein. Wenn man einen roten Faden von William Morris als erstem echten Fantasyautor[4] über beispielsweise Lord Dunsany, Robert E. Howard, J.R.R. Tolkien, Mervyn Peake, Michael Moorcock, Ursula Le Guin, Stephen R. Donaldson, Andrzej Sapkowski, George R.R. Martin, Autorinnen und Autoren der »New Weird«-Bewegung, Joe Abercrombie und Patrick Rothfuss spannt, so werden wahrscheinlich nur ausgemachte Brooks-Fans seinen Namen in dieser Kette vermissen. Erzählerinnen und Erzähler stehen immer in einem Fluss von Geschichten, von dem sie auch dann abhängig sind, wenn es ihnen gelingt – was manchmal passiert –, den Fluss in eine neues Bett zu leiten.

Das Erzählen selbst war ursprünglich nichts anderes als die Repetition eines Fundus von Geschichten. Es wurden immergleiche Geschichten von einer Generation an die andere weitergereicht; nur dass es nicht wirklich die immergleichen Geschichten waren, weil kein Erzählen eine exakte Kopie des vorigen Erzählens war. Erzähler wechselten, nicht ohne ihre eigenen Nuancen hinzuzufügen, Geschichten verbreiteten sich und der Fundus wuchs und veränderte sich, weil jedes Erzählen eine Mischung aus viel Altem und ein bisschen Neuem enthielt. Und als sich in der Antike die ersten uns namentlich überlieferten Erzähler, wie Aischylos, Sophokles oder das Phantom Homer zu Wort meldeten und das Orale langsam verschriftlicht wurde, griffen auch sie auf die tradierten Stoffe zurück. Daran hat sich bis heute nichts geändert.

4 Vgl. zur Geschichte der Fantasy bspw. Weinreich, *Fantasy*, Kap. 4.

Der Venezianer Carlo Gozzi, ein Zeitgenosse Goethes, stellte einmal fest, dass es 36 Stoffe gebe, die das Drama darstellen könne.[5] Das war zwar recht willkürlich gezählt und man könnte trefflich über die genaue Anzahl streiten. Was jedoch nicht bestreitbar scheint: dass es eine endliche und sogar recht überschaubare Anzahl von Stoffen und Motiven gibt, die Erzähler erzählen wollen und die das Publikum hören, anschauen, nachspielen und lesen möchte. Man mag in den Bereichen Liebe, Freundschaft, Feindschaft, Verrat, Herrschaft, Freiheit, Lust und Metaphysik zwar noch mehr oder weniger ausgiebig differenzieren, aber das sind im Wesentlichen die Themen, die uns Menschen betreffen und interessieren, weil wir so sind, wie wir sind. Und das ist auch im Fall phantastischer Literatur nicht anders, da sie auch nur aus den Vorgaben und Erfahrungen der realen Welt erschaffen werden kann (vgl. Weinreich, *Phantastik*). Der Kanon ist nicht groß, allein die Variationen, die aus ihm zu schöpfen sind, sind unendlich.

Unendlich mit Einschränkungen natürlich nur. Im Brennglas sieht man das bei den sogenannten Groschenromanen, den Heftserien, die allein auf dem deutschen Markt dutzendfach Woche für Woche irgendetwas erzählen müssen. Da werden die Autorinnen und Autoren mit den 36 Situationen Gozzis schnell zu Wiederholungstätern. Wer solche Reihen schreibt, greift dann beispielsweise gerne zum Morphologischen Kasten und bastelt sich eine Story zusammen. Ein völlig legitimes Mittel, das auch gerne in Schreibworkshops eingesetzt wird, ohne dass deren Teilnehmer sofort entsetzt wegliefen.

Es ist nicht ganz einfach, bezüglich der Themenauswahl richtig innovativ zu sein. Die Kreativität zeigt sich denn auch mehr auf der Ebene der Umsetzung, und da ist Brooks guter Durchschnitt, auch wenn er nicht heraussticht. Bei seinen besten Büchern, den Trilogien *Word & Void* und *Genesis of Shannara,* hingegen hat er wirklich thematisch geschickt kombiniert und dann auch sehr schön fabuliert. Das gilt für *Sword of Shannara* noch nicht, aber ist mit nicht ganz so gutem Nacherzählen die Grenze des moralisch Erlaubten schon überschritten? Gut nacherzählt ist immer noch nacherzählt, aber ist es schon Plagiat? Was ist beispielsweise von Frank Schätzing zu halten? Alan Dean Foster hat 1980 den mäßig erfolgreichen SF-Roman *Cachalot* veröffentlicht. Darin geht es um die letzten Meeressäuger, die auf einen anderen Planeten verfrachtet wurden, dort gedeihen und dann auf einmal die sie behütenden Menschen angreifen, weil eine telepathisch begabte Intelligenz am Meeresgrund sie kontrolliert. Streicht man den fremden Planeten, dann hat man mit dem vorhergehenden Satz eine Zusammenfassung von Schätzings *Schwarm* geliefert, einem Buch, das sehr viel bekannter und erfolgreicher wurde als Fosters *Cachalot.* Jetzt steht Schätzing mit ungleich mehr Gewicht als Foster auf dessen Schultern. Ist das noch zulässig?

---

5 Zit. n. Frye: »[T]he entire range of dramatic possibilities could be reduced to thirty-six basic situations«; Frye 38.

Wahrscheinlich ist es eine Frage der Nähe zum Vorbild oder des Ausmaßes der Parallelen, die den Unterschied macht. Jedenfalls ist es nicht notwendigerweise eine Frage der Qualität des Autors. Wenn man sich etwa den schon zitierten Raymond Feist ansieht, so stechen zunächst seine Geschichten aus der Fantasy-Welt Midkemia ins Auge, die ihn ähnlich erfolgreich haben werden lassen wie Terry Brooks. Und auch wenn die *Midkemia-Saga* dem *Herrn der Ringe* lange nicht so eng folgt wie *Sword of Shannara*, so ist es doch eine sehr tolkieneske Saga, wie auch die anderen 21 Bücher, die in seiner Welt Midkemia spielen. Dazwischen hat Feist jedoch zusammen mit Jenny Wurts die *Kelewan*-Saga verfasst, eine stark an japanischen und konfuzianischen Vorbildern orientierte Fantasyreihe. Die ist einfach brillant. Geschrieben haben die beiden in dieser Art aber nie wieder. Es ist anzunehmen, dass das am deutlich geringeren Verkaufserfolg lag. Markus Heitz ging es umgekehrt. Erst publizierte er mit dem *Ulldart*-Zyklus eine beachtliche Fantasyreihe, dann folgten weit weniger beachtliche Romane über Zwerge und andere Völker, die ihn zum Millionär werden ließen. *Ulldart*-Qualität aber erreichte er bisher nicht wieder. Obwohl man ihm zugute halten muss, dass er immer für ein Experiment zu haben ist und sich nicht allein auf ausgetretenen Pfaden ausruht.

… nicht zu vergessen: wirtschaftliche Aspekte

Zum Schluss sind, um die Betrachtungen abzurunden, ein paar Bemerkungen zum Buchmarkt und zu den Verlagen zu machen. Der Buchmarkt, also die Leserschaft, verlangt ja selbst nach tolkienesker Fantasy – was für Tolkien, aber nicht unbedingt für die Flexibilität und Neugier der Leser spricht. Nur leicht überspitzt gesagt lässt sich konstatieren, dass das Publikum Plagiate zu lesen wünscht; mehr von dem, was man so gerne mag. Eine der häufigsten Fragen in einschlägigen Fantasy-Foren lautet: »Hat jemand Tipps für Fantasy wie …« Obwohl man auch die Leser verteidigen muss, denn die Verlage befeuern sie mit tolkienesker Werbung – oder von mir aus auch mit martinesker Werbung oder Rothfuss'scher Werbung; obwohl Tolkien sicherlich am häufigsten genannt wird, gab es doch eine Zeit, da kaum ein Buch erschien, das nicht ›den neuen Tolkien‹ feierte. Jedenfalls versuchen die Verlage, auf Nummer Sicher zu gehen, und sorgen so dafür, dass neue Ideen es nicht unbedingt leicht haben, bis zum Publikum vorzudringen.

Nun sollte nicht leichtfertig und pauschal der Stab über die Verlage gebrochen werden. Sie sind zwar Wirtschaftsunternehmen, die Geld verdienen müssen. Aber sie sind dann doch nicht allein das. Auch große Publikumsverlage wie Lübbe haben den Anspruch, Literatur zugänglich zu machen und weiterzuentwickeln sowie frische Ideen und Autoren zu fördern. Ein Dan Brown querfinanziert bei Lübbe gut und gerne ein Dutzend Experimente und unbekannte Autorinnen und Autoren, die einfach eine Chance bekommen. Doch diese Experimente müssen eben finanziert werden, und so gehen Verlage mit dem Gros ihrer

Programme keine Risiken ein. Und setzen in der Fantasy in erster Linie auf Tolkien und die Völkerromane.

Den Autorinnen und Autoren ist in diesem Spiel noch der geringste Vorwurf zu machen. Die meisten Völkerromane entstanden nicht, weil ein Autor mit auf dem Herzen brennenden Projekt an den Verlag herantrat und Talent und Überredungskünste spielen ließ. Die meisten Völkerromane entstanden als Auftragsarbeit. Verlage sprachen Autorinnen und Autoren an: »Hör mal, der Jackson macht da ein Riesending. Kannst du uns nicht was über Elfen/Trolle/Orks/Zwerge/Hobbits dazu schreiben?« Wenn wir uns vor Augen führen, dass die wirtschaftliche Situation professioneller Autorinnen und Autoren in Deutschland und anderswo mehrheitlich äußerst mau ist, wer wollte da meckern, wenn sie derartige Angebote wahrnehmen? Die allermeisten Schreibenden können vom Schreiben allein nicht leben. Wir dürfen es uns nicht zu einfach machen, Fantasyautoren mangelnde Phantasie vorzuwerfen.

Letztlich nützt und ehrt es Tolkien

Tolkien ist *der* Fantasyriese. Er wirkt wie eine Art Gravitationslinse, durch deren Filter alle nachfolgende Fantasy ging und in der einen oder anderen Art gebrochen wurde; immer aber hinterließ sein Einfluss eine Spur. Das liegt zum Ersten an seiner Qualität, aber zum Zweiten und Dritten kommen auch andere Gründe hinzu, die ich zu zeigen versucht habe. Welche Rückwirkung hat das wiederum auf ihn und sein Ansehen? Aus der Sicht eines Giganten wie Tolkien betrachtet, werden ihm nacheifernde Autoren dem Professor wohl nicht einen einzigen Leser wegnehmen, aber ihm manche Leser zuführen, die etwa über die Völkerroman-Schiene in die Fantasy hineingelangen. Seinen literarischen Einfluss und die Rolle Mittelerdes im Genre hat das wiederum nur noch gestärkt.

Solange es nicht zu dreist wird und sein Urheberrecht wirklich verletzt wird, und solange in seinem Namen nicht gegen seine Überzeugungen und Aussagen verstoßen wird (es gibt da beispielsweise ein paar sehr bedenkliche Stellen in der Jackson-Verfilmung, die ja ausdrücklich Tolkiens Geschichte *und* Spirit folgen wollte), sehe ich die tolkieneske Fantasy als Bereicherung an. Wenn selbst ein nicht so überragender Autor wie Terry Brooks auf Tolkiens Schultern zu tanzen gelernt hat und dem Genre ein, zwei schöne Bücher hinzufügen konnte, dann kann die Fantasy das nur begrüßen.

Zu des Professors Ruhm und dazu, seine Bücher weiterzuverbreiten, wie es sich auch die Deutsche Tolkien Gesellschaft auf die Fahnen geschrieben hat, gereicht das allemal.

Bibliographie

Brooks, Terry. *The Sword of Shannara*. New York: Del Rey, 1983

---. *Word & Void. Running with the Demon - A Knight of the Word - Angel Fire East*. New York: Del Rey, 1997-1999

---. *Shannara I. Das Schwert - Der Sohn - Der Erbe*. München: Blanvalet, 2003

---. *Genesis of Shannara. Armageddon's Children - The Elves of Cintra - The Gypsy Morph*. New York: Del Rey, 2006-2008

Feist, Raymond E. *Die Midkemia-Saga*. 6 Bände. München: Goldmann, 1984-1995

---/Wurts, Janny. *Die Kelewan-Saga*. 6 Bände. München: Blanvalet, 1998

Feist, Raymond E. »Unser aller Großvater. Reflexionen über J.R.R. Tolkien«. *Tolkiens Zauber*. Hg. Karen Haber. München: Heyne, 2002, 29-43

Foster, Alan Dean. *Cachalot*. München: Heyne, 1983

Frye, Northrop. *The Secular Scripture. A Study of the Structure of Romance*. Cambridge MA, London: Harvard University Press, 1976

Haber, Karen (Hg.). *Tolkiens Zauber. Essays und Erinnerungen von Terry Pratchett, Ursula K. Le Guin, George R.R. Martin und anderen*. München: Heyne, 2002

Heitz, Markus. *Ulldart - die dunkle Zeit*. 6 Bände. München: Piper, 2004-2005

Lovejoy, Arthur Onken. *The Great Chain of Being*. Cambridge MA, London: Harvard University Press, 1964

[Salisbury, Johannes von] Ioannes Saresberiensis. *Metalogicon*. Corpus Christianorum Continuatio Medievalis, 98. Hg. John B. Hall und Katharine S.B. Keats-Rohan. Turnhout: Brepols, 1991

Schätzing, Frank. *Der Schwarm*. Köln: Kiepenheuer & Witsch, 2004

Schmeink, Lars/Müller, Hans-Harald (Hg.). *Fremde Welten. Wege und Räume der Fantastik im 21. Jahrhundert*. Berlin: De Gruyter, 2012

Weinreich, Frank. *Fantasy. Eine Einführung*. Essen: Oldib, 2007

---. »Die Phantastik ist nicht phantastisch. Zum Verhältnis von Phantastik und Realität«. *Fremde Welten*. Hg. Lars Schmeink und Hans-Harald Müller. Berlin: De Gruyter, 2012, 19-35

---/Honegger, Thomas. »Die aktuelle Tolkienforschung im Überblick: Personen - Organisationen - Verlage - Werke«. *Zeitschrift für Fantastikforschung* 1 (2011): 63-89

Varia

Two Swedish Interviews with J.R.R. Tolkien

Morgan Thomsen (Högalund, Falkenberg)
& Shaun Gunner (Rustington, West Sussex)

In 1961 two young Swedish journalists in their 20s, Lars Gustafsson and Jan Broberg, independently came to England to conduct interviews with J.R.R. Tolkien in anticipation of the publication of Åke Ohlmarks' Swedish translation of *The Return of the King* (*Sagan om konungens återkomst*).

Lars Gustafsson (born 1936) had written to Tolkien "in the beginning of the summer" in 1961 (Gustafsson, *Professorn*), and Tolkien responded on 18 May 1961 saying he would be available before and including 17 June.[1]

After receiving the reply Gustafsson contacted Olof Lagercrantz, then cultural editor of the Swedish newspaper *Dagens Nyheter*, in order to submit an article. Lagercrantz was utterly skeptical towards Tolkien's novels (by the summer 1961, *The Hobbit*, *The Fellowship of the Ring*, and *The Two Towers* had all been translated into Swedish[2]), but Gustafsson nonetheless managed to get the newspaper to pay for airline tickets and visited Tolkien in his home in Headington, Oxford.

Gustafsson's interview was published in *Dagens Nyheter* on 21 August 1961, titled "Den besynnerlige professor Tolkien" ("Tolkien, the Peculiar Professor").[3] On 27 February 2004 Gustafsson published an article mainly consisting of reminiscences of the interview, titled "Professorn fick en idé" ("The Professor Had an Idea") in the Swedish evening paper *Expressen*. He remembered that:

> ... the great storyteller received me on the doorstep of his quite large house... He was much larger than what I, for some reason, had expected – an almost giant man with a sharp profile and large, powerful hands. He seldom removed the pipe he had in his mouth, which caused some trouble during the entire interview... Tolkien received me kindly, almost anxiously... He barely gave me a chance to breathe before starting to speak. It was like he really had a suppressed need to explain what he was actually doing.

1 Tolkien's letter to Gustafsson is kept at the collections of Lars Gustafsson at Uppsala University Library. See also Scull & Hammond, *Addenda* (entry for 05-18-1961).

2 For a historical account of the publication of Tolkien's works in Sweden, see Stenström.

3 In an article from 2011, Gustafsson notes that the published version of the interview was "considerably abridged" by the editors at *Dagens Nyheter*. We have been unable to establish if the original version has been archived.

Jan Broberg (1932–2012) visited Tolkien for the interview during his stay at Hotel Miramar in Bournemouth, where Tolkien also signed a copy of *The Hobbit* for Broberg. Tolkien had written to Broberg on 1 June 1961 saying he would be available in Bournemouth after 4 July (Scull & Hammond, *Addenda*).

Broberg's interview was first published in the Swedish newspaper *Kvällsposten* on 27 July 1961. A lengthier version of the interview appeared in Broberg's collection *I fantasins världar* ("In the Worlds of Fantasy"), as the chapter "Tillsammans med Tolkien" ("In the Company of Tolkien"; 93–9). According to Broberg, the earlier version of the interview was heavily edited by the newspaper (which he was unable to proofread before its publication because he had been travelling in England for the whole summer), while the later version was based both on his notes from the interview as well as the published article.[4]

It has been impossible to establish precisely when Gustafsson and Broberg conducted their respective interviews.[5] In his 2004 article, Gustafsson recalled that he had met Tolkien during the afternoon, and that the interview appeared in print after much delay on 21 August; Tolkien's letter to Gustafsson suggests that the interview was probably conducted sometime between late May and 17 June. Concerning Broberg's interview, Tolkien stayed at Hotel Miramar from 4 to 15 July (Scull & Hammond, *Addenda*; *Chronology* 576).

Neither interview was conducted with recording equipment, nor were any original transcripts kept. It is furthermore worth noting that both interviewers emphasize in their articles that the reliability of the quotes attributed to Tolkien were affected by a peculiar feature, also noted by Humphrey Carpenter: "a certain amount of what [Tolkien] said was not entirely audible to them, thanks to his speed and the pipe in his mouth" (138).

Following the interviews, Gustafsson later went on to become Professor of Philosophy at the University of Texas at Austin and one of contemporary Sweden's most distinguished novelists. Broberg would become a literary critic, author and one of Sweden's leading experts on detective stories.

This is the first time that these interviews have been translated into English, and the publication here has been authorized by all copyright holders. All footnotes to the interviews have been provided by Morgan Thomsen and Shaun Gunner.[6]

4 Private correspondence with Broberg (as of 01-20-2011).

5 Neither Gustafsson nor Broberg recall any specific dates (private correspondence).

6 We want to extend a special thanks to John-Henri Holmberg for taking on the work of translating the interviews. For help in preparing the translation and its publication, and for various comments and suggestions, we are grateful to Douglas A. Anderson, Beregond (Anders Stenström), Åke Bertenstam, G. Hussain Chinoy, Verlyn Flieger, Wayne G. Hammond, Daniel Helen, Thomas Honegger and Christina Scull.

Tolkien, the Peculiar Professor[7]

Lars Gustafsson

In front of me a man sits in a room filled to overflowing with books, prints, odds and ends, piles of manuscripts and Victorian ornaments. His features are so sharp that you might think him a bird of prey, or perhaps some kind of troll. His eyes as well are like those of a bird of prey, the one part of him not aged; theirs is a quick vigilance, perhaps also suspicion; they shyly flick away or suddenly drill into whatever he is looking at with enormous focus. He speaks in a muffled voice, a pipe constantly in his mouth; speaking to him makes you nervous, listening to his words makes you worried. He is a totally unique human being; he could serve as a warning to storytellers taking a step too far, enveloping themselves too deeply within their tale, but he could also serve as a model for everyone wanting to create story, for in his stories you find a concreteness, a hallucinatory clarity making them enter the dreams of their readers, giving new colour to all they see. And yet they are only fairy tales.

John Ronald Reuel Tolkien, exception and eccentric, England's and the world's last teller of fairy tales, or perhaps their first in a very long time, sits in front of me in his house on the outskirts of Oxford, and says:

> For many years I wrote without publishing a word. Now that I've finally begun publishing, it brings me nothing but inconvenience. There are so many letters, whole bundles of letters from people believing themselves to know better than I how my story should be interpreted, people who want to find proof in it for their belief in reincarnation, and I don't know what else. Some try to read my books as allegory. They believe them to be about the conflict between East and West, and some send me their own illustrations and suggestions for improvements. It's as if they all want to be part of it. Yes, it is strange for an old philologist to step into the literary world.

An old philologist, certainly. Tolkien is a retired professor of Celtic philology at Oxford, of a Saxon family, the son of an English banker in South Africa, an eminent scholar of Celtic and Icelandic sagas, Middle English dialects, and the

7 Originally published in *Dagens Nyheter* 08-21-1961; translated by John-Henri Holmberg. In his 2004 article, Lars Gustafsson comments that "the exceedingly skeptical title [was] a title which I, of course, had not created". The published title was coined by editor Olof Lagercrantz, while Gustafsson's original title was "Mannen från Oxford" ("The Man from Oxford"; private correspondence as of 02-10-2012).

Celtic language.[8] What has transformed him into a suddenly emerging, different and irritating literary phenomenon is the fact that just a few years ago he published a many thousand pages long epic fairy tale, *The Lord of the Rings*. Two volumes of *The Lord of the Rings* have already been translated into Swedish, and on the whole he has enjoyed an overwhelming success, almost as if what he wrote is a response to some need; he is even being translated into Polish,[9] and reviews have oscillated from fascination to irritated aversion.

The fairy tale written by Tolkien, winding its way through three thick volumes like an extended, convoluted giant labyrinth, is very strange. It is bizarre, dark, violent and in parts so softly idyllic that reading it feels like reading poetry; it is written in a heavy, powerful, slightly elderly and pedantic prose. It makes easy reading, since it is extremely exciting, and its overall character makes it extraordinarily difficult to describe. You might say that it is linked to a tradition not represented in literature since *Beowulf* and *Kalevala*, and yet there is nothing about it suggesting pastiche, nothing of a literary chamber of curiosities. It is archaic, not antiquated.

And above all it is a sample of both extraordinarily powerful and, in parts, profound storytelling.

In an academic paper on *Beowulf*, written in 1939,[10] Tolkien argues that what is absurd and bizarre in the tale is not due to ignorance or barbarism in the unknown author, but simply an artifice, a purposeful style. *Beowulf* with its quirky storytelling technique, where seemingly significant historical events are pushed out to the periphery while fanciful battles with dragons occupy the centre, where monster is piled upon monster, in Tolkien's view is an entirely purposeful work of art, and its structure makes it an effective tool in illustrating moral essentials, courage, doubt, loneliness, the struggle between good and evil.

That view is highly applicable to Tolkien's own fairy tale. It is set in a distant and unknown archaic world of other countries, mountain ranges, oceans and continents from ours. The perspective is immense, historical; the central story

8 This sentence contains a couple of factual errors, but it should be remembered that no biography of Tolkien (and little scholarly critique) had appeared by 1961. Tolkien was not "professor of Celtic philology at Oxford" but, first the Rawlinson and Bosworth Professor of Anglo-Saxon from 1925 to 1945 and the Merton Professor of English Language and Literature from 1945 until 1959, when he officially retired (Scull/Hammond, *Reader's Guide* 722, 739). In addition, Tolkien was not so much a scholar "of Celtic and Icelandic sagas" as a scholar of Old and Middle English (and there is no such thing as a single "Celtic language"; ibid.148).

9 That a Polish translation of *The Lord of the Rings* appeared remarkable in 1961 is somewhat surprising. In private correpsondence (as of 06-10-2012), Gustafsson acknowledged that this sensational portrayal of a Polish publication appears "funny" now, but that the comment was a product of its time.

10 The lecture *Beowulf: The Monsters and the Critics* was written in 1935 and/or 1936 and delivered in 1936, not 1939 (Tolkien, *Beowulf and the Critics* xxiii; Scull/Hammond, *Reader's Guide* 86–8).

arch concerns an immense struggle for power between peoples and countries, where a lost ring of tremendous magical power plays a main role. The beings featured are as alien and fascinating as the landscapes, and are portrayed with the same hallucinatory clarity. There are humans, knights and warriors, but as stylized as the pieces in a Gothic chess set. The true actors, given individual features, are all sorts of fairy creatures, evil or good; there are trolls, dwarves, a people of friendly and lovably idyllic two-foot creatures called hobbits,[11] there is a kind of ancient tree giants, and there are loathsome man-eating beings, and ghostly demons floating on the nightly air spreading their coldness to all living things. Their master is a being of condensed evil, aiming at the conquest of the world.

The story is centred on a small, insignificant hobbit, who will bear total responsibility for the victory of good. It is a tale of responsibility, of someone put to a superhuman test; a message sent us of an indefinite, archaic time in a bizarre world, but depicted so transparently and clearly that we perceive its validity; the impossibility of taking on responsibility, of being a hero.

In some parts, the fairy tale is frightening and pathologically cruel, but throughout it fascinates since every scene is unbelievably clearly visualized. Mountains and cities, forests and lakes appear before the reader's eye as if by magic. You can feel the stones pressing against your foot soles along the roads in the fairy tale world, and you believe yourself hearing the wind in trees that have never been. Tolkien even manages to evoke the impression of past; in every word uttered there is the weight of a dark and fateful past, a history or prehistory as full of dark and enchanting stories as the one you are reading, as full of the endless struggle between evil and bravery, of as great trials and failures. And while the story with its adventures, wonders and battles winds its way on, you are filled with the sense of a kind of endlessness; there is no end. It is a tour-de-force of imagination, and it shows you what a dangerous, almost extra-human force imagination can be.

The most fascinating aspect of the fairy tale is its distinct consistency. Everything is considered, every part of the story points to the same centre: the experience of carrying an unreasonable responsibility. One facet of the tale is that it makes the actors part of the situation in which they are involved; in the end, you feel more as if you had witnessed a play than heard a story. Everything Tolkien writes seems pervaded by a fundamental pessimism; his insights into power and betrayal convince you; man is caught in an absurd web of interconnections.

11 The height of hobbits is said in the Prologue to *The Lord of the Rings* to be "variable, ranging between two and four feet" (LotR 1), but Tolkien corrected this statement in a later writing (c. 1969): "the hobbits of the Shire were in height between 3 and 4 feet in height, never less and seldom more" (Hammond/Scull 4).

The old gentleman with the sharp eyes and bushy eyebrows regards me with suspicion before deciding to tell me more.

> It's all about power, of course, and about virtue struggling against power. The story is about an insignificant creature put to a test transcending his abilities, and about how that changes him, how it draws out the strength within him.

And after a further moment of thought, with much sucking on his pipe:

> Of course it is a pessimistic story. I have tried to make it timeless, to show that evil is timeless, that it prevails as often as good.

When did Tolkien begin to write? And how did he come up with such an odd idea?

> It started with languages. I was hospitalized during the First World War[12] and spent my time reading the *Kalevala*. And then I got the idea to try to do it all over, you see, to write my own fairy tale. But it would have a different atmosphere, a completely other feeling than that provided by the Finnish names. With the help of a language I made up myself, I invented new individual names; writing fairy tales and inventing languages were two favourite pastimes of my childhood. The names gave me ideas and visions. And I have continued ever since.
> This is how I work:

And he throws binders on the floor in front of my feet; maps, sketches, a photograph of the latest eruption of volcano Hekla ("Such things interest me"), talented watercolours, tables that have helped him keep track of the multitudinous characters and events in his story, schemes showing the movements of armies on a battlefield.

> The tale isn't finished, and it is longer than you believe, much longer. You must remember that I've kept at it since 1917.

And in a corner of his room he shows me a huge pile of manuscripts in folders, which I hadn't noticed before. What has been published so far comprises some three thousand pages. In this room, he keeps around fifty thousand! For a moment, I feel my whole power of comprehension rear up: how can this be

12 Or, given his age, Tolkien possibly said "the Great War" (comment Holmberg).

possible? Is the actual truth that Professor Tolkien is lost in a world of his own fairy tales since 1917, muted and blinded by an imagination akin to a force of nature? Or have I misheard him?

I hadn't misheard.

> What I have published, you see, is just a part of a much larger tale. It is very long, spanning about a thousand years. And there are so many stories. My idea is to publish most of it before I die, if anyone is interested in it. As a whole, it makes up a kind of history. I also tried to carry the story on forward in time, but I couldn't.

Why not?

> It became so dark that it frightened me.

I truly wonder how that fairy tale might have turned out. Already what I have read is sometimes immensely frightening and bleak. And he tells me a little part of the unpublished tale and his character changes as he speaks.[13] His eyes become friendlier, almost twinkling. He stops as suddenly as he began:

> Well, there are so many stories.

"There are" – he keeps using the indicative mood, as if it all really had happened. To him, his fairy tale is not literature; it is life, growing through him as a tree through a rock.

And I suspect that he considers it more real than he would like to admit. Professor Tolkien is truly a strange man. What frightens me most is the feeling of depth, the feeling of his having unlimited depths of story to draw from, or seeming to have. His problem doesn't seem to be that of other authors, that of finding a story. Obviously he is struggling not to be drowned by stories, caught in this absurd multitude.

> Of course, some have said that I am some sort of escapist, that I've remained in some sort of prolonged boyhood stage. But to write that, isn't that just an instance of plain, simple lack of sympathy?[14]

13 Tolkien possibly read (or recited from memory) an excerpt from "The New Shadow", published in PM. The unfinished story is placed "about 100 years after the death of Aragorn", and Tolkien considered it to be "sinister and depressing" (410).

14 Instead of "lack of sympathy", Tolkien perhaps said "lack of charity" (comment Holmberg).

Last of all he brought me to his window and showed me a great tree, a birch. At some point during its growth a wall had forced it aside. Now the trunk grew in a strange curve, warped and slanting.[15]

In the Company of Tolkien[16]

Jan Broberg

Outside the small Bournemouth hotel stands a garden hammock. In it sits Professor John Ronald Reuel Tolkien, author of the great *Lord of the Rings* trilogy,[17] gazing far out to sea. In a sense, talking to Tolkien is hard; he constantly keeps his pipe in his mouth, and his replies to my questions are sometimes muffled. Now and then he throws me a sharp glance before again allowing himself to be captured by the glittering waters in front of us.

The Lord of the Rings is, in fact, made up of three parts: *The Fellowship of the Ring*, *The Two Towers*, and *The Return of the King*. It was initially published from 1954 on and was translated into Swedish by Åke Ohlmarks in 1959–1961. However, a preface to this major work was published already in 1937, in the form of a fairy tale mainly intended for children, *The Hobbit* (*Bilbo - en hobbits äventyr* 1947).[18] Already there the backdrop to the dramatic events of *The Lord of the Rings* is sketched.[19]

> The fairy tale as a form of expression has fascinated me for many, many years", he says thoughtfully. "For a long time I wrote without thinking of publishing any of what I put down, a number of letters from Father Christmas to my children and other things. Very early I was enthralled by works such as *Beowulf* and the *Eddas* and by different languages - I even invented languages of my own ...

15 In his 2004 article, Gustafsson recalls that: "I vividly remember the end of this interview: Tolkien took me to a window and showed me a giant tree on the neighbouring plot. I recall it as being a birch, which for me now seems unlikely in Oxford. But perhaps it was a birch. At some point during its growth a wall had forced it aside. Now the trunk grew in a strange curve, warped and slanting, yet triumphant".

16 Originally published as a chapter in *I fantasins världar*; translation Holmberg.

17 As Douglas A. Anderson has commented, *The Lord of the Rings* is "not a trilogy, but a single novel, sometimes published in three volumes" (314).

18 Broberg uses the 1962 title (Britt G. Hallqvists's translation). The title of the 1947 translation by Tore Zetterholm was *Hompen, eller En resa dit och tillbaksigen*.

19 In his 1961 article, Broberg added: "When it was clear to him that he wanted to write a sequel, it seemed natural to build it upon the wonderful ring that falls into the hand of Mr. Bilbo Baggins in *The Hobbit*. This is thus how *The Lord of the Rings* came to be".

Before going on, he sucks for a while on his pipe, which has almost gone out.

> My fairy tales have occupied me for thirty or forty years ... I suppose it is evident that I'm a philologist, but I'm also quite interested in history and geology,[20] and I suppose that shows as well in *The Lord of the Rings*, doesn't it? The land where the events are set isn't necessarily England, but climatically it is certainly placed in Western Europe ... Though I was born in the Orange Free State and actually have always felt a stranger to England and English nature ...[21]

Tolkien doesn't believe himself to have been directly influenced by other writers, and he stresses that there are no links between *The Lord of the Rings* and, for instance, Lewis Carroll's *Alice in Wonderland* or the *Narnia* books by C.S. Lewis.[22] Though he and Lewis often met during their years in Oxford, and discussed their respective work, a fact he by no means wants to deny. I take the opportunity of adding the name of William Morris to the conversation, as Morris in the mid-1890s wrote a huge fantasy novel, *The Well at the World's End*, with a convoluted plot built around a quest in an if not similar at least related fashion, and where one of the evil characters standing in the way of the protagonist bears the to Tolkien's readers suggestive name of Gandolf.

But Tolkien just snorts – clearly he feels no great sympathy for Morris. And he acidly points out that the name Gandalf – that of the great wizard in *The Lord of the Rings* – is one you can find in, for instance, the *Eddas*. When I try to add other fantasy authors to the discussion, he just shakes his head – to a single name

20 One would perhaps expect Tolkien to have said "history and geography". It is unlikely an editorial error, since Broberg's 1961 article also has "geology".

21 If Broberg heard correctly, it is certainly a remarkable statement that Tolkien "felt a stranger to England and English nature". For an account of Tolkien's strong identification with England and the English, see Scull & Hammond, *Reader's Guide* (244–8).

22 This whole paragraph was preceded in the 1961 article by a section entirely removed from the later version:
"Some critics have wanted to designate *The Lord of the Rings* as some kind of science fiction. This is certainly wrong! However, there is reason to classify the work under the heading of 'Fantasy fiction'. And Tolkien himself, who is fascinated by both science fiction and fantasy fiction, having read both Ray Bradbury and Arthur C. Clarke, wants to define the two concepts in the following way: science fiction deals with the future or even contemporary times, while fantasy fiction often takes place in the past. Besides, those who are intrigued by the chronology of *The Lord of the Rings*, are advised to acquaint themselves with the appendices found in *The Return of the King*, the third and final part of the trilogy, finally coming in a Swedish translation this autumn. These appendices also contain genealogies, pronunciation rules and a history of languages, which incidentally is the special domain of Tolkien. But philology is not the only one of Tolkien's interests".
From here followed roughly the section "... I'm a philologist, but I'm also quite interested in history and geology", found in the 1985 article.

he reacts positively, that of H. Rider Haggard, the English adventure writer, who in the late 1800s became famous for novels such as *King Solomon's Mines*, and *She*. Apparently, it is to the latter novel Tolkien has taken a fancy ...[23] But in contrast, he speaks at length about his love for the Finnish *Kalevala* epic.

The Lord of the Rings can be viewed as a depiction of evil and the power of evil, personified in Sauron, the ruler of Mordor. He has lost a ring that he himself has forged and which would give him the means to conquer the entire world. If he can find it again, he will also have a good chance of reaching his goal. He manages to trace the ring to the Shire, where the hobbits live. The ring must be destroyed far within Sauron's own lands, and a few hobbits, foremost among them Frodo, with the help of Gandalf manage to complete this task and to undo Sauron's plans. The ring itself radiates a kind of evil – the more you use it to make yourself invisible, the more you thirst for power. But the hobbits transcend themselves and do not let themselves be corrupted by the ring and its qualities.

As is evident even from this brief summary, it might easily be thought that *The Lord of the Rings* is an allegory. Essays and reviews, not least in Sweden, have claimed that you can read the book as an account of the political tensions of our time, of the Cold War, of the conflict between East and West.

"Rubbish!"[24] Tolkien mutters and sucks angrily at his pipe. "If an allegory is to exist at all, the author from the beginning and throughout must be aiming at creating one. But I have certainly never even thought of writing an allegory ... I simply like exciting stories, and in this case it was the story itself that interested me!"

When I bring up the fact that a Swedish critic has found it reasonable to conclude that *The Lord of the Rings* was inspired by the loss of childhood, both by the author and by humanity,[25] Tolkien for the first time removes his pipe from his mouth, laughs out loud and says that by all means he wishes that he had behaved better at certain times during his childhood, but that he would not for anything want to return to that period.

Others have often pointed to the elements of terror in *The Lord of the Rings*, and some have claimed that they are so chilling that it is reasonable to assume for them to have some basis in reality.

23 See *Rateliff* (145–61) for a detailed account of possible parallels between Tolkien's works and Haggard's *She*.

24 The English word "Rubbish!" is used in the original text.

25 The critic's name is Erik Ryding; see the chapter "Trollkarlens återkomst" ("Return of the Wizard") in *Ryding* (122). For a note on Ryding and Tolkien, see Scull/Hammond, *Chronology* 575.

"Certainly not! I'm not particularly afraid of anything", he mumbles from one corner of his mouth while trying to light his pipe again and simultaneously peering at me from under his bushy eyebrows, as if wanting to see if I believe him.

"But oh yes!" he adds, so suddenly that I almost flinch. "I don't like spiders. It's not a pathological fear, but I'd much rather not have anything to do with them."[26]

How does Tolkien himself view his great work?

To that question he replies evasively, mainly referring to his paper *On Fairy-Stories*, initially written already in the 1930s and currently available in a book called *Essays Presented to Charles Williams*. In it, Tolkien examines the origin and character of fairy tales, and among other things stresses that fairy tales are not and should not be a literature specifically intended for children. When reading a fairy tale you are caught by the illusion that what happens in it is true and real, but still more important, according to Tolkien, is that the reader understands who is evil and who is good, and that the fairy tale has what you might call a comforting function, delivers a happy ending. Fantasy, recovery, and escape from reality you get in the bargain.

Certainly *The Lord of the Rings* encompasses all that, but it can't hurt stressing that it is really a pessimistic tale, even while simultaneously celebrating traits such as responsibility, loyalty and courage. Good, in the characters of Frodo and Gandalf, does prevail, but evil is not permanently extinguished.

"Evil is timeless!" Tolkien sighs, and in passing mentions that *The Lord of the Rings* is only a small part of a much longer work. But he will say no more about that.

The afternoon shadows have grown long, and it is time to part.

Tolkien remains sitting in the garden hammock, unmoving, silent, as if sculpted from wood, sucking his pipe and with his gaze fixed on the horizon, where sea merges with sky.

A prisoner of his own fairy tales …

26 In the 1961 version, Broberg added the following comment concerning Tolkien's fear of spiders: "When Tolkien so says, one almost automatically gets in mind the nasty chapter 'Flies and Spiders' from *The Hobbit*."

Bibliography

Anderson, Douglas A. "The Mainstreaming of Fantasy and the Legacy of *The Lord of the Rings*". *The Lord of the Rings 1954–2004*. Ed. Wayne G. Hammond & Christina Scull. Milwaukee, Wisconsin: Marquette University Press, 2006, 301–15

Broberg, Jan. *I fantasins världar* ["In the Worlds of Fantasy"]. Göteborg: Zindermans, 1985

---. "'*Sagan om ringen*' ingen allegori: ff-författaren vill ge avkoppling" ["*The Lord of the Rings* is no Allegory: The Author of F[antasy] F[iction] Wants to Give Relaxation"]. *Kvällposten* (Malmö) 07-27-1961
[Quotes from the article translated by Morgan Thomsen and Shaun Gunner]

Carpenter, Humphrey. *The Inklings: C.S. Lewis, J.R.R. Tolkien, Charles Williams and Their Friends*. London: HarperCollins, 2006

Gustafsson, Lars. "Näbbar och klor" [fig. "Tooth and Nail"]. *Expressen* (Stockholm) 06-14-2011, 6–7

---. "Professorn fick en idé" ["The Professor Had an Idea"]. *Expressen* 02-27-2004: www.expressen.se/kultur/professorn-fick-en-ide/
[Quotes from the article translated by Morgan Thomsen and Shaun Gunner]

---. "Den besynnerlige professor Tolkien" ["Tolkien, the Peculiar Professor"]. *Dagens Nyheter* (Stockholm) August 21, 1961[4]

Hammond, Wayne G., and Christina Scull. *The Lord of the Rings: A Reader's Companion*. London: HarperCollins, 2008

Rateliff, John D. "*She* and Tolkien, Revisited". *Tolkien and the Study of His Sources: Critical Essays*. Ed. Jason Fisher. North Carolina: McFarland & Company, 2011, 145–61

Ryding, Erik. *Djävulens nya kläder* ["The Devil's New Clothes"]. Stockholm: Natur och Kultur, 1961

Scull, Christina, and Wayne G. Hammond. "Addenda and Corrigenda to *The J.R.R. Tolkien Companion and Guide* (2006) Vol. 1: *Chronology*". Website of Wayne G. Hammond & Christina Scull: www.hammondandscull.com/addenda/chronology.html (05-06-2012)

---. *The J.R.R. Tolkien Companion and Guide*. Vol. I: *Chronology*. Vol. II: *Reader's Guide*. London: HarperCollins, 2006

Stenström, Anders (Beregond). "Tolkien in Swedish Translation: from *Hompen* to *Ringarnas herre*". *Translating Tolkien: Text and Film*. Ed. Thomas Honegger. Zurich/Bern: Walking Tree Publishers, 2004, 115–24

Tolkien, John Ronald Reuel. *Beowulf and the Critics*, Revised Second Edition. Ed. Michael D.C. Drout. Tempe, Arizona: Arizona Center for Medieval and Renaissance Studies, 2011

---. *The Lord of the Rings: 50th Anniversary Edition*. London: HarperCollins, 2004

---. *The Peoples of Middle-earth*. Ed. Christopher Tolkien. London: HarperCollins, 2002

Zusammenfassungen der englischen Beiträge

The Lord of the Rings und *Memorias de Idhún*: von einem männlichen zu einem weiblichen Imaginarium

Natalia González de la Llana

Beim Vergleich von Tolkiens Trilogie *The Lord of the Rings* und dem Werk *Memorias de Idhún* (*Geheime Welt Idhún*) der spanischen Autorin Laura Gallego fällt auf, dass die weiblichen Charaktere in der zweiten Erzählung eine weitaus wichtigere Rolle übernehmen, als sie sie bei Tolkien innehaben. Gallegos Trilogie unterscheidet sich von der Tolkiens nicht nur in der Zahl weiblicher Charaktere oder deren Handlungen, sondern eher in ihrer gesamten symbolischen Bedeutung.

Mit Gilbert Durand, der in *Die anthropologischen Strukturen des Imaginären* eine bemerkenswerte Theorie zum Thema der Imagination vorschlägt, kann Tolkiens Roman durchaus in die Kategorie der »Ordnung des Tages« aufgenommen werden: Diese kennzeichnet sich nicht nur durch die Antithesen Gut-Böse, Licht-Dunkel usw., sondern ist zudem mit Symbolwerten des Männlichen verbunden. Im Vergleich dazu würde man Gallegos Opus der »Ordnung der Nacht« zuordnen, in der sich Gegensätze im Einklang verschränken und die als Imaginationsordnung des Weiblichen verstanden werden kann.

Mit Blick auf die Natur und die Wurzeln des Genres, das literarische Klima, in dem Tolkien rezipiert wurde, sowie seine eigenen Absichten aus der Perspektive einer Kritikerin/Autorin untersucht dieser Beitrag, welche Erwartungen Tolkien dem Genre aufgebürdet hat und inwieweit es seinen literarischen Abkömmlingen möglich ist, in seinem Schatten (oder von diesem weg) zu schreiben. Der Aufsatz verfolgt die Beziehungen zwischen Einfluss und Originalität, indem Tolkiens hohe Ziele der Zweitschöpfung und Eukatastrophe untersucht werden und gefragt wird: Sind diese Dreh- und Angelpunkt der Fantasy? Und was konstituiert letztlich Tolkiens Vermächtnis gegenüber dem Genre, das er wiederbelebt hat?

Der »Ordnung des Tages« schreibt Durand drei in sich kontrastierende Symbolkategorien zu: theriomorphische-diäretische, nyktomorphische-spektakuläre und katamorphische-aszensionale Symbole. Anhand von Tolkiens *The Lord of the Rings* sucht der Artikel die genannten Paarungen zu analysieren. Während der männliche Held (Aragorn) mit seinen spitzen Waffen gegen das grausame Tier (Ork) kämpft, wird die Opposition von Gut und Böse in Bildern des Lichts und der Dunkelheit bzw. des Aufstiegs und des Falles kontrastiert.

Im Interpretament der »Ordnung des Tages« finden sich zahlreiche Inversions-, Intimitäts- und Zyklussymbole, wobei für die Interpretation der *Memorias de Idhún* letztere die bedeutungsreicheren sind. Symbole wie etwa der Mond oder die Vegetation, die zu einem weiblichen Prinzip, Periodizität und Erneuerung, verbunden sind, werden bei Gallego beispielsweise in der Figur Victorias dargestellt. Die Gegensätze, auf die man in *The Lord of the Rings* trifft, lassen sich auch zu Beginn dieser Erzählung finden. Dort erscheinen die Charaktere als gut oder böse, doch ändert sich der Handlungsverlauf zu einem bestimmten Zeitpunkt und der Leser merkt, dass die Trennung zwischen beiden Extremen doch nicht so eindeutig ist, wie sie anfangs erscheint. Die *coincidentia oppositorum*, die für die »Ordnung der Nacht« typisch ist, liegt der symbolischen Struktur des Werkes zugrunde.

Die innere Folgerichtigkeit der Realität: J.R.R. Tolkien, Flannery O'Connor, Michael D. O'Brien und Jonathan Franzen

Guglielmo Spirito & Emanuele Rimoli

Tolkien definiert seine eigene Theorie über das, was Fantasy erreichen kann, indem er das aufnimmt und weiterführt, was er »Chesterton'sche Phantasie« nennt: die plötzliche Realisierung des Bekannten, als ob es zum ersten Mal gesehen würde; die Befremdlichkeit von Dingen, die plötzlich aus einem neuen Blickwinkel gesehen werden. Fiktion hilft – in der Form der phantastischen Wiederschöpfung der Welt – beim Wiedererlangen einer klaren Sicht, bei der Offenbarung der Geschöpflichkeit der Welt und bei der zweitschöpferischen Berufung des Künstlers, sie erneut zu machen. Denn für den Schriftsteller ist die Bedeutung die gesamte Geschichte, weil es eine Erfahrung und keine Abstraktion ist: Er spricht *mit* Charakter und Handlung und nicht *über* Charakter und Aktion. Er zeigt Geheimnis durch das Verhalten, Gnade durch Natur. Dies in einer Welt, wo etwas offensichtlich fehlt, und Gut und Böse erscheinen oft in einer unerwarteten, grotesken Verkleidung.

Diese von Tolkien selbst vertretene Vision wird von drei großen modernen Autoren auf unterschiedliche Weise geteilt: von den Amerikanern Flannery O'Conner (1925-1964) und Jonathan Franzen (1959-) sowie dem Kanadier Michael D. O'Brien (1948-).

In diesem Beitrag wird untersucht, welches Gewicht diese geteilte Vision für sie hatte (oder nicht) und welchen Einfluss Tolkien auf die Formung der Fiktion der anderen gehabt haben könnte.

Ein altes Licht wieder entzündet: Tolkiens Einfluss auf die Fantasy

Anna Thayer (née Slack)

> [We] had been granted some spark of fire... that was destined to kindle a new light, or, what is the same thing, rekindle an old light in the world.[1]

Das Fantasy-Genre war lange Zeit Objekt von Ehrfurcht, Verehrung, Ekel und Abscheu in gleichen und diskriminierenden Maßen. Das Genre gibt es so lange, wie die Menschheit Geschichten erzählt, und führt eine Vielzahl erwarteter Tropen, Topoi, Stereotypen und Themen mit sich. Wenn man einen zeitgenössischen Leser fragt, wer der »Vater der Fantasy« sei, wird man fast zweifelsfrei den Namen J.R.R. Tolkien hören. Aber ist er ein Einfluss oder ein Virus?

1 Carpenter, Humphrey (Ed.), *The Letters of J.R.R. Tolkien*, London: HarperCollins, 1995

Summaries of the German Essays

On the (Im-)Possibility of Proving Literary Influence

Thomas Fornet-Ponse

This article deals with the hermeneutical question at the basis of all contributions: if and in what way is it possible to prove literary influence? After discussing the theoretical approaches of Harold Bloom and Göran Hermerén, their criteria are applied to the question of Tolkien's influence on the genre Fantasy. Bloom (especially in *The Anxiety of Influence*) develops his basic thesis of the anxiety of influence on the literary history of the last centuries and argues for six different revisionary ratios which are performed by an influenced poet. While he thus stresses the influence of a particular poet on another particular poet, Hermerén includes the influence of an author on a genre by analysing many claims of influence in art and literature and thus devising his theory of what is literary influence, what conditions have to be fulfilled and how its intensity can be measured.

Looking at the question of Tolkien's influence on the genre Fantasy: if Hermerén's five conditions (two temporal requirements, the requirement of contact, the requirement of similarity and the requirement of change) are fulfilled, one can speak of an influence of Tolkien on Fantasy (or on a particular author). This presupposes nothing about the kind and depth of this influence. But the results of an analysis following this criteriology are helpful insofar as they provide information on the workings by which Tolkien has influenced the genre, on similarities and differences showing the direction of this influence. Of special importance are changes as they point to the extent of Tolkien's influence on Fantasy, with their size, probability, extent, importance and duration.

"Monsters", Fashions and Money

Friedhelm Schneidewind

Over the last ten years, fantasy print runs have been appropriated by "Tolkien's Races" time and again, assimilated in more or less successful novels. The term *Völkerromane* has entered the German vernacular for these novels about a particular fantasy race. In this article, the development of the subgenre—which is difficult to define but can be narrowed down by examples—is described and analysed from different vantage points: literary, historical, economical and from a PR- and marketing point of view. The initial analysis focuses on how much of the success of the *Völkerromane* is based on "true" needs of the readership and how much is based on marketing techniques and mechanisms (the basics of which are explained). A significant factor is, among other things, the product variation in publishing houses, especially the diversification technique. Another important factor is the catchword "new" in advertising, the significance of which can be seen in other art genres as well. For the *Völkerromane*, a link with the familiar needs to be stressed. The analysis goes on to highlight which ramifications the success of the *Völkerromane* has had on German fantasy literature: on writers, publishers and readership. Famous authors disclose information about Tolkien's influence on their own work, the development of fantasy in the past and future and about the extent to which tolkienesque "mass production" prohibits or facilitates more innovative, ambitious works.

The Character Configurations in *The Lord of the Rings* and *Harry Potter*

Anja Stürzer

Based upon a structuralist reading of oppositions, this paper examines the constellations of characters in J.R.R. Tolkien's and J.K. Rowling's novels, comparing content similarities, shared traditional symbols and themes the texts have in common.

While Rowling has repeatedly denied any substantial influence *The Lord of the Rings* might have had on her *Harry Potter*-Novels, and while the two texts are indeed dissimilar on the surface, significant similarities can be shown: both between the underlying value systems and between the character constellations of the texts. In other words, similar themes such as Friendship, Loyalty, Duty, Pity, Self-Sacrifice or Choice are treated using similar characters or groups of characters.

Furthermore, both novels organize their sets of characters according to similar moral and social categories. The basic opposition informing the moral axis can be shown in both texts to be the opposition of selflessness vs. selfishness. With regard to social stratification and status, the political and private groups within the magical world of HP correspond to the different peoples of Middle-earth. In both novels, there is the central opposition between powerful magical people and ordinary 'small' heroes, as well as a secondary opposition between groups of people (and beings) with different outlooks on the use of power ('Nature' vs. 'Machine' in LotR; 'Gryffindor' vs. 'Slytherin' in HP). The inner relations within many of these character groups are comparable in both texts as well, as witnessed by parallel instances of the common motif of 'Marriage' and by an analysis of analogical 'Traitor'-characters in the novels.

The many structural analogies and the considerable amount of detailed similarity between the two novels can hardly be exclusively explained by the common genre or the literary traditions both authors share. Rather, they point to a profound influence of Tolkien on Rowling, which has hitherto gone largely unremarked.

Dancing on the Giant's Shoulders

Frank Weinreich

The great success of Middle-earth has not only led to fantasy as genre being acknowledged by a far greater audience, but also had massive influence on following genre-writers. The influence went so far as to manifest itself from time to time in stories with little independence, or even plagiarizations. This article argues that even stories with a plot situated in close proximity to Tolkien must not necessarily be regarded as a violation of copyrights, but may just as well turn out to be the starting point of a writer's career of growing independence.

This will be shown by the example of the novels from the imaginary world of Shannara by American author Terry Brooks. Furthermore it will be argued that the evolution of the fantasy genre happened along a string of (arche-)typical motives and scenarios, which demonstrate the dependencies of authors from traditional storytelling without leading to a prima facie debasement of their creative accomplishments.

Reviews / Rezensionen

Margaret Hiley: *The Loss and the Silence. Aspects of Modernism in the Works of C.S. Lewis, J.R.R. Tolkien & Charles Williams*

Zürich + Jena: Walking Tree Publishers, 2011, 256 Seiten

Tolkien und der Modernismus beziehungsweise die literarische Moderne ist eines der Themen, die die jüngere Tolkienforschung seit knapp zehn Jahren intensiv beschäftigt. Angefangen mit einem kurzen Unterkapitel Tom Shippeys in *J.R.R. Tolkien. Author of the Century* (2000), dass Tolkien und diese literarische Strömung nicht notwendigerweise inkompatibel sein müssten, war es zuerst Mortimer Patchen, der 2005 mit seinem Aufsatz *Tolkien and Modernism* eindrücklich aufzeigte, wie sehr Tolkien doch in seiner Zeit verwurzelt und dadurch mit der modernistischen Literatur verbunden gewesen war. Vor allem in Thomas Honeggers und Frank Weinreichs Doppelband *Tolkien and Modernity* (2006) wurde in 16 Aufsätzen Tolkiens Verbindung zur Modernität an sich und zur literarischen Strömung des Modernismus weiter erforscht; einen dieser Aufsätze hatte Margaret Hiley beigesteuert.

In ihrer Monographie *The Loss and the Silence* geht sie nun abermals auf die modernistischen Bezüge von Tolkiens Werken ein, betrachtet in diesem Zusammenhang aber zwei weitere Fantasy-Autoren und Mitglieder der Inklings: C.S. Lewis und Charles Williams. Diesen drei Autoren werden in drei großen Kapiteln einerseits das modernistische Themen-Triptychon »Krieg«, »Geschichte« und »Sprache«, andererseits die modernistischen Schriftsteller David Jones, W.B. Yeats und James Joyce gegenübergestellt. Bereits die zu betrachtenden Paare Williams und Jones im Kapitel »Krieg«, Tolkien und Yeats in »Geschichte« sowie Lewis und Joyce unter »Sprache« mögen auf den ersten Blick ungewöhnlich erscheinen. Hiley entschied sich jedoch bewusst für diese Aufstellung, denn »[these choices] have been made so as to testify to the great range within the works of all these authors, a range so great that shared concerns can be deteced between the most diverse of them« (5). Im Laufe ihrer Arbeit vergleicht sie anhand dieser Gegenüberstellungen den Modernismus mit Fantasy-Literatur im Allgemeinen und kommt im abschließenden Kapitel diesbezüglich zu interessanten Ergebnissen.

Im ersten Kapitel gibt Hiley einen Überblick über strukturelle Charakteristika modernistischer Literatur. Die Hauptmerkmale dieser Strömung, so Hiley, lassen sich in den Aspekten des Kriegs, der Geschichte und des Mythos sowie der Sprache zusammenfassen, die grundlegend und kohärenzstiftend für die literarische Moderne waren. Im Anschluss betrachtet sie die Inklings und modernistische Autoren unter zwei Gesichtspunkten: Einerseits zieht sie biographische Verbindungen zwischen den Leben einiger Modernisten und der Inklings und kommt zu dem Schluss: »To portray the Inklings as enclosed in Oxford and the modernists as of London and the rest of the world but *not* of Oxford is to give a false picture of both groups of writers« (20). Andererseits verweist sie auf literarische Parallelen zwischen den Werken dieser beiden Gruppen und wird auch hier zuhauf fündig, denn »modernism and fantasy are literatures full of tension and full of paradoxes; they are literatures born of the same historical situation and reflecting similar concerns« (32).

Im folgenden Hauptteil widmet sich Hiley in jeweils drei einzelnen Kapiteln den Themen »Krieg«, »Geschichte« und »Sprache«, wobei sie sich in jedem dieser Abschnitte zunächst eingehend damit beschäftigt, inwiefern das spezielle Thema die Werke der Modernisten und Fantasy-Autoren prägte und wie diese darauf reagierten. Anschließend betrachtet sie jeweils die Werke zweier Schriftsteller dieser beiden Gruppen genauer und behandelt zusätzliche Aspekte, die mit dem jeweiligen Themenkomplex in Verbindung stehen. Im Folgenden werden die Zusammenfassungen der Kapitel über Charles Williams und C.S. Lewis etwas kürzer gehalten als das über Tolkien.

Im ersten Kapitel dieses Hauptteils erarbeitet Hiley die Bedeutung von Krieg für die Literatur der Modernisten und Inklings insofern, als dass der Erste Weltkrieg ein einschneidendes Erlebnis für alle Schriftsteller dieser Zeit war. Als Folge dessen war sowohl für Charles Williams als auch für David Jones arthurischer Stoff ein Mittel, um in ihren Werken (Williams' *Taliessin through Logres* und *The Region of the Summer Stars*, Jones' *In Parenthesis*) den zyklischen und unkontrollierbaren Charakter des Krieges darzustellen. Dies taten sie, indem sie sich auf die keltische Tradition des Arthus-Mythos beriefen und ihn in erster Linie als Literatur der Niederlage verstanden.

Zusätzlich zu diesen Betrachtungen werden vier dem Krieg zentrale Themen von Hiley genauer betrachtet: 1. das öde Land (waste land), das durch den Einfluss des Krieges unbewohnbar wurde; 2. die Körper verwundeter und gefallener Soldaten; 3. Helden, wie sie in vor-modernistischer Literatur noch häufig und danach kaum noch zu finden waren; 4. der Verlust der Sprache und Ausdrucksfähigkeit, die bei Williams und Jones vor allem an solchen Stellen gut sichtbar wird, in denen Gottesdienste mit einer traditionellerweise ritualisierten Sprache vorkommen.

In dem Teil der Abhandlung, der sich mit Sprache beschäftigt, befasst sich Hiley zunächst mit deren Bedeutung für die Fantasy-Literatur und die damit zusammenhängenden Sekundärwelten sowie für die literarische Moderne und die damit einhergehenden Sprachverlust und Sprachkritik: Während Sprache in fantastischen Sekundärwelten vor allem seit Tolkien ein wichtiges Mittel dafür war, diese Welten mit ihren verschiedenen Völkergruppen so authentisch wie möglich erscheinen zu lassen, wird sie dort dennoch gleichzeitig, wie auch in modernistischer Literatur, ad absurdum geführt, wenn beispielsweise am Ende von *The Lord of the Rings* klar wird, dass der Roman eigentlich nur eine Übersetzung aus einer anderen Sprache ist. Dann stellt Hiley die Experimentierfreudigkeit der Schriftsteller mit Sprache heraus, die sowohl bei James Joyce in *Dubliners*, *A Portrait of the Artist as a Young Man*, *Ulysses* und *Finnegan's Wake* als auch bei C.S. Lewis in seiner Weltraumtrilogie und in *Chronicles of Narnia* zu finden ist. Zusätzlich geht sie auf die grundlegende Bedeutung der Sprache für Modernisten und Fantasy-Schriftsteller ein, die sich in der Verwendung und Umformung von Mythen zeigt, in der Erschaffung und Kontrolle der innerliterarischen Welt unter anderem durch die Stimme des Erzählers, in der Frage nach dem Verhältnis zwischen Sprache und dem Sündenfall sowie in der Beziehung zwischen Sprache und der Suche nach Identität und dem Gefühl von Exil.

Das zweite Kapitel des Hauptteils befasst sich mit Tolkiens und Yeats' Zugang zu Geschichte und Mythos. Zunächst geht Hiley auf das ambivalente Verhältnis der Modernisten gegenüber der Geschichte ein und wie sehr sie sich einerseits als unabhängig von vorhergehenden geschichtlichen Entwicklungen sehen wollten, andererseits dieser Zeit jedoch nicht entfliehen konnten, so dass sie sich in ihren Werken oft auf eine weit zurückliegende Vergangenheit beriefen. Im Anschluss werden Yeats' und Tolkiens Geschichtskonzeptionen erläutert, die in modernistischer Literatur einzigartig, aber nicht ungewöhnlich sind: Yeats sah die Geschichte in zwei Spiralen (gyres) ablaufen, von denen eine wächst, während die andere abnimmt und dies immer wieder von vorne beginnt; im Gegensatz dazu war Tolkiens Geschichtsverständnis, wie er es in seinen Werken über Mittelerde präsentiert, zyklisch und abfallend und kann am besten in Form einer sich nach unten hin ausweitenden Spirale dargestellt werden. Schließlich werden Tolkiens und Yeats' Verständnis von Mythos betrachtet und wie sehr sie sich ähneln: Beide Autoren verwendeten, wie viele andere Modernisten, Mythen, um unter anderem historische Gegebenheiten absolut zu machen und dadurch gleichzeitig als zeitlos darzustellen. Sowohl bei Tolkien als auch bei Yeats sind Vergangenheit und Gegenwart auf ihre jeweils eigene Art und Weise so in ihren Werken eingebettet, dass modernistische kosmische Modelle innerhalb ihrer innerliterarischen Realität entstehen. Gleichfalls setzten sich Tolkien als auch Yeats und einige andere Modernisten eine nationale Geschichte als Leitmotiv, die bei Yeats durch irische Mythologie, bei Tolkien durch eine Vorgeschichte für England ausgedrückt werden sollte. Doch »[b]oth writers' myth, attempting to contain history, fail in the face of its reality« (133). Zudem weist Hiley in den Werken beider Schriftsteller und unter Berücksichtigung anderer Fantasy-Autoren und Modernisten nach, dass diese beiden die typisch modernistische Ambivalenz gegenüber Zeit und Geschichte teilten. Als letzten Aspekt geht Hiley auf den sogenannten »Late Style« nach Theodor Adorno und Edward Said ein, den sie bereits in ihrem Aufsatz in *Tolkien and Modernity* vorstellte: Kennzeichen dieses »späten Stils« sind, laut Adorno und Said, unter anderem der Anschein, als ob die Werke nicht erschaffen wurden, sondern von sich aus entstanden seien, eine ständige Beschäftigung mit Niedergang, Verlust und Tod sowie eine nicht überbrückbare Spannung. Da diese Aspekte auch in der literarischen Moderne zu finden sind, seien somit, laut Said, alle modernistischen Werke »spät«. Auch in diesem Fall findet Hiley Merkmale für diese Charakteristika in den Werken beider Autoren.

Fantasy und Modernismus werden im abschließenden Kapitel der Monographie behandelt und verglichen. Hier kommt Hiley zu dem Ergebnis, dass sich die literarische Moderne und die Fantasy-Literatur in vielerlei Hinsicht ähneln: Sowohl die Strömung als auch das Genre streben unter anderem Kohärenz innerhalb ihrer innerliterarischen Welt an. Die Wurzeln beider Stile sind in der Fin-de-Siècle-Literatur des Viktorianismus zu finden, was auch mit dem Aspekt der Körperlichkeit zu tun hat, der aus der Degenerationsangst des ausgehenden 19. Jahrhunderts entstand. Und zudem spielt – natürlich – die Ambivalenz gegenüber Krieg, Geschichte und Sprache bei beiden eine große Rolle. Betrachtet man also die Tatsache, dass »[t]he works of Lewis, Tolkien and Williams, all of whom can be seen as *Überväter* of contemporary fantasy, were written for the greater part during the heyday of modernism« (223), so ist es nicht verwunderlich, dass Fantasy-Autoren, die in der Tradition jener Schriftsteller stehen, ebenfalls modernistische Merkmale in ihren Werken übernommen haben und somit Fantasy und Modernismus miteinander verquickt sind.

Besonders interessant an dieser Arbeit ist die Tatsache, dass Hiley beispielsweise Belege dafür findet, dass Tolkien modernistische Literatur las, indem sie auf Manuskripte Tolkiens Bezug nimmt, in denen er Notizen zu Joyce' *Finnegan's Wake* machte. Ebenso sind die Vergleiche zwischen Autoren des Modernismus und der Fantasy-Literatur gut gelungen und ermöglichen auch den Lesern, die sich mit modernistischer Literatur nicht auskennen, sich einen guten Überblick zu verschaffen und Hileys Ausführungen zu folgen.

Fazit: Obwohl noch viel über Tolkien und den Modernismus gesagt werden kann, ist Margaret Hileys *The Loss and the Silence* doch ein gut durchdachtes und verständlich geschriebenes Werk. Dieser Arbeit gelingt einerseits eine Festigung des Verständnisses dafür, dass Fantasy und Moderne nicht zwangsläufig diametral entgegengesetzt sein müssen. Und sie stellt andererseits ein Plädoyer dafür dar, dass Tolkien, Lewis und Williams Autoren ihrer Zeit waren und sich literarischen Neuerungen nicht vollständig widersetzen konnten oder wollten.

Anna Patricia Ricker

Eike Kehr: Natur und Kultur in J.R.R. Tolkiens *The Lord of the Rings*

Trier: WVT, 2011, 198 Seiten

Der vorliegende Band 35 aus der Reihe Studien zur Anglistischen Literatur- und Sprachwissenschaft enthält Eike Kehrs Dissertation an der Justus-Liebig-Universität Gießen. Er beschäftigt sich mit den fundamentalen anthropologischen Fragen rund um die Sekundärwelt von J.R.R. Tolkiens Buch *The Lord of the Rings* – zusammengefasst unter den Leitbegriffen Natur und Kultur. Dabei geht er zunächst auf die Beziehungen zwischen der fiktiven und der realen Welt ein, zum Beispiel auf die Vermittlerrolle der Hobbits zwischen Lesern und der Sekundärwelt. Weiter behandelt er die Darstellung, Wechselbeziehungen, Konflikte und Funktionen von Mensch und Natur in *The Lord of the Rings*, gefolgt von den Themenbereichen Religion und Theologie sowie Politik und Gesellschaft. Tolkiens Werk wird dann unter dem Gesichtspunkt der Kritik an und als Alternativkonzept zur Ideologie der Moderne untersucht. Schließlich stellt Kehr Tolkiens Konzept von Natur und Kultur in den literarischen Kontext und beleuchtet die Leitbegriffe aus biografischer und rezeptionsgeschichtlicher Perspektive.

Kehr nimmt sich dabei vor, weniger einen biografischen Interpretationsansatz, sondern eher einen textimmanenten Einstieg in die Materie zu suchen, auf der Basis eines *close reading*. Als eigenen literaturtheoretischen Ansatz nennt er dementsprechend *New Criticism* und *New Historicism*. Beim Thema Religion und Theologie durchbricht Kehr allerdings die selbstauferlegte Beschränkung des *close reading* und unternimmt einen Ausflug ins *Silmarillion*, was zur Analyse des Themenkomplexes und zum besseren Verständnis der fiktiven Welt auch sinnvoll erscheint. Einige weitere Themen hätten sicherlich ebenfalls von einer Einbeziehung des *Silmarillion* oder gar der *History of Middle-earth* profitiert, so zum Beispiel der Text „Athrabeth Finrod ah Andred“ (Bd. 10 der HoMe) zu Tolkiens Auffassung über das menschliche Streben nach Unsterblichkeit.

Auffällig ist das Fehlen einer tieferen Diskussion über die Schlüsselfigur Tom Bombadil. Man erfährt lediglich, dass er sich als einer der ›guten‹ Charaktere einem räumlichen Ordnungsmuster unterwerfen muss, das heißt er verbleibt innerhalb natürlich gesetzter Grenzen, während Charaktere wie Sauron oder Saruman die Expansion ihres Machtbereichs suchen. Ebenso verwundert das Fehlen des Sekundärwerks *Ents, Elves and Eriador—The Environmental Vision of J.R.R. Tolkien* von Matthew Dickerson und Jonathan Evans unter den Quellen.

Insgesamt gelingt trotzdem ein guter Überblick über den umfangreichen Themenkomplex, wenn auch mit einigen Ungenauigkeiten. So bezeichnet Kehr zum Beispiel Gandalf als den naturverbundensten Istari (S. 30), obwohl der ausgewiesene Kräuter- und Tierspezialist Radagast mindestens als genauso naturverbunden gelten muss. Außerdem bezeichnet er Déagol als Bruder Sméagols (S. 54) und weist Faramir ein Éomer-Zitat zu (S. 116).

Das Buch ist als Einführung zum Thema Natur und Kultur sehr gut geeignet, wenn auch das selbstauferlegte *close reading* und fehlende Quellenstudien eine tiefergehende Analyse an manchen Stellen verhindert hat. Auch als einzige umfassende deutschsprachige Arbeit – nur die Zitate aus *The Lord of the Rings* und solche aus englischsprachigen Sekundärtexten verbleiben im Original – ist es auf jeden Fall dem hiesigen Einsteiger in die Materie zu empfehlen.

Marie-Noëlle Biemer

Christopher MacLachlan: *Tolkien and Wagner: The Ring and Der Ring*

Zurich + Jena: Walking Tree Publishers, 2012, 234 pp

Renée Vink: *Wagner and Tolkien: Mythmakers*

Zurich + Jena: Walking Tree Publishers, 2012, xvii + 300 pp

It is remarkable that for more than fifty years after the publication of *The Lord of the Rings* no one thought to enquire closely into the similarities between this work and the other well-known epic featuring a ring of power: Richard Wagner's music drama tetralogy *Der Ring des Nibelungen*. It is even more remarkable that 2012 should have seen the arrival of not one but two books on the same topic: books which fortunately complement one another rather than competing for the same ground.

There are of course some preliminary topics that both MacLachlan and Vink have to deal with in order to set up a basis for their respective arguments. One of these is whether Tolkien actually knew enough about Wagner and his *Ring* cycle to have been either consciously or unconsciously influenced by him. And the other is why there seems to have been a deliberate attempt by Tolkien and his exegetes to ignore the evident similarities. Both authors assemble sufficient hearsay evidence to suggest that Tolkien and Lewis studied the text of at least one of the operas and attended at least one performance, but the reader is left with the impression that any claim that Tolkien had a detailed knowledge of Wagner's works is at best speculation. The second claim, that there has been a conspiracy of silence, is harder to answer. As far as Tolkien himself is concerned, the argument centres on his comment in *Letter No. 229*, referring to the Swedish translator Ohlmarks's pseudo-scholarly commentary on the history of the ring motif: "Both rings were round, and there the resemblance ceases". Vink is honest enough to note that "der Nibelungen Ring" may not even refer to Wagner at all, but there can be little doubt that later critics have been influenced, perhaps unduly influenced, by this sentence. I would venture to suggest that the tone of Tolkien's reaction has even been established as more negative than it perhaps was by Tom Shippey's characterisation of it as a "snarl". Both MacLachlan and Vink make the obvious suggestion that critics have avoided the topic because they were unwilling to contaminate Tolkien's name by association with the fascist accusations left behind through Wagner's misappropriation by the Nazis, and press their case so hard that there is a danger that anyone who disputes their claims could be said to be "in denial".

In support of their contention that there are similarities which need to be explained other than by reference to a common source, both authors draw up a detailed list of narrative motifs that were used by both Wagner and Tolkien. So far they are both in agreement, from this point their lines of investigation diverge. MacLachlan pursues his argument on a highly abstract level, contending that "*The Lord of the Rings* shares much of the meaning of *Der Ring des Nibelungen* and must have been influenced by it". This "meaning" is nothing less than the meaning of life. In support of his thesis he makes a fascinating comparison between the two works already mentioned and a little-known historical fantasy by Simone de Beauvoir, *Tous les hommes sont mortels*. The ostensible connection is that in a television interview Tolkien quoted from de Beauvoir on the subject of death, taking the extract from a newspaper review of a biography of Carl Maria von Weber, known to be a forerunner of Wagner. This tenuous link allows MacLachlan to demonstrate a remarkable pattern running through all three works: the struggles of an immortal (Gandalf, Wotan, Raymond Fosca) to motivate mortals to act on the large time-scale that only he can see is necessary to benefit mankind. This leads on to a detailed study of the character Gandalf and a comparison with Wagner's Wotan, which is a major contribution to Tolkien studies.

The ultimate sticking point in this whole discussion, the subject of the final chapter, is what constitutes influence. Here, MacLachlan speaks as a professional literary critic, arguing (and here I paraphrase) that if the critic detects influence, then that influence must exist and anything that the author may say to deny it only proves that authors are unreliable judges of their own work; once again someone is presumed to be "in denial". MacLachlan quotes Tolkien's comment in *Letter No. 306* that the wargs episode may have been derived from Crockett's *The Black Douglas*, but only as a distant memory from his boyhood, and declares "The academic critic is almost being dared to read anything into this", conveniently forgetting that the letter was a private one written to Tolkien's son without the slightest thought that a literary critic might ever read it. This special pleading for the "academic" critic may even antagonise some readers by its implicit tone of superiority: I am given to understand on page 184 that because I am interested (among other things) in how *The Lord of the Rings* helped to establish the fantasy genre, I might have an unpleasant surprise should I ever presume to read any "academic" criticism. Thank you for the sideswipe, Dr. MacLachlan!

Renée Vink's approach is less controversial but no less interesting. As the subtitle of her book suggests, she sees both Wagner and Tolkien as two creative writers who each constructed their own version of a myth based on common sources. While she does not discount the idea of Wagner's influence on Tolkien, she is more interested in a detailed comparison of the two processes of myth-making. This has the advantage that it allows her to consider *The Legend of Sigurd and Gudrún*, which lay outside the scope of MacLachlan's more philosophically and ethically based investigation. Indeed, her contribution to Tolkien scholarship in this book lies in the huge amount of detail that she provides, leaving readers free to draw their own conclusions.

In the first of the three main parts of her book, Vink undertakes a detailed survey of what has been written so far on the topic of Tolkien and Wagner, which is a considerable amount, although its scope is often limited. This alone provides a valuable source of information for any further research on the topic. The second part examines the formation of national myths against the background of 19th century Romanticism and their representation either as narrative in verse or prose, or as music drama on the stage. It is here that the cultural achievement of both Wagner and Tolkien comes most clearly to the fore. Finally the third part delves into the concrete details of linguistic and narrative structure, and this is where Vink as a professional translator is able to trump most convincingly, being thoroughly familiar with both authors' use of archaism and wordplay, as well as the use of alliterative verse and proverbial expressions. Her conclusions are limited, but at least she is able to dispose of claims that Tolkien must have despised Wagner as a philological amateur. Their aims may have been different, but each was highly skilful in his own way.

Two books with two diametrically opposed approaches, which nevertheless complement one another: MacLachlan works on the macro level while Vink systematically investigates the micro level. Each will, no doubt, have its partisans, depending on the preferences of the reader. I will read MacLachlan for the scale and cogency of his arguments, even while I disagree with him about the character and degree of proof needed to establish influence. I will be happy to browse repeatedly through Vink for the sheer pleasure of discovering so many facts that I either did not know or had forgotten. Two things are certain: both books deserve careful study for the insights that they afford, and the Wagner-Tolkien nexus will never again let itself be swept under the carpet.

Allan Turner

Roberto Arduini & Claudio Testi (Eds.): *The Broken Scythe. Death and Immortality in the Works of J.R.R. Tolkien*

Zürich + Jena: Walking Tree Publishers, 2012, 252 Seiten

Mit diesem Band liegt die leicht aktualisierte Übersetzung eines 2009 auf Italienisch erschienen Buches vor, das sich ausschließlich mit dem Thema *Tod und Unsterblichkeit in Tolkiens Werken* aus philosophischer und theologischer Perspektive befasst. Die englische Ausgabe wurde zudem mit einem Vorwort von Verlyn Flieger versehen, in dem sie die verschiedenen Beiträge knapp vorstellt. Die insgesamt neun Beiträge stellen eine umfassende Behandlung des Themas dar, insofern sie sich nicht nur auf die Hauptwerke Tolkiens konzentrieren und sehr unterschiedliche Perspektiven einnehmen. In einer kurzen Einführung berichten die beiden Herausgeber vor allem über die Vorgeschichte dieses Buches, insbesondere die Vorgehensweise ihrer Arbeitsgruppe.

Im darauf folgenden ersten Aufsatz widmet sich Franco Manni der Anthropologie, Eschatologie und Geschichtsphilosophie bei Tolkien. Er betont die Sterblichkeit der Menschen und die Langlebigkeit der Elben und berücksichtigt ihre je unterschiedlichen Weisen, damit umzugehen, aber auch die Begrenztheit einer Person sowohl hinsichtlich ihrer Lebenszeit als auch mit Blick auf ihre Fähigkeit, sich ihrem Schicksal zu stellen.

Anschließend skizziert Claudio Testi in seinem werkgenetischen Beitrag, wie sich die Konzepte Tod und Unsterblichkeit bei Elben und Menschen mit ihren unterschiedlichen Aspekten (Elben und Krankheit, das Schwinden der Elben, Reinkarnation der Elben, das endgültige Schicksal der Menschen, der Neid auf Unsterblichkeit, Tod als Geschenk, Schicksal oder Natur) in Tolkiens *Legendarium* in fünf Phasen entwickelt haben: Zunächst (1917-1925) lägen nur erste unsortierte Ideen vor, die allmählich einer Klärung zugeführt würden (1926-1937) und 1957-1960 ihren Höhepunkt erreichten (einen besonderen Stellenwert nehmen dabei die Geschichte von Finwë und Míriel und die „Athrabeth Finrod ah Andreth" ein) und in den letzten Jahren nicht mehr weiter entfaltet, sondern nur noch bestätigt würden.

Über das Thema Tod geht Roberto Arduini hinaus, indem er eine Verbindung zu den Themen Zeit, Reise und Traum schlägt und die enge Beziehung von Tod und Kunst bei Tolkien herausstellt, wozu er vor allem auf *On Fairy-Stories*, *Leaf by Niggle* und *Mythopoeia* eingeht.

Lorenzo Gammarelli widmet sich weiteren kleineren Werken und Gedichten Tolkiens, allerdings nur in einem sehr skizzenhaften Überblick mit dem Akzent auf dem gemeinsamen Thema des Verlustes.

Der Beitrag von Alberto Ladavas setzt sich mit den beiden unterschiedlichen menschlichen Strategien der Númenorer und der Nazgûl auseinander, ihre Sterblichkeit zu bewältigen, und stellt die Gemeinsamkeit in der Habgier und Auflehnung gegen die göttlichen Gesetze heraus.

Das Gefallenengedächtnis in Großbritannien 1919-1945 bildet den Hintergrund für die Überlegungen Simone Bonecchis, den von Tolkien beschriebenen Begräbnisriten die Funktionen zuzuschreiben, der Gefallenen zu gedenken und ihrem Tod Sinn zu geben.

Darüber hinaus wendet sich Andrea Monda der Langlebigkeit (am Beispiel der Elben und Hobbits, des Rings als Grund langen Lebens und Aragorn und Arwen als letzte *longaevi*) und der Erinnerung (diskutiert an Denethor, Saruman, Treebeard und Tom Bombadil) als Fluchtmöglichkeiten angesichts von Tod und Unsterblichkeit zu.

Der vorletzte Beitrag des Bandes (und zweite von Claudio Testi) widmet sich der Logik und Theologie in Tolkiens Verständnis des Todes. Auf der Grundlage einer dualistischen Anthropologie analysiert er – leider ohne tiefergehende Auseinandersetzung mit der existierenden Sekundärliteratur – die „Athrabeth Finrod ah Andreth“ und vergleicht dann Tolkiens Überlegungen mit denjenigen (etwas vereinfachend als *die* katholische Position vorgestellten) Thomas von Aquins, wobei er zu großen Übereinstimmungen gelangt.

Zum Schluss wird die Thematik des Bandes ein wenig geöffnet, indem Giampaolo Canzonieri untersucht, wie Elben und Menschen inneren und physischen Schmerz verstehen und mit ihm umgehen.

Dieser Band versteht sich als einer der ersten wissenschaftlichen Beiträge zu Tolkien in Italien und ist dementsprechend auch – mit der Ausnahme des Beitrages von Gammarellis – von durchgängig hohem wissenschaftlichem Niveau der Aufsätze. Die Texte Tolkiens sind durchweg gut bekannt und es werden keine haltlosen Spekulationen geäußert, sondern es wird fundiert argumentiert. Allerdings wäre es für die Rezeption über Italien hinaus hilfreich gewesen, wenn sich manche Beiträge ausführlich(er) mit der einschlägigen Sekundärliteratur vertraut gemacht und diese eingehender diskutiert hätten. Dennoch kann der Band empfohlen werden – nicht nur für an dieser spezifischen Materie Interessierte, sondern auch für Leser und Leserinnen mit einem breiteren Interesse an akademischen Arbeiten zu Tolkien.

Thomas Fornet-Ponse

Mark Atherton: *There and Back Again. JRR Tolkien and the Origins of* The Hobbit

London + New York: I.B. Tauris, 2012, 316 Seiten

Der Start des ersten Hobbit-Films im Dezember 2012 hat uns eine Reihe von Publikationen zum *Hobbit* selbst wie auch zu Tolkien allgemein gebracht. Oftmals wird es sich wohl um ›aufgewärmtes‹ Material handeln.[1] Aber es gibt auch löbliche Ausnahmen. Zu diesen zählt Mark Athertons *There and Back Again. JRR Tolkien and the Origins of The Hobbit.*

Dem Autor ist es gelungen, eine flüssig und über weite Teile spannend zu lesende Studie vorzulegen, die sowohl ein allgemeines Publikum wie auch den Spezialisten anspricht, wenn auch nicht immer zu gleichen Teilen. Die Unterteilung in drei große Sinnabschnitte (Shaping the plot; Making the mythology; Finding the words) gibt zwar eine gewisse Stoßrichtung vor, aber Mark Atherton entwickelt seinen Textfluss eher anekdotisch-assoziativ als streng strukturell, was jedoch keineswegs als Schwäche anzusehen ist. Mark Atherton beherrscht die Rhetorik der akademischen Prosa in hohem Maße und was bei einem anderen Autor in einem unzusammenhängenden Sammelsurium enden würde, macht hier eher den Eindruck eines organisch gewachsenen Textes. Auch gelingt es Atherton immer wieder, die Entwicklung des *Hobbits* in den größeren Zusammenhang von Tolkiens Gesamtwerk einzubetten.

Der Tolkien-Experte wird das eine oder andere Kapitel zu altbekannten (aber für den Neuling notwendigen) Informationen überfliegen können, aber auch für ihn gibt es Neuland zu entdecken. So sind z.B. Athertons detaillierte Kontextualisierungen von Tolkiens frühen Gedichten in *A Northern Venture* bzw. *Songs for the Philologists* von großem Interesse. Die Existenz dieser Gedichte, ihr unmittelbarer Kontext innerhalb der Publikationen und ihre Verankerung im weiteren zeitgenössischen dichterischen Umfeld waren zwar schon seit längerer Zeit bekannt, aber bisher hatte niemand eine detaillierte Analyse dieser Aspekte versucht. Ähnliches gilt für Athertons Einbezug von zeitgenössischer Literatur (z.B. *Dr Dolittle*, John Masefield) und von Tolkiens Interesse an englischen Dialekten, obwohl hier Tom Shippey bereits einiges dazu veröffentlicht hat.

Negativ anzumerken sind nur ein paar vereinzelte Punkte. Tippfehler und faktische Fehler gibt es sehr wenige: S. 149: »The Seige of Gondor« statt »Siege«; S. 243: »gui de« statt »guide«; S. 78: 2. Auflage des *Hobbits* 1947 statt korrekt 1951. In Sachen Illustrationen jedoch bin ich etwas ratlos: Neben den künstlerisch anspruchsvollen und technisch gekonnt ausgeführten Zeichnungen von

1 Ich habe den starken Verdacht, dass Colin Duriez' *J.R.R. Tolkien: The Making of a Legend* in diese Kategorie fällt – die Besprechung in *Hither Shore* 10 wird es zeigen.

Ian Miller sowie atmosphärischen Fotografien von Julie Dyson findet man auch Darstellungen, die mich eher an Abschlussarbeiten eines Abiturienten erinnern – hier wäre weniger mehr gewesen.

Die Punkte, die ich aus Expertensicht bemängeln würde, sind eher ›Unterlassungssünden‹. Mark Atherton ist ein Vollblutakademiker und hat seine Texte genau gelesen – und hat dazu eine gute Auswahl an relevanter Sekundärliteratur getroffen. Dennoch hätte ich gerne bei dem einen oder anderen Kapitel die zum Thema zentralen Artikel zumindest erwähnt gesehen. Da wären zum Beispiel zur Diskussion von Tolkiens *The Hoard* (S. 55) Tom Shippeys Aufsatz zu den verschiedenen Versionen des Gedichts (2007), zu den Ortsnamen des Auenlandes (S. 79) Rainer Nagels Monographie zum Thema (2012), zu William Morris (S. 107) Marie-Noëlle Biemers Artikel (2011), zu den *Mann im Mond*-Gedichten mein eigener Aufsatz (1999/2005) sowie zu den Dialekten in Tolkiens Werk die wichtige und bahnbrechende Studie von Nils-Lennart Johannesson (1997/2004) zu nennen. Alle diese Publikationen sind über eine MLA-Suche auffindbar, auch wenn die eine oder andere eventuell zu spät für eine Berücksichtigung veröffentlicht wurde (Bücher haben ja eine gewisse ›Vorlaufzeit‹). Dies sind jedoch nur kleinere ›Schönheitsfehler‹ und beeinträchtigen den Lesegenuss von *There and Back Again* in keiner Weise.

Thomas Honegger

Vincent Ferré (Hg.): *Dictionnaire Tolkien*

Paris: CNRS Editions, 2012, 672 Seiten

Jetzt haben die Franzosen auch ihr eigenes Tolkien-Lexikon! Die deutschsprachigen Leser konnten ja nicht nur auf die ›genuin deutschen‹ Nachschlagewerke wie Wolfgang Kreges *Handbuch der Weisen von Mittelerde* (1996) oder Friedhelm Schneidewinds *Das große Tolkien-Lexikon* (2001) zurückgreifen, sondern hatten seit 2002 auch die durch Helmut Pesch bearbeitete und ergänzte Übersetzung von Robert Fosters *The Complete Guide to Middle-Earth* (1978) zur Auswahl (*Das grosse Mittelerde Lexikon*). Im englischsprachigen Raum mangelte es bisher auch nicht an enzyklopädischen Ressourcen. Neben Fosters *Guide* wären da noch David Days *The Tolkien Companion* (1993) und *The Illustrated Encyclopedia* (1993) sowie J.E.A. Tylers *The Complete Tolkien Companion* (2002) zu nennen.

Akademisch wurde es aber erst mit der von Michael D.C. Drout herausgegebenen *J.R.R. Tolkien Encyclopedia* (2007), die sich denn auch durch ihren Untertitel *Scholarship and Critical Assessment* von ihren (meist nur) Fakten sammelnden Konkurrenten absetzt. Für 2013/14 ist außerdem die Publikation des *Tolkien Companions* geplant, der von Stuart Lee für Blackwells herausgegeben und sich an eine breitere, primär studentische Leserschaft richten wird. Stuart Lees Projekt will somit all die Fehler vermeiden, die Michael Drouts *Encyclopedia* zum Verhängnis geworden waren (siehe dazu seinen Blogeintrag): Sie war zu teuer ($ 175.00), zu schwer, und es wurden schlichtweg zu wenige Exemplare gedruckt (800 statt der ursprünglich geplanten 2500). So ist es leider eine traurige Wahrheit, dass dieses Pionierwerk zwar seinen Weg in die eine oder andere einschlägige Bibliothek gefunden hat, aber bei weitem nicht den Einfluss erlangte, der ihm eigentlich zusteht.

Der Tolkien-Kenner und Komparatist Vincent Ferré hatte vor ein paar Jahren das französische Tolkien-Enzyklopädie-Projekt ins Leben gerufen, sich die Mitarbeit namhafter Tolkien-Experten in Frankreich gesichert und nach einer ersten Planungsphase gingen die Aufträge für die 340 Einzelartikel an die insgesamt 63 Autoren – unter denen sich auch viele NachwuchsforscherInnen finden. Das Ergebnis kann sich sehen lassen. Die Einträge sind ausführlich, ohne geschwätzig zu sein, wurden sorgfältig redigiert und mit Querverweisen versehen. Ein strukturierter Index erleichtert das Auffinden von Stichwörtern, die keinen eigenständigen Artikel bekamen. Eine kurze Chronologie von Tolkiens Leben und eine Bibliographie seiner Werke wie auch eine Auswahl der wichtigsten Publikationen über Tolkien runden den Band ab. Das Format kann (im Gegensatz zu Drouts *Encyclopedia*) trotz seiner› 672 Seiten als ›noch handlich‹ bezeichnet werden und das Druckbild mit der Unterteilung in zwei Kolumnen ist angenehm zu lesen. Vom Konzept her steht der *Dictionnaire* eher Drouts *Encyclopedia* als Fosters *Guide* (1978) nahe.

Der nicht-frankophone Leser wird sich vielleicht die berechtigte Frage stellen, wieso denn nicht einfach eines der bereits existierenden Lexika überarbeitet und übersetzt wurde. Die Antwort, dass der *Dictionnaire Tolkien* ›anders‹ sei, ist vielleicht ein Grund, aber nicht der einzige. Es wäre naiv zu denken, dass es beim Verfassen von Enzyklopädien nur um das Ansammeln und Ordnen von Fakten nach objektiven Kriterien geht. Bereits Diderots und d'Alemberts *Encyclopédie* war nicht bloß ein ›Nachschlagewerk‹ sondern auch (und manchmal vor allem) ein kulturpolitisches Manifest.

Ich möchte nun Ferrés *Dictionnaire Tolkien* nicht mit Diderots und d'Alemberts *Encyclopédie* auf die gleiche Stufe stellen, aber auch beim *Dictionnaire* geht seine Bedeutung über den faktischen Inhalt weit hinaus. Er ist eine stolze Manifestation einer sich immer mehr entwickelnden, vernetzenden und an Selbstvertrauen gewinnenden eigenständigen französischen Forschungstradition. Dass Frankreich in Zukunft eine immer wichtigere Rolle in der Tolkienforschung spielen wird, zeigt sich nicht nur an den zahlreichen Abschlussarbeiten und Dissertationen, die zu Tolkiens Werk verfasst werden, den wissenschaftlichen Tagungen und den akademischen Publikationen zum Thema, sondern auch im Umstand, dass der Sitz des Tolkien Estate in Marseille ist.

Ex Gallia Lux? Warten wir ab – mit dem *Dictionnaire* ist sicher ein sehr guter Anfang gemacht, der auch seine Breitenwirkung nicht verfehlen wird.

Thomas Honegger

Verlyn Flieger: *Green Suns and Faerie. Essays on J.R.R. Tolkien*

Kent OH: Kent State University Press, 2012, 332 Seiten

Es sind manchmal kleine Zufälle, die über Bücherschicksale entscheiden. Dass Verlyn Fliegers ›Gesammelte Aufsätze‹ bei ihrem Hausverlag erschienen sind und nicht bei Walking Tree Publishers (als Gegenstück zu Shippeys Aufsatzband von 2007) liegt daran, dass die Kent State UP die Autorin ein paar Wochen früher angefragt hatte. Das Ergebnis ist auf jeden Fall sehr zufriedenstellend.

Im vorliegenden Band sind zwar nicht alle jemals von Verlyn Flieger publizierten Artikel vereinigt (weggelassen wurden diejenigen, die als ›Vorstudien‹ zu Fliegers Bücher gelten können), aber die ausgewählten 25 Essays geben einen repräsentativen und umfassenden Querschnitt durch das fruchtbare Schaffen der ‚Grande Dame‹ der Tolkien-Studien – ein Schaffen, das sich über mehr als ein Vierteljahrhundert erstreckt. Nebenbei sei erwähnt, dass die immer noch jugendlich-lebhaft wirkende Verlyn Flieger 2013 ihren 80. Geburtstag feiert – womit der Band als ein leicht verfrühtes ‚Jubiläumsgeschenk‹ angesehen werden kann.

Die 25 Aufsätze sind in drei Kategorien eingeteilt: 1) Tolkien Sub-Creator; 2) Tolkien in Tradition; 3) Tolkien and His Century. Der erste Teil widmet sich Tolkiens Konzept der Sekundärschöpfung und untersucht, neben den theoretischen Grundlagen in seinem Aufsatz *On Fairy-Stories*, die Auswirkungen dieser Idee auf sein literarisches Werk. In »Tolkien in Tradition« geht die Autorin auf ›Quellensuche‹, diskutiert mögliche Vorbilder für, Einflüsse auf und Analogien zu Motiven und Stoffen in Tolkiens Texten. Teil drei vereinigt Studien, die sich mit für Tolkien relevanten geistes-, literatur- und ideengeschichtlichen Entwicklungen im 20. Jahrhundert auseinandersetzen.

Alten Hasen werden viele der Essays bekannt sein, aber es ist erfreulich, dass so viele ›Klassiker‹ nun sorgfältig ediert wieder leicht zugänglich sind. Und als besondere Attraktion finden sich fünf bisher nicht veröffentlichte Aufsätze. Dies und der Umstand, dass Verlyn Fliegers Texte durchgängig informativ, solide recherchiert, oftmals innovativ und stets in elegantem Englisch geschrieben sind, verleitet zum Schmökern und auch zum vergnüglichen ›Wiederlesen‹.

Thomas Honegger

Mark T. Hooker: *Tolkien and Welsh*

[no place]: Llyfrawr, 2012, 274 pp

Anyone who has read Mark Hooker's two previous collections of short articles, *The Hobbitonian Anthology* and *A Tolkienian Mathomium*, will be well aware of two facts about the author: he is a formidable polyglot, and he is a maximalist when it comes to speculating about the hidden linguistic puns that Tolkien might have been playing with in his stories. The present offering is similar to its predecessors; in fact no less than twelve of the articles are reprinted from these, in some cases in a revised version, while others have appeared in Tolkien fan magazines, notably *Beyond Bree*.

The topic of this volume is the way in which Tolkien's interest in Welsh is reflected in his creative writing. As might be expected, these essays offer a plethora of entertaining and thought-provoking investigations of Tolkien's nomenclature (or, as Hooker insists on calling it, "Tolkiennymy"), some of which appears to contain striking parallels to real-world Welsh names as indicated in linguistic and historical sources. Hooker also unearths a number of similarities between the vocabularies of the Elvish languages and extant Welsh forms. He even manages to find an origin for Goldberry in Celtic mythology. All of this is done by means of readable arguments aimed at the non-specialist reader.

Any book on Tolkien and Welsh will inevitably be compared with Carl Phelpstead's recent thorough and well received book *Tolkien and Wales*,[1] in which the author systematically investigates Tolkien's personal and academic interest in the Welsh language and medieval Welsh literature, which he uses as a context into which to place the creative writing with its linguistic invention and experiments with ideas of English identity. In comparison, Hooker's book with its diverse origins, which inevitably creates a certain degree of overlap and repetition, lacks an overall literary-critical design, except for sporadic assertions that Tolkien intended to show a meeting-point of two different linguistic cultures in the Shire. The sheer profusion of detail works as an end in itself and tends to obscure any clear thesis that might run even through individual articles.

However, there is another major difficulty which is partially created by this mode of presentation, but also has more fundamental roots: the book falls into a crack between the popular and the scholarly. For example, readers are given quantities of incidental information about bearers of the real-world surname Boffin, including the owners of a well known teashop in Oxford, all supported by copious footnotes, but are then simply told without any corroborating evidence that "*Boffin* is an Anglicization of the Welsh name *Baughan*" (page

1 Carl Phelpstead, *Tolkien and Wales: Language, Literature and Identity*. Cardiff: University of Wales Press, 2011.

112), and that this is derived from the Welsh word *bychan* "small" (accidentally written as *Bachyn* on page 124). Also reference is made to several older publications from the nineteenth century, both about language and about folklore. The Victorian age saw a wealth of books on local curiosities written by squires and clergymen. These are very interesting as documents of their period, and since they have been made available on the internet they could well appeal to a wider public, but readers need to be aware that the statements made in them might not be supported by modern scholarship. For historical reasons, Welsh authors in particular tended to be maximalist in their claims for the influence of Welsh language and culture.

In fairness, Hooker should have drawn attention to the types of source he was using rather than hiding the fact in footnotes. No one doubts his expertise in translation studies, but it seems that he is not primarily a historical linguist, and indeed some parts of the book are strangely unhistorical in their approach, juxtaposing evidence from different periods without comment.

In short, this is a book which is well worth dipping into for the interesting sidelights that Hooker offers into the possible influence of Welsh on Tolkien's creative faculties, but in particular non-specialist readers need to be aware that they must be critical in their assessment of the claims made.

Allan Turner

Rainer Nagel: *Hobbit Place-names. A Linguistic Excursion through the Shire*

Zurich + Jena: Walking Tree Publishers, 2012, 283 pp

Nagel and Worcestershire Sauce

There are those rare books upon whose avenues one magically starts off on the right foot. I knew immediately that this book and I would get along immensely. Nagel has the foresight to start off with Tolkien's "sub-creation," that quintessential citation from *On Fairy-Stories*, laying as foundation the idea that fantasy must have real roots somewhere. But then, as a necessary caveat, he cites John Algeo, "Fantasy writers are name-givers with no restriction other than those they choose...", entirely within boundaries *established by the author himself* (cf. 1).

This positive endorsement of Tolkien's license as an author exempts Nagel from that scholarly conceit or fetish sometimes observable today, of proclaiming arrogantly that one has incontrovertibly proved whence Tolkien derived this, that or the other. In response I can almost hear Tolkien thundering ghostly from the astral plane: "Impertinence!"

Having thus appealingly stated his *modus operandi*, Nagel reminds us once again on p. 19: Tolkien himself declaring, "You can't catch your mind out," i.e., the Professor himself was not positive of *all* his own derivations. Amen.

Nagel proceeds to tackle the formidable problem of place-names in *Periannath* Middle-earth in distinct categories: I. Introductory Remarks establishes general principles, both Middle-earth and factual-historical; and three Glossaries: II. Shire Place-names; III. Other Place-names in the Shire; IV. Bree Place-names, not to forget a ponderous Bibliography.

Logically, Nagel needs to concur with a large bolus of research of numerous other authors, that a preponderant corpus of Tolkien's place-names derive from or are inspired by place-names around Oxford, or from Tolkien's beloved West Midlands. As he demonstrates these names in alphabetical order, Nagel also wields a "*right English goodliness of speechcraft*," (37) pure magic, as he commands a wide and detailed panorama of English historical linguistics, Angle, Saxon, Jute, Dane, and *beyond*. He who successfully negotiates this book will come to fathom, or at least to appreciate the vast landscape of the history and linguistics of Great Britain that form the substratum of Tolkien's sub-creation.

Another mighty matter of enquiry for Nagel is attention to the translations of *Hobbitkunde* into German language, those of Carroux, Krege, von Freymann and Scherf. Detailed are where they followed Tolkien's express translation guidelines and where they failed to do so, where translators succeed and where they go astray. What Mark T. Hooker has done for the multiple Russian *samizdat* translations, Nagel is doing for those into German.

Nagel and Hooker share common ground: nomenclature of place-names derived from Celtic languages, chiefly p-Celtic (Welsh or British) [viz Hooker's *Tolkien and Welsh*]. Nagel is careful to demonstrate how Tolkien's Welsh inspiration extends beyond Sindarin into Shire names as well, and covers numerous Celtic-flavored inclusions, such as *Bree, Coombe, Archet*, etc.. One unexpected citation is a welcome one, linking the ancient British hero Bran with "raven" (John Morris Jones, *A Welsh Grammar.* Oxford: Clarendon Press, 1913, p 196).

Hardly dry scholarship, Nagel's treatise features his humorous *Weltanschauung*. Nagel slyly waxes tongue-in-cheek about the Catch-22 predicaments of other scholars, yet without jabs at anyone's expense. And like Hooker, Nagel is sensitive to and rejoices in Tolkien's "low linguistic jests." Decrepit Gothic initiates like me will enjoy the "Ronald Tolkien" retro-transformed into Gothic roots: *Ruginwaldus Dwalakōneis* (76). Nagel is alert to jest satirizing English society and "Hobbit" politics, as was J.R.R. Tolkien on countless Shire occasions (cf. 102).

Another rich jest was the translator's choice of *Underberg* for Frodo's alias on the Road, which evokes rather more than "Underhill." *Underberg*® is the trade name for a diminutive brown-glass vial of digestive bitters that a dyspeptic German might wolf down after gorging too much *Rostbraten* (or a Frodo Baggins after too much Yule goose!). This choice epithet got the Germans howling (and me, too).

There is one minor point this reviewer would question. Nagel states: "*There was no king or church that could actually grant the Bucklanders anything, not after the Shire had been established for more than 700 years without such authority.*" Whether I understand or misunderstand, Tolkien clarifies in Appendix A: 1601: "Many Periannath migrate from Bree, and are granted land beyond Baranduin by Argeleb II." Also, "The Shire-folk sent archers to the aid of the King and assisted in the overthrow of Angmar. During the following peace the Shire-folk ruled themselves and prospered, choosing a Thain to rule in the King's stead, yet many still looked for the return of the King." (LotR App A) Perhaps the King ***did*** have a hand in founding Buckland?

Another thing this reviewer would change: a work so replete with extractions from the Anglo-Celtic word-hoard richly deserves an exhaustive index: perhaps in the next edition?

Here follow some notable minutiae:

- "*Snackin' baggin*'" a feature of various English dialects, as etymology for *Baggins*. Is extremely appealing (43)
- The archaic Germanic morpheme *sāmi-* 'half', clearly cognate to Lat. *semi-*, found in *Samwise* (50)
- "*Took*" from an old word meaning "daring" – Well, what about Tolkien < *tollkühn* 'daring-to-foolhardy?" (51)
- *Balg* – Uilleann pipers well know another form: *Blasebalg* "bellows" (66)
- *Hallow* ↔ *hollow* – This confusion is apparent in the present, as so many American media announcers pronounce 'Holloween' (73f)
- *Waymoot* and *waymeet* – as both moot and meet connote 'meeting-place,' perhaps a *moot* point (!) (136)
- *Bindbale Wood* and *The Yale* will no doubt bedevil scholars for decades to come (viz. M.T. Hooker, *Tolkien and Welsh*) (157-160, 238f)

Apart from a few typesetter's infelicities, Rainer Nagel's English language is so smooth, apt and oft elegant, that one easily forgets that he wields a *Fremdsprache*, a language not his own. Bravo!

Finally the key to the title, my own "low linguistic jest:" a fine old manufacturer of Worcestershire sauce advertises: "from a recipe of a nobleman in the County." What the label does not reveal, is that Worcestershire sauce is a survival of *garum*, a fish sauce of Ancient Rome. 'Twas *Celtic* Britain that entertained and suffered the Romans. Now how in Middle-earth should a Roman sauce survive in Anglo-Saxon Britain, if not through the tradition of a British Celtic cook under the radar? Those convinced of the 'Anglo-Saxon' pedigree of England should read this label and digest Nagel. For Nagel, like Hooker and Worcestershire sauce, aptly demonstrates how Britain is not Anglo-Saxon but Anglo-Celtic.

James Dunning

Corey Olsen:
Exploring J.R.R. Tolkien's The Hobbit

Boston + New York: Houghton Mifflin Harcourt, 2012, 318 Seiten

Jetzt hat ›der Tolkien-Professor‹, wie Corey Olsen oftmals betitelt wird, seine erste Monographie vorgelegt. Seine einzige wissenschaftliche Print-Veröffentlichung davor war ein Artikel in *Tolkien Studies* 5 im Jahr 2008 (Quelle: MLA Bibliography). Seine Wirkung entfaltete Olsen entweder ›physisch‹ an Konferenzen und Workshops oder dann ›virtuell‹ auf seinen Podcasts und Online-Veranstaltungen.

Beim Lesen der ersten Seiten seines neuen Buchs entstand bei mir der Eindruck, dass der Wechsel ins Printmedium nichts an der ›oralen Essenz‹ von Olsens Ansatz geändert hat. Der Text liest sich leicht und eingängig und auch 200 Seiten weiter fühlte ich mich immer noch in eine ›verschriftete Vorlesung‹ versetzt. Olsen verzichtet (bis auf ein paar wenige Ausnahmen) auf Fußnoten und Literaturverweise, und eine Bibliographie als solche ist auch nicht vorhanden. Wie er in der Einleitung betont richtet sich das Buch an ein breites Publikum ohne jegliche Vorkenntnisse. Es ist also eine ›lowest possible threshold level study‹ – man muss gerade mal lesen können, um es etwas überspitzt zu sagen.

Am besten liest man Olsens Buch parallel zum *Hobbit* (falls man den Text nicht schon sehr gut kennt), denn die Struktur der Studie folgt dem Primärtext in chronologischer Folge, argumentiert textnah und bezieht die Kommentare auf die relevanten Passagen. Dies bedeutet nun aber nicht, dass es sich bei Olsens Buch um eine reine ›Nacherzählung‹ handelt. Vielmehr bekommt man eine kommentierende, interpretierende und auf die Besonderheiten des Textes näher eingehende ›Führung‹ durch einen ›Erzähler‹, der zwar seine Sekundär-literatur gelesen hat, dies im Text selbst aber nicht weiter erwähnt und die Erkenntnisse appetitlich und für den nicht-akademischen Leser gut verdaulich serviert.

Vieles, was Olsen über den *Hobbit* sagt, wird dem erfahrenen Tolkien-Kenner deshalb bekannt sein – aber der Autor setzt auch neue Akzente. So ist die Entscheidung, die sonst oftmals vernachlässigten Gedichte und Lieder besonders intensiv zu studieren und für eine Interpretation des Textes zu erschließen, ein Beispiel eines gelungenen ›frischen‹ Ansatzes. Ebenfalls gelingt es Olsen, durch immer wiederkehrende Themen- und Motivuntersuchungen (Bilbo's Nature, Bilbo's Choices, Luck etc.) die thematische Kohärenz des Werkes und die großen Entwicklungslinien herauszuarbeiten.
So werden für den Leser Brücken geschlagen zwischen den Kapiteln und Textblöcken und er wird durch die regelmäßig wiederkehrenden Fragestellungen zur eigenständigen Textanalyse hingeführt (spätestens nach der dritten Wiederholung der Frage »Was ist die Rolle von Bilbos Entscheidungen?« wird sich der Leser beim nächsten Fall einer Bilbo'schen Entscheidungsfindung automatisch diese Frage selbst stellen und zu beantworten suchen).

Tippfehler sind mir nicht aufgefallen (ein Lobpreis den Korrekturlesern) und an faktischen Fehlern nur ein einziger auf S. 151, wo Olsen schreibt, dass »Sir Lanval is wandering in the deep forest«. Im Originaltext von Marie de France reitet er in einer Aue (frz. *pré*) an einem Fluss und der mittelenglische Text hat »fayr forest« – was beim besten Willen nicht als »deep forest« interpretiert werden kann. Aber das ist eine Lappalie.

Mein Fazit: *Exploring J.R.R. Tolkien's The Hobbit* ist zwar keine akademische Studie, aber ein von einem Akademiker geschriebene gut lesbare Einführung für eine breite Leserschaft ohne jegliche Vorkenntnisse – die sogar für den Experten die eine oder andere neue Idee bereit hält (z.B. seine eingängige Erklärung von Bilbos Beinamen »clue-finder« und dessen mythologischen Assoziationen, vgl. Olsen S. 212).

Ich persönlich hätte mir diese Ideen in einer anderen (konzentrierteren akademischen) Form gewünscht, aber für die große Mehrheit der Filmbesucher, die dann vielleicht ›das Buch zum Film‹ lesen werden, dürfte es genau den richtigen Ton getroffen haben.

Thomas Honegger

Michael Saler: *As If.*

Oxford: Oxford University Press, 2012, x + 283 pp

This thought-provoking book claims to be nothing less than a prehistory of virtual reality. The Introduction and the first two chapters trace what the author claims to be a fundamental shift in Western thinking, beginning in the early nineteenth century and gaining momentum throughout the twentieth. He claims that the disenchantment produced by the increasing rationalisation of everyday life (what Saler calls the "just so" mindset) led to a desire to imagine an alternative reality, but one which appears to obey all the rules of the strict realistic logic proper to the age (the "as if" attitude). The result of this is the creation of mental spaces which a person knows to be unreal but nevertheless is prepared to treat as real, like an elaborate game. Hence creative minds design virtual worlds which anyone can enter at will, not only as an individual but also as part of a whole community of people engaging with this virtual world. The manifestations of this range from actual gaming, through the extensive *fan*nish activity around books, films and soap operas to the cult of "celebrities".

The remaining three chapters illustrate this development through the examples of Conan Doyle, Lovecraft and Tolkien respectively. It may surprise some people to see the *Sherlock Holmes*-stories treated as fantasy, since they are set in a Victorian and Edwardian England full of realistic details, but for Saler it is precisely these details which provide the interface between the "just so" and the "as if", making it possible to argue about whether an event could be possible even while recognising that the characters and the situation are completely imaginary. Saler places Conan Doyle in a historical context with other contemporary writers such as Stevenson and Rider Haggard, the authors of the "New Romance", who provided facsimiles of maps and inscriptions to give a tangible verisimilitude. The Sherlock Holmes Society and the Baker Street Irregulars were in fact the first literary re-enactment societies, appearing in public in full turn-of-the-century costume, but the undisputed social and professional status of their members allowed them even to maintain without being declared insane the pretence that Conan Doyle was only the literary agent of the real author: Dr. Watson! This stands in complete contrast to the Tolkien fandom, where in spite of the fictional frame of the Red Book, the myth of "the Professor" has become ever more firmly entrenched.

Saler presents Tolkien as the most complete synthesis of "just so" and "as if". The dichotomy extends to the very foundations of his thought: his professional philological expertise belongs very much to the rational world, but he uses it as the basis of an elaborate linguistic construct, not only his invented languages but also the whole phenomenon of "asterisk reality". Similarly, as a Christian he must have believed in a particular view of God's creation, and yet he departs from the traditional outline to work out a whole new *Heilsgeschichte.*

Here, it is important to point out that Saler is a cultural historian and not a literary critic; although he has clearly read widely in Tolkien's comments on his own writing, he shows little interest in the works themselves. In fact, his treatment of each of the three authors is intended not to elucidate their stories as literature but to demonstrate their part in the fundamental change in people's approach to reality and imagination. The last, very short, chapter is indeed a reassurance to cultural pessimists and worried parents that there is no threat to society if the younger generation appear to be spending more and more time in virtual worlds, of whatever kind.

The book is undoubtedly well researched: there are over 600 endnotes, and the bibliography extends to 21 pages of small print. The reader who chooses to keep a finger in the endnotes can sometimes feel overwhelmed by the bombardment of references and authorities. Nevertheless it is very readable, even if Saler occasionally seems to be forcing a large amount of disparate evidence into two simplistic categories of "just so" (or "essentialist", with an almost audible sniff of disapproval) and "as if". For the "New Romance" he has carefully examined some of the early reviews, stripping away well over a century of often negative reception and enabling us to see the impact that novels of this kind had on contemporary readers. In spite of some annoying mannerisms, it is a book to be recommended. Allan Turner

Elizabeth M. Stephen: *Hobbit to Hero. The Making of Tolkien's King*

Moreton in Marsh: ADC Publications, 2012, 284 Seiten

ADC Publications, ein kleines Spezialunternehmen, das sich etwa mit dem Verkauf von Ted-Nasmith-Werken einen Namen gemacht hat, publiziert aber auch vereinzelt Bücher über Tolkiens Werk (zuletzt Lewis/Currie: *The Epic Realm of Tolkien,* 2009). Ein Lob vorweg: Im Gegensatz zu *Realm* von Lewis/Currie ist *Hobbit to Hero* einigermaßen professionell gelayoutet, mit nur vereinzelten Tippfehlern bzw. Layoutproblemen (z.B. S. 116: Kopfzeile über der leeren Seite).

Das Buch ist eine solide, gründliche und klar strukturierte ›Nacherzählung‹ der Entwicklung der Figur Aragorn Elessar im *Herrn der Ringe.* Die Autorin macht sich die Mühe, aus allen relevanten Informationen der unterschiedlichsten Quellen (u.a. HoMe, Briefe) und den Parallelen zu anderen Heldenfiguren (Túrin, Artur, Sigurd etc.) ein Gesamtbild zu fügen. Das Resultat ist eine hilfreiche Studie für Leser, die ›nur‹ den HdR kennen und mehr über Aragorn erfahren möchten.

Eine eigentliche ›These‹ konnte ich nicht erkennen, doch war eine solche scheinbar gar nicht intendiert. Experten denken daher eher an die Kategorie: Bücher »über Dinge, die sie schon [kennen] und die klar und wahr ohne Widersprüche dargelegt [sind]« (Prolog, HdR 23). Thomas Honegger

Unsere Autoren und Autorinnen

Marie-Noëlle Biemer studierte Anglistik, Russistik und BWL an der Justus-Liebig-Universität in Gießen und Business Studies an der University of Bradford, UK. Sie arbeitet als Redakteurin bei einer englischsprachigen Fachzeitschrift in Frankfurt und ehrenamtlich als Pressesprecherin der Deutschen Tolkien Gesellschaft. Zum Thema William Morris und dessen Einfluss auf J.R.R. Tolkien hat sie bereits zwei Artikel veröffentlicht.
marie-noelle.biemer@tolkiengesellschaft.de

Thomas Fornet-Ponse, Dr. theol., studierte Katholische Theologie, Philosophie und Alte Geschichte in Bonn und Jerusalem und promovierte in Fundamentaltheologie und Ökumene. Er veröffentlichte zahlreiche Aufsätze zu Tolkien, Pratchett und Lewis. Bis 2009 war er Beisitzer im Vorstand der Deutschen Tolkien Gesellschaft; er ist inhaltlicher Koordinator des Tolkien Seminars sowie Sprecher des Herausgebergremiums von *Hither Shore*.
thomas.fornet-ponse@tolkiengesellschaft.de

Natalia González de la Llana, Dr. phil., studierte Literaturtheorie und Komparatistik an der Universität Complutense in Madrid und promovierte dort nach Aufenthalten an der Universität La Sapienza in Rom und der Humboldt-Universität in Berlin mit der Arbeit *Adam and Eve, Faust and Dorian Gray: Three Myths of Transgression*. Gegenwärtig ist sie Wissenschaftliche Mitarbeiterin an der RWTH Aachen und arbeitet an einer Habilitation zum Thema multimedialer narrativer Formen in »High Fantasy«. natalia.llana@romanistik.rwth-aachen.de

Shaun Gunner studierte Politikwissenschaften und ist Vorsitzender der Tolkien Society. Er trug zu *Amon Hen* bei und war stellvertretender Vorsitzender der Konferenz *The Return of the Ring: Celebrating Tolkien* 2012.

John-Henri Holmberg studierte moderne Literatur verfasste die vermutlich erste Abschlussarbeit über Tolkien in Stockholm, arbeitet als Kritiker, Sachbuchautor, Übersetzer und Herausgeber und hat 1995 die erste schwedische Monographie über moderne Fantasy-Literatur geschrieben.

Thomas Honegger, Prof. Dr. phil, hat in Zürich promoviert und zahlreiche Bände zu Tolkien, mittelalterlicher Sprache und Literatur herausgegeben und verschiedene Beiträge zu Chaucer, Shakespeare und mittelalterlichen Romanzen publiziert. Seit 2002 lehrt er als Professor für Mediävistik an der Friedrich-Schiller-Universität Jena.
www2.uni-jena.de/fsu/anglistik/homepage/Honegger3.htm

Anna Patricia Ricker studierte Englische und Deutsche Literaturwissenschaft sowie Englisch und Deutsch für das gymnasiale Lehramt in Erlangen-Nürnberg und Bamberg. Momentan promoviert sie in Bamberg über das Thema *J.R.R. Tolkien: Ein Autor der literarischen Moderne.*

Emanuele Rimoli ist ein Franziskaner-Konventuale (Minorit), lebt und arbeitet in Rom und ist gelegentlich Gastdozent am Theologischen Institut Assisi. Er arbeitet gegenwärtig an der Päpstlichen Fakultät St. Bonaventura in Rom an seiner Dissertation in Anthropologischer Theologie über Dostojewski. Er hat in Italien und Deutschland Vorträge über Tolkien gehalten, von denen einige in *Hither Shore* veröffentlicht wurden. fratemanu@gmail.com

Antje Rügamer, Dr. phil., studierte Anglistik und Germanistik in Mannheim und Leeds, war als wissenschaftliche Angestellte am Lehrstuhl Anglistik I der Universität Mannheim tätig, promovierte über *Die Poetizität der altenglischen Rätsel des Exeter Book* und ist gegenwärtig Studienrätin an einem beruflichen Schulzentrum. antje.ruegamer@googlemail.com

Friedhelm Schneidewind studierte Biologie und einige Semester Informatik. Aktuell ist er tätig als freier Dozent vor allem für Mediengestaltung und im kaufmännisch-betriebswirtschaftlichen Bereich, als Autor (u.a. mehrerer Lexika und Sachbücher zu Mythologie, zur phantastischen Literatur und zu Tolkien), Journalist, Herausgeber, Verleger und Musiker.
www.friedhelm-schneidewind.de

Guglielmo Spirito, Prof. Dr. theol., ist ein Franziskaner-Konventuale (Minorit) und lebt und arbeitet in Assisi. Er promovierte in Rom am Antonianum in Theologie mit dem Spezialgebiet Spiritualität und ist Professor am Theologischen Institut Assisi. Über Tolkien hat er in Italien, England, Deutschland, Frankreich und Kanada Vorträge gehalten und mehrere Essays, Bücher und Aufsätze bei *Walking Tree Publishers* und im *Hither Shore* veröffentlicht.
fraguspi@gmail.com

Anja Stürzer studierte Englische und Italienische Literaturwissenschaft, arbeitete als Journalistin und Filmkritikerin und hielt Shakespeare-Seminare. Gegenwärtig ist sie als Autorin tätig und hält Vorträge zu Fantasy-Themen. Sie publizierte über den literarischen Wert von *Der Herr der Ringe* und *Harry Potter* und über Mary Shelley. Sie hat das Sachbuch *Shakespeare: Einführung* und das von der Deutschen Akademie für Kinder- und Jugendliteratur 2012 ausgezeichnete Kinderbuch *Somniavero* geschrieben.
a.stuerzer@googlemail.com

Anna Thayer (geb. Slack) erhielt ihren MA in Cambridge im März 2009. Nach einer Tätigkeit als Lehrerin für Englisch als Fremdsprache in Sizilien unterrichtet sie nun Englische Sprache und Literatur an einer unabhängigen Schule in England. Neben diversen Aufsätzen zu J.R.R. Tolkien und C.S. Lewis hat sie auch einen Fantasy-Roman, *The Traitor's Heir*, veröffentlicht.
AnnaSlack@cantab.net

Morgan Thomsen studierte Englisch, Soziologie und Philosophie in Göteborg, hat die *Tolkien-Index*-Webseite gegründet und verfasst das *Mythoi*-Blog.

Allan Turner, Ph.D., studierte Deutsche Philosophie, Mediävistik and Allgemeine Linguistik. Seine Dissertation in Übersetzungswissenschaften untersucht die inhärenten Probleme bei der Übersetzung philologischer Elemente in *The Lord of the Rings*. Sein Interessensschwerpunkt liegt gegenwärtig im Stil der Werke Tolkiens. Er unterrichtet Englische Sprachpraxis und British Cultural Studies an der Friedrich-Schiller-Universität Jena. allangturner@aol.com

Frank Weinreich, Dr. phil., studierte Kommunikationswissenschaften, Politik und Philosophie und promovierte in Philosophie. Seine wissenschaftlichen Arbeitsschwerpunkte mit zahlreichen Publikationen sind Ethik, Ontologie, Medien, Technikfolgenabschätzung, Wissenschaftstheorie und Phantastik. Gegenwärtig arbeitet er als freier Lektor, Redakteur und Literatur-Scout für verschiedene Verlage. fw@polyoinos.com

Our Authors

Marie-Noëlle Biemer studied English, Russian, and Business at the Justus Liebig University in Gießen and Business Studies at the University in Bradford, UK. She works as a news editor for an English magazine in Frankfurt and is honorary press relations officer of the German Tolkien Society. She published two articles on William Morris and his influence on J.R.R. Tolkien.
marie-noelle.biemer@tolkiengesellschaft.de

Thomas Fornet-Ponse, Dr. theol., studied Catholic Theology, Philosophy, and Ancient History in Bonn and Jerusalem. He received his PhD in Fundamental Theology and Ecumenics from the University in Salzburg. He was a committee member of the German Tolkien Society and has been charged with the conceptualisation and coordination of the Tolkien Seminar as well as *Hither Shore*.
thomas.fornet-ponse@tolkiengesellschaft.de

Natalia González de la Llana has studied Literary Theory and Comparative Literature at the Complutense University in Madrid. After winning research scholarships for stays at La Sapienza University in Rome and Humboldt University in Berlin, she received her PhD at Complutense with her thesis *Adam and Eve, Faust and Dorian Gray: Three Myths of Transgression*. She has taught at the Romance Language Departments of the University of Münster and of RWTH Aachen where she is now preparing her habilitation *Multimedia narrative forms in 'high fantasy': a model of analysis.*
natalia.llana@romanistik.rwth-aachen.de

Shaun Gunner, a British politics graduate, is a trustee and Chairman of The Tolkien Society. He has contributed to *Amon Hen* and was the Deputy Chair of *The Return of the Ring: Celebrating Tolkien* in 2012.

John-Henri Holmberg is a Swedish critic, non-fiction writer, translator, and, at times, editor and publisher. As a modern literature student he wrote the probably first B.A. thesis on Tolkien at Stockholm University; in 1995, he published the first Swedish booklength overview of modern fantasy literature.

Thomas Honegger holds a PhD from the University of Zurich. He edited several volumes on Tolkien, medieval language and literature and published papers on Chaucer, Shakespeare, and mediaeval romance. He teaches, since 2002, as Professor for Mediaeval Studies at the Friedrich Schiller University Jena.
www2.uni-jena.de/fsu/anglistik/homepage/Honegger3.htm

Anna Patricia Ricker studied English and German Literature as well as English and German for teaching at secondary schools in Erlangen-Nürnberg and Bamberg. She is currently working on her dissertation thesis on *J.R.R. Tolkien: An author of literary modernism.*

Emanuele Rimoli is a Conventual Franciscan Friar (Minorit), works and lives in Rome, and is occasionally guest professor at the Theological Institute of Assisi. At the Pontifical Faculty of Saint Bonaventure in Rome, he is writing his PhD in Anthropological Theology on Dostoevsky. He gave papers on Tolkien in Italy and Germany, some of them published in *Hither Shore.*
fratemanu@gmail.com

Antje Rügamer, Dr. phil., studied English and German Studies in Mannheim and Leeds and worked at the chair of English Studies at the University of Mannheim. She wrote her dissertation thesis on *The poeticity of the old English riddles of the Exeter Book* and is currently teaching at a vocational school.
antje.ruegamer@googlemail.com

Friedhelm Schneidewind studied Biology and some terms Computer Science. He is currently working as a free-lance teacher especially for media design and in commercial and economic subjects, as author of lexicons and books on mythology, fantastic literature, and Tolkien, as well as journalist, editor, publisher, and musician. www.friedhelm-schneidewind.de

Guglielmo Spirito is a Conventual Franciscan Friar (Minorit) and works and lives in Assisi. In Rome, he got his PhD in Theology with specialisation in Spirituality at the Antonianum. He is professor at the Theological Institute of Assisi. He gave lectures on Tolkien in Italy, England, Germany, France and, Canada. On J.R.R. Tolkien he has published essays, books, and several papers with *Walking Tree Publishers* and in *Hither Shore.*
fraguspi@gmail.com

Anja Stürzer studied English and Italian Literature, worked as journalist and film reviewer, and held seminaries on Shakespeare. She currently works as an author and lecturer on fantasy-related topics. She published on the literary value of *The Lord of the Rings* and *Harry Potter*, Mary Shelley and an introduction to Shakespeare as well as a children's book *Somniavera* which received an award of the German Academy for Children's and Youth' Literature.
a.stuerzer@googlemail.com

Anna Thayer (née Slack) graduated from the University of Cambridge with first class honours in 2005 before living and teaching in Sicily for two years. She writes and lectures on Tolkien and Lewis and has edited a volume of essays on the latter's work entitled *Doors in the Air: C.S. Lewis and the Imaginative World*. Anna currently works as a teacher of English at an independent school in England, and her debut fantasy novel, *The Traitor's Heir*, has recently been published. AnnaSlack@cantab.net

Morgan Thomsen, a Swedish Tolkien enthusiast, has studied English, Sociology and Philosophy at the University of Gothenburg. He created the *Tolkien Index* website and runs the *Mythoi* blog.

Allan Turner, PhD, studied German Philology, Mediaeval Studies and General Linguistics. His PhD thesis in Translation Studies examines the problems inherent in translating the philological elements in *The Lord of the Rings*. His main focus of interest is currently on the stylistics of Tolkien's works. He teaches English language skills and British Cultural Studies at the University of Jena. allangturner@aol.com

Frank Weinreich, Dr. phil., studied Communication Science, Political Studies, and Philosophy and wrote his dissertation thesis in the latter subject. His primary research interests, leading to numerous publications, are ethics, ontology, media, engineering results assessment, philosophy of science, and fantasy. He is currently working as free-lance editor and literary scout for several publishers. fw@polyoinos.com

Siglenverzeichnis

Die Schriften von J.R.R. Tolkien werden im Text jeweils ohne Angabe des Verfassernamens mit den folgenden Siglen zitiert. Die jeweils benutzte Ausgabe findet sich im Literaturverzeichnis.

AI: The Lay of Aotrou and Itroun
ATB: The Adventures of Tom Bombadil and other Verses from the Red Book / Die Abenteuer des Tom Bombadil und andere Gedichte aus dem Roten Buch
AW: Ancrene Wisse and Hali Meiðhad
B: Die Briefe von J.R.R. Tolkien
BA: Bilbos Abschiedslied
BB: Baum und Blatt
BGH: Bauer Giles von Ham
BLS: Bilbo's Last Song
BMC: Beowulf: The Monster and the Critics
BT: Blatt von Tüftler
BUK: Beowulf: Die Ungeheuer und ihre Kritiker
BW: Die Briefe vom Weihnachtsmann
CH: The Children of Húrin
CP: Chaucer as a Philologist
EA: The End of the Third Age (History of Middle-earth 9). Auszug
EW: English and Welsh / Englisch und Walisisch
FC: Letters from Father Christmas
FGH: Farmer Giles of Ham
FH: Finn and Hengest
FS: On Fairy-Stories
GD: Gute Drachen sind rar
GN: Guide to the Names in the Lord of the Rings
GPO: Sir Gawain and the Green Knight, Pearl, and Sir Orfeo
H: The Hobbit / Der Hobbit / Der kleine Hobbit
HB: The Homecoming of Beorhtnoth Beorhthelm's Son
HdR: Der Herr der Ringe
HdR I: Der Herr der Ringe. Bd. 1. Die Gefährten
HdR II: Der Herr der Ringe. Bd. 2. Die Zwei Türme
HdR III: Der Herr der Ringe. Bd. 3. Die Rückkehr des Königs / Die Wiederkehr des Königs
HdR A: Der Herr der Ringe. Anhänge
HG: Herr Glück
HH I/II: The History of the Hobbit
HL: Ein heimliches Laster
KH: Die Kinder Húrins
L: The Letters of J.R.R. Tolkien
LB: The Lays of Beleriand (History of Middle-earth 3)
LN: Leaf by Niggle

LotR: The Lord of the Rings
LotR I: The Fellowship of the Ring. Being the first part of The Lord of the Rings
LotR II: The Two Towers. Being the second part of The Lord of the Rings
LotR III: The Return of the King. Being the third part of The Lord of the Rings
LotR A: The Lord of the Rings. Appendices
LR: The Lost Road and other Writings (History of Middle-earth 5)
LSG: The Legend of Sigurd and Gudrún
LT 1: The Book of Lost Tales 1 (History of Middle-earth 1)
LT 2: The Book of Lost Tales 2 (History of Middle-earth 2)
MB: Mr. Bliss
MC: The Monsters and the Critics and Other Essays
ME: A Middle English Vocabulary
MR: Morgoth's Ring (History of Middle-earth 10)
My: Mythopoeia
NM: Nachrichten aus Mittelerde
OE: The Old English Exodus
OK: Ósanwe-Kenta
P: Pictures by J.R.R. Tolkien
PM: The Peoples of Middle-earth (History of Middle-earth 12)
R: Roverandom
RBG: The Rivers and Beacon-hills of Gondor
RGEO: The Road Goes Ever On (with Donald Swann)
RS: The Return of the Shadow (History of Middle-earth 6)
S: Silmarillion
SD: The Sauron Defeated (History of Middle-earth 9)
SG: Der Schmied von Großholzingen
SGG: Sir Gawain and the Green Knight / Sir Gawain und der Grüne Ritter (Essay)
SM: The Shaping of Middle-earth (History of Middle-earth 4)
SP: Songs for the Philologists
SV: A Secret Vice
SWM: Smith of Wootton Major
SWME: Smith of Wootton Major Essay
TB: On Translating Beowulf
TI: The Treason of Isengard (History of Middle-earth 7)
TL: Tree and Leaf
ÜB: Zur Übersetzung des Beowulf
ÜM: Über Märchen
UK: Die Ungeheuer und ihre Kritiker. Gesammelte Aufsätze
UT: Unfinished Tales
VA: Valedictory Address
VG 1: Das Buch der Verschollenen Geschichten 1
VG 2: Das Buch der Verschollenen Geschichten 2
WJ: The War of the Jewels (History of Middle-earth 11)
WR: The War of the Ring (History of Middle-earth 8)

Index

www.ingramcontent.com/pod-product-compliance
Lightning Source LLC
Chambersburg PA
CBHW070226030726
47505CB00006B/1840

* 9 7 8 3 9 8 1 0 6 1 2 7 7 *